Ann-Helena Schlüter

Frei wie die Vögel

Die Helden von Lübeck –
eine Erzählung gegen das Vergessen

ANN-HELENA SCHLÜTER

Frei wie die Vögel

DIE HELDEN VON LÜBECK –
EINE ERZÄHLUNG
GEGEN DAS VERGESSEN

SCM
Hänssler

SCM

Stiftung Christliche Medien

SCM Hänssler ist ein Imprint der SCM Verlagsgruppe, die zur Stiftung Christliche Medien gehört, einer gemeinnützigen Stiftung, die sich für die Förderung und Verbreitung christlicher Bücher, Zeitschriften, Filme und Musik einsetzt.

MIX
Papier aus verantwortungsvollen Quellen
FSC® C014496
FSC
www.fsc.org

SCM Verlagsgruppe GmbH · Max-Eyth-Straße 41 · 71088 Holzgerlingen
Internet: www.scm-haenssler.de; E-Mail: info@scm-haenssler.de

Umschlaggestaltung: Rebecca Insam, SCM Bundes-Verlag gGmbH | Witten
Titelbild: Adrian Curiel, unsplash | Everett Historical, shutterstock | Chanan Greenblatt, unsplash
Fotos im Innenteil: Sammlung Voswinckel, Berlin/Lübeck; Bildarchiv der Propsteigemeinde Lübeck
Satz: Satz & Medien Wieser, Stolberg
Druck und Bindung: GGP Media GmbH, Pößneck
Gedruckt in Deutschland
ISBN 978-3-7751-5865-7
Bestell-Nr. 395.865

Stimmen zu Ann-Helena Schlüter

Ann-Helena Schlüter hat einen bemerkenswerten Stil und großes Talent.

Sebastian Fitzek,
Autor

Bilderreiche, plastische, sehr schöne Sprache, dazu unterhaltsam – die Geschichten entstehen regelrecht vor dem inneren Auge, wenn Ann-Helena schreibt. Großes schriftstellerisches Talent mit guten, mit wichtigen Texten!

Hagen Kunze,
Autor und Musikwissenschaftler

Ich staune über diese lyrischen und literarischen Begabungen dieser Frau!

Prof. Dr. Siegfried Zimmer,
Pädagogische Hochschule Ludwigsburg

Wie selten und schön, dass Kunst so ganzheitlich gelebt ist wie bei Ann-Helena Schlüter – zwischen Flügel, Feder und Lyrik, zwischen Konzertieren und Verkündigen, wobei das »zwischen« bei ihr gerade kein Zwischen, sondern ein Zusammenführen ist.

Prof. Dr. Peter Lampe,
Universität Heidelberg

Für meinen Vater Karl-Heinz Schlüter

Inhalt

Vorwort von Prof. Heike Henning

Frei wie die Vögel – so lautet der Titel des historischen, im Dritten Reich angesiedelten, anspruchsvollen Romans von Ann-Helena Schlüter. Diese Erzählung gegen das Vergessen führt die Lesenden hinein in die vergangene, bedrohliche und grausame Zeit, eine, die man gerne vergessen mag, die aber auch Momente der Menschlichkeit und echter Begegnung beinhaltet. Diese Momente sind es, die das Leben lebenswert machen – heute wie damals.

Der Ton, den die Autorin hierbei anschlägt, ist nicht düster, sondern immer wieder fein, zärtlich und poetisch. Wie keine Musik, sei sie in Dur oder Moll, per se nur fröhlich oder traurig gedeutet werden kann, denn jede Musik zeigt Verbindungen und Verläufe zwischen unterschiedlichen Stimmungen, die gegensätzlich sein können, aber dennoch zusammengehören, so verbindet Ann-Helena Schlüter in ihrem Schreiben Spielerisches, Leichtfüßiges mit tiefen Gefühlen, Spannung und lyrischen Bildworten. Als Pianistin beherrscht die Autorin die Balance zwischen Konsonanz und Dissonanz. Sie weiß außerdem, was es bedeutet, sich einer Sache ganz hinzugeben, für sie einzustehen und sich zum Glauben zu bekennen. Disziplin, Hingabe, Ernsthaftigkeit und Leidenschaft sind ihr Leben; dadurch gelingt es ihr glaubwürdig, sich in das Schicksal dieser Menschen im Dritten Reich einzufühlen und deren teils vergessenen Alltag, teils vergessene Namen einfühlsam aufleben zu lassen. Dabei ist es beeindruckend und inspirierend, Frauen und Männer mit Haltung und Rückgrat zu begegnen. Ihr Mut, ihre Werte, ihre Aufopferungsbereitschaft, ihr Einsatz für Mitmenschen und ihr Glaube machen sie zu wahren Helden, die wir in unserer Gesellschaft zu jeder Zeit, auch heute, dringend brauchen. Die frei wie Vögel Zäune, Ländergrenzen und Meere überwinden.

Gewaltig und behutsam durchschreitet Ann-Helena die verwobenen Grenzen zwischen Sprache, Dichtkunst und Musik und deren gemeinsame künstlerische Poesie.

Prof. Dr. Heike Henning
Professorin für Instrumental- und Gesangspädagogik
an der Universität MOZARTEUM Salzburg

Prolog

Noch immer sind wir Menschen sehr aufgewühlt, wenn es um das Dritte Reich geht. Der Zweite Weltkrieg ist noch nicht so lange her. Es leben noch viele Zeitzeugen. Dieser Roman ist nicht nur eine Erzählung gegen das Vergessen, sondern auch gegen die Wiederkehr, gegen die Rückkehr von Antisemitismus und Fremdenhass, gegen den Gedanken von »unwertem Leben« in jeglicher Form, seien es Flüchtlinge, Demenzkranke, Ungeborene, Benachteiligte.

Durch das Schreiben dieses Romans habe ich von Menschen erfahren, die während dieser Zeit lebten und nun meine Vorbilder geworden sind. Zuvor hatte ich, wie sicher viele andere, noch nie von Heinrich Schniers, Johanna Rechtien, Maria Meures, Anna Ostarek, Hildegard Stellbrink, Guda Dittrich, Robert Wilhelm August Köster und Aloys Boecker gehört, um nur einige zu nennen. Diese sieben Namen hat Wikipedia nicht einmal gelistet, und die Frauen werden vielfach einfach vergessen in der Geschichtsschreibung.

Ich bin tief berührt von diesen gläubigen, mutigen Menschen, die es wirklich gegeben hat und die im Verborgenen aus Liebe Widerstand gegen das Terror-Regime leisteten – und davon, dass es im Zweiten Weltkrieg so viele gab, die ihr Leben für die Wahrheit aufs Spiel setzten. Die große Unannehmlichkeiten, Schmerz und Erniedrigung in Kauf nahmen, was sie hätten vermeiden können, wären sie still gewesen.

Diese wahre Geschichte hat trotz allem ein gutes Ende: Die vier Märtyrer Johannes Prassek, Eduard Müller, Karl

Friedrich Stellbrink, genannt Fritz, und Hermann Lange sind – obgleich vorzeitig – glücklich und frei gestorben, damit die Wahrheit nicht länger in Ungerechtigkeit gefangen gehalten wird. Sie wussten, dass ihre Heiligkeit nur dadurch besteht, weil sie zu Jesus gehören. Durch Mitläufer, Unterstützer und Fahnenträger einer gelebten Ideologie konnte sich das System der Nazidiktatur überhaupt so weit ausbreiten. Doch diese Menschen stellten sich gegen den Strom. Sie waren äußerlich gefangen in der Enge der Diktatur. Innerlich aber konnte sie keiner im Käfig halten, sie flogen frei wie die Vögel. Dabei sind nicht nur die Märtyrer Helden, sondern all die Frauen und Männer, die gegen Hitler und seine Regierung Widerstand geleistet haben.

Warum Helden? Natürlich kann man sich fragen, ob man Christen als »Helden« bezeichnen kann. Doch Christen sind Menschen, Menschen sind Helden und Helden sind Menschen; besonders, wenn sie ihr Leben opfern. Hermann, Eduard, Fritz und Johannes sind Helden, auch wenn (oder gerade weil) sie sich nie als Helden gesehen haben. Sie sind Vorbilder. Selbst die große Schwester Eduards nannte ihn ihren »Heldenbruder«.

Helden sind für mich aber vor allem die Frauen, die im Hintergrund geholfen und alles riskiert haben. Ihr Heldentum wurzelt in und wächst aus ihrem Glauben, nicht aus ihnen selbst. Es ist wichtig, ihrer zu gedenken, nicht auf reißerische, plakative Art, doch auch nicht zu distanziert, nüchtern und blass. Ich gehe narrativ, subjektiv nachempfindend an das Lübecker Geschehen heran, zwar auf der Grundlage des durch mehrere Dokumentationen historisch Belegten, aber in der Absicht, dass dadurch das ganze Grauen des Nationalsozialismus und die Größe jener Lübecker Helden noch einmal gegenwärtig gesetzt wird, indem ich mich in ihre inneren seelischen Befindlichkeiten und spirituellen Prozesse tief nacherlebend hineinversetzt habe.

Im Grunde waren die vier Geistlichen Hermann Lange, Eduard Müller, Johannes Prassek und Karl Friedrich Stellbrink »Antihelden« aus der Sicht des Systems ihrer Zeit. Für das System gab es nur eine Art von Helden: Soldaten, die an der Front für das Vaterland starben – Kriegshelden. Auch das Wort »Märtyrer« ist problematisch in unserer Zeit. In der Bibel ist von Märtyrern die Rede – Menschen, die ihr Leben für den Glauben gaben. Es ist ein zutiefst christliches Wort.

Ich bin dankbar, die 92-jährige Else Pelke gesprochen und mit ihr per E-Mail im regelmäßigen Austausch gestanden zu haben. Sie hatte im Jahre 1955 die ersten Untersuchungen zu den Märtyrern Lübecks unternommen und war wie ich nach Lübeck zur Recherche gefahren. Für mich ist sie eine Art »Zeitzeuge«, da sie noch mit Menschen von damals persönlich sprechen konnte. Ich bewundere sie sehr und hoffe, wir bleiben in engem Kontakt. Sie leidet jedoch noch immer unter ihrem Kriegstrauma. Die Recherche zu den Mutigen aus Lübeck war ihr Lebenswerk, wie sie mir erzählte. »Wenn ich nur eines im Leben gemacht haben sollte, das wirklich Frucht gebracht hat, dann mein Buch *Der Lübecker Christenprozess 1943*«, sagte sie mir. »Dadurch habe ich nun auch Sie kennengelernt.« Sie hat das Nachwort zu meinem Buch geschrieben.

Das wunderbare Buch *Geführte Wege* von Peter Voswinckel mit Fotos und Abschiedsbriefen der Märtyrer und die langen Telefonate mit ihm haben mir ebenfalls geholfen, mich einzufühlen in das, was damals geschehen ist. Die Briefe dieser vier Gläubigen aus Lübeck haben mich sehr bewegt.

Und wer hat schon von der mutigen Haushälterin der drei katholischen Geistlichen Johanna Rechtien gehört, die Briefe unter Lebensgefahr in und aus dem Gefängnis schmuggelte? Wer von der Ordensschwester Maria Merkert, die als junge Frau früh die Zeichen der Zeit erkannte und einen Orden für

Krankenpflege gründete? Wer von Schwester Guda Dittrich, die Kinder und Arme im Zweiten Weltkrieg betreute? Wer von Anna Ostarek, die Johannes Prassek das Theologiestudium finanziell überhaupt erst ermöglichte? Wer von der Lehrerin Maria Meures, die alles gab, um mittellose Schüler und Studenten zu unterrichten? Wer von Hildegard Stellbrink, die nach der Ermordung ihres Mannes Hohn und Spott ertragen musste, drei Kinder alleine großziehen und sogar die Rechnung für die Enthauptung ihres Karl Friedrichs bezahlen sollte? Der Pfarrer Karl Friedrich Stellbrink war eine Schlüsselfigur in diesem Christenprozess und der erste evangelische Pfarrer, der hingerichtet wurde in der Zeit der Nationalsozialisten. Diese Menschen sollen nicht vergessen werden. Deswegen habe ich dieses Buch geschrieben, denn es ist eine wahre Geschichte der Ökumene, des Mutes und der Liebe.

Es gibt auch Menschen, die mich erschüttern, wie zum Beispiel Hans Lüers, der die Geistlichen verriet. Dieser Spitzel konnte vielleicht nicht ahnen, dass der Prozess vor dem Volksgerichtshof mit der Todesstrafe endete, aber er nahm es in Kauf. Beim zweiten und dritten Mal, als er anschließend wieder Pfarrer verriet, musste er gewusst haben, dass er das Leben dieser Menschen riskierte. Er tat es trotzdem.

Hans Lüers floh mit seiner Frau aus Deutschland nach England, legte sich dort einen neuen Namen zu und erzählte seinen Kindern nie, was er getan hatte, sondern tischte ihnen Lügen auf. Einer der Söhne, Busfahrer in London, wird 2018 fünfundsiebzig, so wie sich in diesem Jahr auch das Gedenken der Märtyrer zum fünfundsiebzigsten Mal jährt. Es existiere kein Foto von seinem Vater, berichtete der Sohn dem Historiker Peter Voswinckel, von dem er am Telefon das erste Mal von den Machenschaften des verstorbenen Vaters erfuhr. Hans Lüers habe sich aus Bildern überall herausgeschnitten. Konnte er sein eigenes Gesicht nicht mehr ertragen oder war es nur die Angst, entdeckt zu werden? So gibt es kein Foto von diesem Mann.

Erschütternd ist auch, dass Johannes Prasseks Vater seinen Sohn nicht im Hamburger Gefängnis besucht hatte. Er wohnte doch in Hamburg. Es kann sein, dass er wirklich nichts von der Gefangenschaft und der drohenden Hinrichtung seines Sohnes wusste. Johannes hatte ihn nicht informiert.

Es liegt dem Historiker Voswinckel ein Schreiben des Vaters an den Oberreichsanwalt vor, indem er fragt, warum er als Vater nichts von der Hinrichtung seines Sohnes und von dem Verbleib seiner Sachen erfahren habe. »Das sei nicht üblich«, schrieb ihm ein junger, frecher Unterstaatsanwalt zurück, der sich ein Jahr später wegen nervlicher Zerrüttung das Leben nahm, so Peter Voswinckel.

Dies ist eine Erzählung, kein Tatsachenbericht, eher eine literarische Studie, zu großen Teilen aus der Sicht von Johannes Prassek geschrieben. Die wahren Begebenheiten wurden mit manchen fiktiven ausgeschmückt, die sich so hätten zutragen können. Alle kursiv gedruckten Anfangszeilen der Kapitel sind Zitate der vier Geistlichen, entnommen aus dem Buch *Geführte Wege* von Peter Voswinckel. Auch alle weiteren zitierten Stellen sind kursiv gedruckt und stammen aus diesem Buch, das ich sehr empfehle. Fiktive Figuren sind namentlich erwähnte Zwangsarbeiter und Randfiguren wie zum Beispiel Frau Huber.

Ich bin Pianistin, Lyrikerin, Komponistin und Organistin. Ich hätte nie gedacht, einen Roman über Geschehnisse aus dem Dritten Reich zu schreiben. Durch diese Erzählung habe ich viel über die Geschichte unseres Landes und unserer Kirchen gelernt. Als Achtjährige hatte ich in meinem Kinderzimmer ein Erlebnis mit Gott. Ich fragte ihn, ob er existiere, und Gott hat mir in meinem Herzen geantwortet: Ja, ich bin. Seitdem weiß ich, dass es Gott gibt. Er hört mein Gebet, antwortet mir und kennt mich. Ich bin dankbar und froh, dass Menschen wie die vier Geistlichen und die Frauen und Männer um sie herum Gottes Liebe so ernst nahmen, dass sie bereit waren, für die Wahrheit zu sterben und diese dadurch deutlich und öffentlich zu bekennen.

Obwohl lange nach dem Krieg in Nürnberg geboren und aufgewachsen, ist der Zweite Weltkrieg sogar in meinem Leben präsent; ich bin eine der wenigen Frauen in meinem Alter, deren eigener Vater (und nicht nur, wie meist, der Großvater) tatsächlich im Zweiten Weltkrieg gekämpft hat. Das liegt daran, dass mein Papa, der Pianist Karl-Heinz Schlüter, recht alt war, als ich zur Welt kam. Er hatte schon ein ganzes Leben vorher gehabt. Mein Vater, in Torgau geboren, wurde als Einziger seiner Familie Pianist. Seine Eltern unterstützten ihn sehr. Er kam nach Berlin an die Musikhochschule und studierte Klavier, von einer jüdischen, reichen Dame finanziell gefördert. Als Achtzehnjähriger wurde er eingezogen, bekam aber vorher noch seinen Abschluss mit Auszeichnung. Im Krieg musste er morsen, weil er musikalisch war, und Trompete spielen, doch auch kämpfen. Mein Papa geriet dann für viele Jahre in russische Kriegsgefangenschaft. Er überlebte den Hunger, weil er für die Musik Zigaretten erhielt, die er eintauschte gegen Brot. Er hasste Blasinstrumente, als er aus dem Krieg heimkehrte. Mit der sibirischen Eisenbahn kam er nach Hause zurück, als der Krieg vorbei war, stehend am Fenster, wo er Luft bekam. Um ihn herum starben Menschen im Stehen, erzählte er. Schon ein Jahr später gewann er die ersten internationalen Klavierwettbewerbe im Ausland, obwohl er während der Gefangenschaft natürlich keine Taste anrühren konnte. Er heiratete die Frau, die im Krieg acht Jahre auf ihn gewartet hatte, gründete mit ihr eine Familie, spielte Konzerte und unterrichtete Klavier.

Lange Zeit danach lernte er eine schwedische Musikstudentin kennen und lieben, die bei ihm Klavier lernte. Sie heirateten, und dann kam ich. Als ich ein kleines Mädchen war, erzählte mir mein Vater wenig vom Krieg. Er sagte: »Kleine Mädchen können doch nichts damit anfangen.« Aber von meiner Mutter erfuhr ich später, was er ihr berichtet hatte. Und manchmal ließ mein Papa meine beiden jüngeren Schwestern und mich sogar teilhaben an den lustigen Sachen. Ja, selbst im Zweiten Weltkrieg gab es lustige Sachen. Kaum zu glauben. Meinem Vater widme ich diesen Roman.

Eduard, Hermann, Johannes und Fritz sind in großer Einheit einen schweren Weg gegangen, auch die Menschen um sie herum. Was sie in ihrem Leben und in den Gefängniszellen lernten und aufschrieben, ist ein großer Schatz, der uns erhalten bleiben soll, aus dem auch wir lernen können. Das war und ist meine Motivation für diesen Roman.

»Als Diener Christi soll man uns betrachten und als Verwalter von Geheimnissen Gottes. Von Verwaltern aber verlangt man, dass sie sich treu erweisen.«
1. Korinther 4,1–2

Ann-Helena Schlüter im Frühjahr 2018

Vier Männer geben ihr Leben – Biografien der vier Märtyrer

Vier Geistliche aus Lübeck, evangelisch und katholisch, werden am 10. November 1943 um achtzehn Uhr ermordet, weil sie aufgrund ihres Glaubens die Ideologie des Nationalsozialismus ablehnten, diese öffentlich kritisierten, Zwangsarbeitern und bedrängten Menschen halfen und Unrecht in Predigten beim Namen nannten. Die Nationalsozialisten verurteilten sie als Verräter und Volksverhetzer in Hamburg zum Tode und richteten sie auf dem Schafott mit dem Fallbeil hin. Die vier Männer wurden Zeugen der Liebe und der Wahrheit und hielten trotz ihrer unterschiedlichen Konfession zusammen. Starben zusammen.

Zu den Helden von Lübeck zählen aber auch viele Bürger, meist weibliche, die aus Liebe Widerstand im Verborgenen leisteten. In diesem Roman geht es um das Leben dieser mutigen Menschen und um die vier Männer in der Öffentlichkeit und darum, wie es sich zugetragen haben könnte in ihren letzten Jahren und Tagen, Stunden und Minuten.

Johann Heinrich Wilhelm Prassek, geboren am 13. August 1911 in Hamburg, Johannes oder Hannes genannt, wird evangelisch und katholisch getauft. Die Eltern sind jung und noch nicht verheiratet. Er erlebt eine Kindheit im jüdischen Viertel Hamburgs, dann den Ersten Weltkrieg und den sogenannten Steckrübenwinter voll Hunger und Armut. Der Vater ist arbeitslos. Doch seine Muter, ein einfaches Kindermädchen, fördert ihn mit allem Geld, was sie auftreiben kann, denn ihr Sohn ist ein sehr guter Schüler und Abiturient, sodass Johannes Theologie studieren kann, was er sich von Herzen wünscht. Er studiert in Frankfurt, Münster und Osnabrück, erlebt 1937 im Osnabrücker Dom die Priesterweihe. Seine Mutter stirbt bereits 1935.

Johannes arbeitet zunächst in Hamburg, anschließend ein paar Monate in Wittenburg (hier steht er schon unter Beobachtung der Gestapo) und zuletzt in Lübeck als Adjunkt, dann als diensältester Kaplan. In der katholischen Herz-Jesu-Kirche im Zentrum Lübecks nimmt er sich besonders der polnischen Zwangsarbeiter an, kritisiert offen das Regime der Nationalsozialisten, predigt frei und offen und wird von Hans Lüers denunziert, der vorgibt, sich zum Glauben bekehren zu wollen. Johannes wird 1942 von der Gestapo verhaftet, steht in der Haft weiterhin zu seiner Kritik am nationalsozialistischen System und wird am 10. November 1943 mit zweiunddreißig Jahren wegen Hochverrat und Zersetzung der Wehrmacht mit dem Fallbeil hingerichtet; ein junger Mann, der mutig, klug und voller Liebe für bedrängte Menschen gelebt hat. Mit ihm zusammen ermordet werden Eduard Müller, Hermann Lange und Karl Friedrich Stellbrink, alles gläubige Geistliche wie er. Zwei Tage nach seiner Hinrichtung kommt per Post das Luftschutz-Ehrenabzeichen, das Johannes erhalten sollte, da er in der Bombennacht 1942 Kranke und Alte aus den Trümmern des Marienkrankenhauses in Lübeck gerettet hat.

Eduard Müller, geboren am 20. August 1911, erlebt eine ähnliche Kindheit in Hunger und Armut wie Johannes Prassek, allerdings mit sechs Geschwistern; er ist der Jüngste. Die Familie ist arm, der Vater, dessen Namen er trägt, fehlt ganz. Der hat die Familie verlassen, als Eduard noch ein kleiner Junge war. Die Mutter ernährt als Waschfrau sich und die große Kinderschar. Eduard wird Tischler; aber die Arbeit mit Menschen, besonders mit jungen Menschen, und Seelsorge liegen ihm am Herzen. Er möchte Priester werden, ist jedoch mittellos. Ein Kaplan und seine Lehrerin Maria Meures organisieren Geldgeber und sorgen dafür, dass er als »Spätberufener« mit vierundzwanzig Jahren das Abitur nachholen und anschließend Theologie in Münster studieren kann. Es ist ein schwieriger, oft demütigender Weg für Eduard, doch er hält durch, unternimmt in den Semesterferien Auslandsreisen und erlebt drei Jahre nach Johannes und ebenfalls in Osnabrück die Priesterweihe. Er kommt als der dienstjüngste Kaplan nach Lübeck und tritt wenige Wochen nach seiner Priesterweihe seine erste Stelle an. Er lebt mit Johannes und Hermann im Pfarrhaus der Herz-Jesu-Kirche.

Er hat eine Vorliebe für Vögel und Blumen und ist ein sehr geschickter Fotograf. Wie Johannes spricht auch Eduard offen über die Sinnlosigkeit des Krieges und wehrt sich gegen die Tötung von sogenanntem »lebensunwertem« Leben. Doch in seinen Gesprächskreisen im Gesellenhaus sitzt ein Spitzel. Am 10. November 1943 wird Eduard drei Minuten nach Johannes Prassek wegen »landesverräterischer Feindbegünstigung« mit dem Fallbeil ermordet, das Blut seines direkt vor ihm hingerichteten Bruders vor Augen.

Hermann Lange, geboren am 16. April 1912, wächst nicht in armen Verhältnissen auf, sondern erlebt eine bürgerliche Familie und eine gut behütete Kindheit ohne materielle Not, dazu einen Vater, der ihn fördert, schätzt und liebt. Von seinem Onkel und Vorbild, Dompriester gleichen Namens, an dem er hängt, erbt er früh das Verlangen, ebenfalls wie dieser Priester zu werden. So studiert Hermann Lange nach dem Gymnasiumbesuch Theologie in Münster, um auch im Osnabrücker Dom ein Jahr nach Johannes Prassek die Priesterweihe zu erhalten. Sein jüngerer Bruder Paul strebt ebenfalls den Priesterberuf an. Auch Hermann wird als Vikar nach verschiedenen seelsorgerlichen Tätigkeiten und Pfarrvertretungen an die heutige Propsteikirche Herz Jesu in Lübeck berufen.

Er lehnt den Nationalsozialismus entschieden ab, verabscheut ihn geradezu als einen Angriff auf das Christentum und zeigt eine große Liebe zur christlichen Verkündigung, für die er sich sehr gewissenhaft und lange vorbereitet. Auch eine große pädagogische Begabung und Qualität in der Seelsorge junger Männer wird ihm nachgesagt, die er mit Ernsthaftigkeit und Hingabe ausübt. Hermann ist ein belesener, ruhiger und stiller Mann, der Bücher liebt. Er spricht öffentlich von den Kriegsverbrechen und kritisiert die nationalsozialistische Führung. Es wird ihm zum Verhängnis, dass er Flugblätter zusammen mit Karl Friedrich Stellbrink und Johannes Prassek verteilt und die Schriften des Bischofs Graf von Galen, der die Massenmorde an geistig und körperlich beeinträchtigten Menschen anprangert. Als Hermann denunziert und festgenommen wird, leugnet er seine Kritik und Ablehnung des totalitären Regimes nicht, wofür er ebenfalls am 10. November 1943 wegen »Verrat und Heimtücke« enthauptet wird, nur wenige Minuten nach Johannes und Eduard.

Karl Friedrich Stellbrink, genannt Fritz, geboren am 28. Oktober 1894, ist siebzehn Jahre älter als seine katholischen Brüder, mit denen er zusammen am 10. November 1943 durch den Scharfrichter Friedrich Hehr ermordet wird. Von *dem* Friedrich Hehr, der Tausende von Menschen hinrichtete. Stellbrink, Vater von drei Kindern, ist der Erste, der verhaftet wird: unmittelbar nach dem schweren Bombenangriff 1942 auf Lübeck. Der evangelische Pfarrer Karl Friedrich ist eine schillernde Persönlichkeit und eine Schlüsselfigur in dem Christenprozess, ein Saulus, der zum Paulus wird, was das Evangelium und »das Völkische« angeht. Seine Einstellung ändert sich um 180 Grad.

Fritz, aus einem gut situierten, intellektuellen Elternhaus, möchte nach der Schule zunächst Künstler werden, wendet sich aber dann der Theologie zu, da er nicht an der Düsseldorfer Kunstakademie antreten kann; seine Schul- und Internatserziehung impft ihm ein stark nationales Denken ein.

Stellbrink kämpft als junger Mann noch in der Ausbildung zum Pfarrer am Predigerseminar freiwillig im Ersten Weltkrieg und wird 1917 verwundet. Er darf im Herbst heimkehren, holt das Abitur nach, besteht das Predigerseminar, heiratet seine Hildegard und erhält die Ordination. Er möchte im Ausland dienen und wird mit seiner Frau, einer Lehrerin, als »Missionar« nach Brasilien geschickt. Das Paar bekommt dort vier Kinder, ein Mädchen stirbt kurz nach der Geburt.

Karl Friedrich arbeitet acht Jahre als Pfarrer in Brasilien, dann kehrt er heim und nimmt einige Pfarrstellen in der Heimat an, erst in Thüringen, dann in Lübeck. Er ergreift zunächst offen Partei für die Nationalsozialisten. Als er jedoch die anhaltenden Konflikte zwischen der Hitlerjugend und der Evangelischen Jugend erlebt und seine Kinder deswegen aus der Hitlerjugend austreten, kritisiert er die NSDAP und wird ausgeschlossen. Er lehnt Hitlers Massenmorde ab, freundet sich mit den jungen Priestern der Herz-Jesu-Kirche und mit anderen katholischen und jüdisch-christlichen Gläubigen an. Besonders mit Johannes Prassek tauscht er sich aus, arbeitet mit ihm zusammen, verteilt verbotene Schriften und hört verbotene Auslandssender. Fritz Stellbrink äußert sich in seinen Predigten kritisch über die grausame Vorgehensweise der Nationalsozialisten und betrauert öffentlich die gefallenen jungen Männer an der Front. Nachdem er den katastrophalen Bombenangriff auf Lübeck im Frühjahr 1942 in der Predigt am darauffolgenden Palmsonntag als »das Reden Gottes« bezeichnet und diese Attacke damit als »Gottesgericht« betitelt haben soll, wird er nur wenige Tage später verhaftet. Über ein Jahr lang wird er gefangen gehalten, bevor alle vier Geistlichen im Juni 1943 zum Tode verurteilt und im darauffolgenden November im Dreiminutentakt ermordet werden, von Hitler persönlich beauftragt. Scharfrichter Hehr wollte danach schnell nach Hause, um seine Kinder ins Bett zu bringen.

1
Die Hitlerjugend

»Was macht denn meine Vogel- und Blumenwelt auf dem Balkon?«

»Meine liebe, liebe Lisbeth, jetzt ist es so weit! Was tat der Meister? Er ließ durch Boten sagen: ›Selig ist, wer sich nicht an mir ärgert!‹«

Mitte April 1941

Hinten ging das Gartentor auf. Eduard Müller stand noch am Balkongitter. Er hatte einige Holzlatten für die Voliere auf ihr Eigengewicht geprüft und Werkzeug bereitgelegt. Die Voliere war noch nicht gebaut, noch nicht sichtbar, aber er wusste schon, wie sie aussehen würde: hell und groß, voller Singvögel. Er musste lächeln. Die Kinder würden bald kommen und helfen, die Voliere an den Seiten weiß zu bemalen. Die kleine Traude wollte sogar innen ein paar blaue Farbtupfer anbringen.

Erst jetzt bemerkte er, dass zwei junge Männer in den Garten gekommen waren. Sie trugen bis oben hin enge, zugeknöpfte Jacken, obwohl es ein sonniger Vormittag Mitte April 1941 war. Braungrau sahen sie aus. Das kurze hellblonde Haar stach unwirklich ab. Sie waren jünger als er, Mitte zwanzig höchstens, kaum älter als seine Gesellen aus den Gesprächskreisen.

Die jungen Erwachsenen und Jugendlichen lagen Eduard in der Seelsorge sehr am Herzen. Er hatte das Gefühl, dass sie ihn brauchten. In dieser Zeit des Krieges kamen sie ihm oft wie Schafe ohne Hirten vor, verwirrt und durcheinander. Die Jugendlichen duzten ihn und liebten es, wenn er mit ihnen schwimmen ging oder Fußball spielte. Auch die Kinder scharten sich um ihn. Sport mit ihnen zu machen, war für Eduard keine Hitlerjugend-Leibesertüchtigung, sondern Beziehungsarbeit. Das größte Geschenk war für ihn, wenn die Jugendlichen und Gesellen ihm vertrauten.

Weil sie ihm vertrauten, stellten sie ihm viele Fragen.

»Was hältst du vom Führer, Eduard?«, fragten sie ihn.

»Ist etwas gegen uns geplant? Betrifft es jetzt auch uns?«

»Was meinst du, was mit Ruth passiert ist? Wo ist sie? Wo hat man sie hingebracht?«

»Und wo sind ihre Eltern? Und unsere Nachbarn? Warum hat man sie geholt?«

So ähnlich ging es mittlerweile jeden Tag. Ständig hörte er erstaunte, ängstliche Fragen. Wie, wann und wo sollte er diese vielen Fragen beantworten? Beim Fußballspielen? Er musste etwas tun. Aber was? Nicht nur die Jugendgruppen organisieren, sondern auch mindestens einen Abend in der Woche für die kleinen und auch die großen Kinder reservieren – und für die Erwachsenen. Vielleicht könnte er eine Versammlung oder politische Diskussionsrunde leiten oder zumindest eine ins Leben rufen. Er musste sich mit Johannes absprechen. Die Menschen sehnten sich nach Antworten. Sie erwarteten Auskunft von einem Geistlichen. Als Priester hatte er Vorbildfunktion.

Es könnte nach außen hin ein Diaabend werden, überlegte er. Mit den Dias aus Rom, falls die Gestapo kontrollieren würde.

Ich muss solche Versammlungsabende kulturell verpacken, dachte er. *Meine Dias von den Reisen sind spannend genug und in der Gegend hier beliebt und bekannt geworden. Ich habe so viele davon, dass es bestimmt nicht auffallen wird, damit einen wöchentlichen Abend in Herz Jesu zu planen.*

»Offene Diskussionsrunden? Viel zu gefährlich!«, würde seine Schwester Lisbeth sagen. Bei ihrem letzten Telefonat hatte sie ihn scharf kritisiert. Dabei liebte sie ihn und nannte sich in dem Orden, in dem sie lebte, »Schwester Eduarda«, nach seinem Vornamen. »Was, bitte, denkst du, wird Hitler dazu sagen, wenn du die Leute in Lübeck anstachelst, eine eigene Meinung zu haben und Dinge zu hinterfragen und zu verstehen, die er plant?«

»Aber großes Schwesterchen, Hitler weiß doch gar nicht, dass es mich überhaupt gibt. Ich bin ein kleiner Fisch!« So sagte er immer, wenn er eine neue, ungewöhnliche Idee unbedingt umsetzen wollte.

»Da wäre ich mir nicht so sicher, Eduard! Bitte sei vorsichtig. Ich habe von Verhaftungen gehört.« Sie klang alarmiert, wenn sie das Wort »Verhaftung« aussprach oder wenn das Wort »Hitler« fiel. Und diese zwei Worte häuften sich in letzter Zeit.

»Ich will nicht, dass sie dich holen. Du lebst mit Menschen, die verbotene Schriften und Predigten verteilen. Du hörst mit ihnen diese englischen Sender. Wenn das ans Licht kommt! Das ist doch verboten! Wenn du verraten wirst … Wenn dich nur *einer* verrät … ein Jugendlicher vielleicht, der nicht nachdenkt … eines der Kinder …«

»Die Kinder?«

»Ja, aus Versehen … sich verplappert … dich zitiert … in der HJ … «

»Ich hätte dir gar nichts erzählen dürfen. Du machst dir jetzt nur unnötig Sorgen.«

»Eduard, weißt du denn nicht, wie ernst die Lage ist?«

»Graf von Galens Worte müssen nach Lübeck, müssen ins

ganze Land. Dieser Bischof ist mein Vorbild. Ich wünschte, ich könnte so frei und mutig predigen wie er. Ich traue mich einfach noch nicht.«

»Bischof Graf von Galen ist ein alter, erfahrener Mann im Gegensatz zu dir. Warum setzt du dich dieser Gefahr aus? Was wird es bringen? Du bist für die Seelsorge zuständig, nicht für Mutproben dieser Art!«

»Ich bin für die Jugend verantwortlich, Lisbeth. Clemens August schreibt die Wahrheit. Soll das sinnlose Töten etwa weitergehen? Der Nationalsozialismus Hitlers ist nicht vereinbar mit wahrem Christentum. Möchtest du unwürdig leben und schweigen, während um uns herum Menschen ermordet werden, nur weil sie anders sind?«

»Und wenn *du* ausgeliefert und ermordet wirst? Wem wird das nützen? Wie soll *ich* dann weiterleben? Du kannst doch solche Schriften nicht verteilen. Denkst du, es wird dich schützen, dass du katholischer Priester bist? Wenn die Gestapo Wind davon bekommt, was du denkst und tust, werden sie dich mundtot machen.«

»Sie können mich nicht einfach holen. Johannes und Hermann haben auch keine Angst. Warum sollte ich welche haben? Nein. Die beiden sind meine Freunde, neben dir die besten, die ich jemals hatte.«

»Und wenn dir die Nationalsozialisten eine Falle stellen?«

»Das Risiko muss ich eingehen. Denk an meine Verantwortung.«

»Dir wurde die Jugendseelsorge anvertraut! Was ist, wenn es dich nicht mehr gibt?«

»Schwesterchen, hab Vertrauen. Gott weiß, was unsere Aufgabe ist. Du glaubst doch auch, dass er zu uns spricht?«

»Achte wenigstens darauf, dass keine Soldaten in deinen Gesprächsrunden sind. Sonst wird es richtig gefährlich, wenn die Gestapo erfährt, dass du dich in irgendeiner Weise kritisch äußerst.«

Ob seine offenen Diskussionsrunden der Gestapo auffallen würden oder nicht, wie sollte er es wissen? So etwas machte er doch auch zum ersten Mal.

»Herr Müller?«

Eduard wurde aus seinen Gedanken gerissen. Die beiden Männer unter ihm im Garten blickten sich um, schritten um die Decken, Bibeln und Kissen im Gras, die von gestern liegen geblieben waren, und suchten ihn offenbar. Es war keine Neugierde, es war ein geübtes Schnüffeln, ein professionelles Kontrollieren und Aufspüren wie bei scharfen, trainierten Hunden. Sie steckten ihre Nasen in die Luft, als würden sie etwas wittern. Ihre Gesichter waren ausdruckslos, die mechanischen Blicke beängstigend und einschüchternd. Was wollten sie hier? Es war Mittwoch, später Vormittag. War etwas Besonderes vorgefallen? Sie waren doch noch nie hierhergekommen.

Eduard war froh, dass er auf dem Balkon stand. Sicherheitsabstand. Einer von beiden hob eine Bibel hoch und blätterte darin. Er ließ sie wieder fallen, als wäre sie etwas Widerwärtiges. Dann stießen sie mit ihren Stiefeln gegen die alte Schubkarre, blickten umher.

Schließlich entdeckten sie ihn.

Eduard sah von oben direkt in die Augen des Größeren. Ein strenges, beinahe hartes junges Gesicht mit Mütze und Tuch. Eduard konnte nicht lächeln und grüßen, wie er es sonst tat. HJ. Er hatte ja schon in den ersten Momenten geahnt, dass diese zwei Männer aus der Führung der Lübecker Hitlerjugend sein mussten.

»Heil Hitler!«, riefen sie und hoben den Arm.

Eduard konnte sich nicht bewegen.

Der Größere der beiden kam immer näher an das Balkongitter heran. Eduard konnte auf beide herabsehen. Obwohl die Männer unter ihm standen, wirkten sie gefährlich. Der

Abstand war Eduard angenehm und schwächte das Gefühl von Bedrohung. Trotzdem spürte er die Kälte, die von ihnen ausging, bis zum Balkon hinauf.

»Herr Müller? Kommen Sie bitte herunter, Herr Müller! Wir müssen mit Ihnen reden.«

Er nickte und bewegte sich nicht.

Nun kam auch der kleinere Mann näher. Er maß den Rasen mit langen Schritten ab. Es sah komisch aus, wie er ging.

»Müller, Sie wissen ja, heute Nachmittag ist Heimnachmittag«, sagte der größere Fremde.

Eduard nickte. »Ja, das weiß man«, antwortete er.

»Nun kommen Sie schon, Herr Kaplan, wir haben ein hervorragendes Angebot für Sie! Sie werden staunen!«

Langsam drehte sich Eduard um und ging ins Haus. Verstecken ging nicht, auch wenn er kurz und kindlich mit dem Gedanken spielte. Aber er war kein Kind. Er stieg die Treppen hinunter, am Zimmer des Dekans und an der Küche vorbei. War Albert Bültel nicht zu Hause oder hatte er Angst? Seine Tür war zu. Musste er ihn ausgerechnet jetzt alleine lassen? Eduard nahm sich Zeit für ein Stoßgebet, bevor er aus dem Haus unten wieder ins Freie trat.

Da waren noch immer die Männer in ihren braunen Pumphosen, unten eng, oben weit, dazu Gürtel und schwarze Stiefel. Trugen sie Waffen? Sicher nicht. Er sah neben den Männern die Spielsachen der Kinder im Gras und die Bibeln, die die Jugendlichen nach der gestrigen Jugendgruppe vergessen hatten. Wie gut, dass es nicht geregnet hatte über Nacht, dachte er noch und lächelte über diesen Gedanken.

Die Männer warteten. Eduard kam mit schweren Schritten. Er kam sich vor wie ein kleiner Junge, dabei war er ein erwachsener Mann, ein Studierter, ein Theologe, älter als die beiden Männer vor ihm, stärker, größer.

»Nun, Herr Müller« – man schüttelte ihm die Hand – »wir wollen gleich zur Sache kommen. Die Hitlerjugend braucht einen fähigen jungen Mann wie Sie! Deswegen sind wir hier!« Diesmal redete der Kleinere von beiden. Er war deutlich kleiner als Eduard.

Eduard sah zur Seite. Sorge, Zuneigung und Mitgefühl waren in ihm hochgestiegen, alles gleichzeitig, und er wollte nicht, dass der Fremde diese Gefühle in seinen Augen las. Er konnte schon immer nur schwer verbergen, was in ihm vorging.

»Müller, seien Sie nicht überrascht, wir haben entschieden: Sie arbeiten ab heute mit der Jungenschaft der Hitlerjugend! Das ist eine Ehre für Sie. Wir haben von Ihrer Kreativität gehört und wollen Sie gern für uns gewinnen. Das wird eine schöne Veränderung für Sie!«

»Ich bin Priester«, sagte Eduard.

Der kleine Mann hüstelte. »Das wissen wir. Nun, das Jungvolk sucht Menschen wie Sie, die begeistern können. Sie können doch begeistern, oder nicht? Wir haben immer wieder von Ihrer sehr erfolgreichen Arbeit mit den Jugendlichen gehört! Sie haben wirklich ein Händchen für unser junges Volk! Gratulation!«

Eduard hörte diese Worte wie aus weiter Ferne. Er konnte es nicht fassen, ausgerechnet von der Reichsjugendführung gelobt zu werden. Das war das Letzte, was er erwartet hatte. Sollten sie ihn bedrohen und beschimpfen, aber loben? Die Eltern seiner Jugendlichen hatten dies nicht ein einziges Mal fertiggebracht. Ihm Anerkennung entgegenzubringen. Und da kamen diese beiden Männer von der Hitlerjugend daher und lobten ihn.

Seine Mutter hatte ihn oft ermutigt, aber sie war tot. Der Vater hatte die Familie mit den insgesamt sieben Kindern verlassen, als Eduard klein war, und die geliebte Mutter musste ihn und seine Geschwister irgendwie durchbringen.

Und Lisbeth? Hatten seine große Schwester oder seine anderen Geschwister jemals etwas Anerkennendes zu seinen Plänen gesagt? Lisbeth schon. Doch die Zeiten waren schwer, zu schwer für Erbauung; für Lob schien kein Platz zu sein. Dabei hatte er sich so sehr nach ein paar aufmunternden Worten gesehnt. Dass diese nun ausgerechnet aus der Richtung der Abgesandten Adolf Hitlers kamen, erschreckte ihn und schmeckte ihm bitter. Wie paradox und traurig! Doch es stimmte. Die Jugendlichen liebten ihn und kamen in Scharen in seine Jugendgruppen, und das, obwohl sie bereits mindestens zweimal die Woche in die Hitlerjugend gehen *mussten* – mittwochs und samstags – und dadurch völlig eingespannt waren. Vielleicht kamen sie gerade deswegen dennoch gern zu ihm, um diese Müdigkeit des Eingespanntwerdens und die Schikanen in der HJ wieder loszuwerden. Auch die Mädchen schauten oft vorbei, obwohl ihre Zeit mit Gesundheitsdiensten und BDM, der Hitlerjugend für Mädchen, von den Nationalsozialisten immer mehr eingesaugt wurde.

»Herr Müller, Sie wirken so abwesend! Geht es Ihnen nicht gut? Sie brauchen sich keine Sorgen zu machen, unsere Heimnachmittage der HJ unterscheiden sich in nichts von Ihren Jugendgruppen!«

»Oh doch, das tun sie!«, sagte Eduard.

»Nun, wir hoffen, das tun sie nicht!«

Eduard schloss die Augen. Er dachte an seine Voliere für die Singvögel. Es würde eine große Außenvoliere werden. Die unterschiedlichsten Vögel sollten darin Platz zum Fliegen haben. »Wird in der Hitlerjugend in der Bibel gelesen? Wird Gott gelobt?«, fragte er schließlich.

»Kommen Sie mir nicht mit der Bibel, Müller. Lenken Sie nicht vom Wesentlichen ab. Das Wesentliche ist und bleibt allein der Führer!«

»Ich möchte mit meiner Arbeit keineswegs Konkurrenz sein, falls das Ihre Befürchtung ist!«, sagte Eduard.

»Sie sind keine Konkurrenz, überschätzen Sie sich nicht, mein Bester. Allein der Gedanke ist absurd. Diesen lächerlichen Christenkram kann man nicht auf dieselbe Stufe stellen mit der durchdachten Ausbildung, die der Führer unserem Jungvolk gnädiglich ermöglicht und zugedeihen lässt.« Das Gesicht des Größeren, der immer noch kleiner war als Eduard, zeigte einen kalten Ausdruck und seine Augen waren plötzlich voller Verachtung. Er sah aus, als würde er gleich nach ihm schnappen wie ein abgerichteter Schäferhund. So schnell konnte Lob in Hass umschlagen.

Der Kleinere schlug Eduard freundschaftlich auf den Rücken. »In der HJ laufen, schwimmen, basteln, bauen und lesen wir zusammen«, schwärmte er.

»Und singen – ja, das auch. Wir singen und spielen Fußball. Sie singen und basteln doch auch gern und gut zusammen mit der Jugend, wie wir gehört haben?«, sagte der Größere.

Eduard sah auf den Boden. Woher wussten diese Männer so genau, was er gerne und gut tat? Das erneute Lob hatte ihn berührt, was ihn beschämte und nun einen schlechten Nachgeschmack in ihm auslöste. Seine Seele schien sich in ihm zu wölben und aufzustellen, wie sich die Zunge wölbt, wenn man würgen muss. »Was wollen Sie?«, fragte er. »Woher kennen Sie mich?« Er konnte sich doch nicht einfach und ohne Gegenwehr ködern lassen. Und er würde auch keine weiteren lobenden Worte mehr erlauben. Dieses unangenehme Gespräch sollte möglichst schnell einen Abschluss finden.

Der Kleinere lachte. »Was wir wollen? Mein Guter, denken Sie nach. Wir haben es doch schon gesagt!«

»Sie kennen doch sicher unsere Schriften?«, fragte der Größere. Dann zog er etwas aus seiner Umhängetasche. Eine Mappe. Er hielt sie hoch.

Eduard las die Titel: *Brandstifter Jude* und Die *Reinerhaltung des Blutes*. Wieder würgte seine Seele. Eduard dachte an seine Schwester, damit das Würgen aufhörte. Er musste sich ablenken. Die zarte Lisbeth mit den klugen, schönen Augen. Eigentlich waren Lisbeths Ermahnungen ein verstecktes Lob, wurde ihm jetzt klar. Sie machte sich eben Sorgen, weil seine Ideen erfolgreich waren und sich umsetzen ließen, trotz allem. Sie würde sich ja keine Sorgen machen, wenn seine Pläne nur Geschwätz wären und Theorie blieben. Was würde *sie* jetzt sagen an seiner Stelle, wie würde sie reagieren? Wenn diese Männer in ihrem Garten ständen, was täte sie? Sie käme wohl gar nicht erst in diese missliche Lage. Sie hatte keine Versammlungsidee und plante keine große, nach außen hin sichtbare Außenvoliere auf ihrem Balkon. Würde sie ihn für verrückt erklären?

Vieles durfte er Kollegen erst gar nicht erzählen, da die Vorbehalte gegen seine neuen Ideen zu groß waren.

»Sei doch nicht so ausgefallen mit dem, was du tust! Du bist Priester! Hüte dich vor der Gestapo«, waren die ständigen Warnungen seiner Schwester. Liebevoll verstecktes Lob.

Lisbeth war einmal dabei gewesen, als er mit den Kindern über Hitler sprach. »Warum musst du immer ein Risiko eingehen? Glaubst du, das hätte Mutter gefallen? Du kannst doch nicht diesen Kindern erzählen, Hitler habe ein psychisches Problem!«

Sie hatte ja recht. Er sagte niemandem, dass auch er sich manchmal fürchtete. Das besprach er nur mit Gott allein. Wieso sollte er seine Schwester damit belasten? Sie sorgte sich ohnehin die ganze Zeit. »Ich habe so dunkle Vorahnungen, Eduard«, sagte sie manchmal. »Wo ist mein Glaube?«

»Lies die Psalmen, die Mutter uns in unserer Kindheit so oft vorgelesen hat«, erinnerte Eduard seine liebe Lisbeth dann.

»Uns geht es um die Reinerhaltung des Blutes in unserem Volk«, holten ihn die beiden Männer in die Wirklichkeit zurück. »*Unser* Krieg ist gut. Es geht um Säuberung, um Reinigung, um die dringende Reinerhaltung des Blutes! Alles, was rein ist, tut auch Ihnen gut. Oder mögen Sie Schmutz?«

Eduard träumte sich fort. Wo sollte die Voliere eigentlich stehen? Links würde sie sein Schlafzimmerfenster ganz zustellen. Also war rechts besser. Die Jungs wären jedenfalls von der Voliere begeistert.

»Kommen Sie am besten gleich mit uns mit!« Eduard wurde aus seinen Gedanken aufgeschreckt, als erneut eine Wagentür zugeschlagen wurde. Wie viele der Männer warteten wohl draußen in einem Auto?

Der größere Mann baute sich vor ihm auf und räusperte sich ungeduldig. »Müller! Packen Sie Ihre Sachen! Wir warten im Wagen. Sie wissen ja, was in ein paar Tagen geschieht? Am 20. April? Na? Beeilen Sie sich. Des Führers Geburtstag! Wir haben heute Abend die letzten Vorbereitungen für den Geburtstag Adolf Hitlers zu treffen! Was sagen Sie?«

Eduard reagierte nicht. Er dachte an die Kinder. Sie fingen an, seine Liebe zu Vogelstimmen und zu Bäumen und Tieren zu teilen, was sie noch vor einem Jahr selbst nicht gedacht hatten. Früher fanden sie Pflanzen und Vögel langweilig. Aber jetzt war es anders. Vielleicht, weil das Singen der Vögel und ihre bunte Schönheit einen solchen Kontrast darstellten zur Realität, in der sie lebten. Und diese Realität war die Hitlerjugend – eine andere Welt als die, die Eduard aufzeigte und ihnen anbot. Seine war eine Gegenwelt. In der HJ wurden die Kinder gedrillt und über Straßen und Plätze gejagt, auch die Kleinen, die Zehnjährigen – und jeder Schmutzfleck auf der Uniform und jedes kleinste Zuspätkommen wurde hart bestraft. Bei ihm sollte es ganz anders sein. Die Kinder sollten gern kommen, freiwillig, lachen, singen, beten und Geschichten hören dürfen, die sie liebten. Und vor allem: Vertrauen und Gemeinschaft lernen.

Die Mädchen waren ohnehin Feuer und Flamme für alles,

was er tat. Sie durften eigentlich nicht am Jungenkreis teilnehmen. Aber Eduard ließ sie immer mal wieder dazustoßen, was den älteren Jungs natürlich gefiel. In der HJ war alles streng getrennt, nach Geschlecht, Alter und Können. Eduard versuchte, zu verbinden.

Er wurde aus seinen Gedanken aufgeschreckt, als sich der größere Mann vor ihm aufbaute und ungeduldig räusperte. »Leiden Sie unter Schwächeanfällen oder Konzentrationsproblemen, Müller? Hören Sie zu. Die Reinerhaltung des Blutes …«

»Mit mir geht das nicht«, unterbrach ihn Eduard.

»Wir freuen uns, dass wir Sie für unser Vorhaben gewinnen konnten«, sagte der kleine Mann, als hätte er nichts gehört.

Eduard sah ihm in die Augen. »Ich sagte, mit mir geht das nicht.«

»Es ist eine große Ehre für Sie, das wissen Sie ja, deswegen sind Sie wahrscheinlich auch verwirrt und sprachlos!«

»Ich bin nicht sprachlos. Welches Vorhaben?«, fragte Eduard. Seine Gedanken irrten und ächzten. Wie kam er hier nur wieder heraus? Die Männer akzeptierten kein Nein. Wie hoch war das Risiko, sich zu wehren?

»Nun, Herr Müller, Sie kennen doch unsere Arbeit. Wir haben gehört, dass Sie ein guter Redner sind. Diesen Eindruck haben wir bisher zwar nicht von Ihnen gewonnen, aber sicher tauen Sie auf, wenn Sie viel junges Volk vor sich haben!«

Eduard erinnerte sich an seine eigene Kindheit. Schwer war sie gewesen, die Armut, der fehlende Vater, der auf und davon gegangen war, dessen Beerdigung vor Kurzem er aus Wut und Schmerz nicht hatte besuchen wollen, was er nun bereute; die Mutter, die treu die große Kinderschar allein versorgt hatte … Ach, die Mutter! Ohne ihre Psalmen jeden

Abend am Bett, die sie auswendig vortrug, wäre er nicht der, der er war, wäre er nicht da, wo er jetzt stand. Diese Psalmen aus der Bibel, gesprochen von der Mutter, die als Waschfrau arbeiten musste, um ihn, den Jüngsten, durchzubringen mitsamt den Geschwistern! Sie mit ihren Chorälen und ihrer warmen Stimme! Die Erinnerung an seine Mutter hatte ihm geholfen, nicht aufzugeben, auch jetzt nicht. Er wollte den Kindern und Jugendlichen das Träumen, Hoffen und Fliegen beibringen, falls sie es verloren hatten in diesen Zeiten. Deswegen baute er die Voliere.

»Die Vögel sind frei!«, hatte der zwölfjährige Ulrich gesagt. »Sie müssen nicht exerzieren und Fahnen tragen wie wir. Und sie werden nicht bestraft.«

»Sie haben eben keine Uniform an, sondern Federn!«, meinte der kleine Johann. »Und die können sie nicht schmutzig machen. Also werden sie auch nicht bestraft.«

»Und sie fliegen, also kämen sie nie zu spät!«, sagte Traude. »Und so unschuldig sind sie. Sie singen und jubeln, auch wenn es überhaupt keinen Grund dafür gibt.«

»Es gibt immer einen Grund zu singen und zu loben!«, antwortete Eduard. »Und genau das werden wir von den Vögeln lernen. Wir bauen eine Voliere!« Das war ihm einfach so spontan in den Sinn gekommen.

»Was ist das? Ein Käfig für Vögel?«, fragte Heinz.

»Kein Käfig, Heinz, sondern ein großes Haus, ein Vogelhaus. Die Vögel dürfen fliegen. Also wird das Haus sehr groß werden. Wir wollen sie nicht für immer einsperren, nur bis wir fertig sind, bis wir von ihnen gelernt haben.«

»Was sollen wir denn von ihnen lernen?«, fragte Ulrich.

»Wie es ist, zu hoffen, zu singen und zu loben, zu jeder Zeit, auch wenn es uns mal nicht gut geht.«

»Und wen sollen wir loben?«, wollte Johann wissen.

»Gott natürlich«, antwortete Heinz.

»Und dann singen wir wieder Lieder! Oh schön!«, sagte Greta. »Wann fängst du an zu bauen? Dürfen wir mithelfen?«

»Ja, ihr alle dürft mir helfen!«

»Wann denn? Übermorgen, wenn die HJ vorbei ist?«

»In Ordnung. Die Vögel, wisst ihr, singen und haben uns etwas zu sagen. Wir werden sie beobachten und fangen am Donnerstag gleich damit an, wenn ihr aus der Hitlerjugend zurück seid! Vielleicht geben sie uns ein paar Antworten.«

»Vögel können doch gar nicht sprechen«, sagte Greta.

Eduard hob lächelnd den Finger. »Geheimnis!«

»Und dann lernen wir neue Lieder und singen mit den Vögeln um die Wette!«, meinte Traude und strahlte.

»Aber wie fangen wir denn die Vögel? Oder kommen sie freiwillig zu dir, so wie wir freiwillig zu dir kommen?«

»Das werden wir auch sehen«, antwortete Eduard lächelnd.

»Ich möchte auf jeden Fall Priester werden. So wie du!«, sagte Ulrich. »Oder muss ich dafür studieren? Ich bin nämlich nicht so gut in der Schule.«

Eduard hatte gespürt: Die Kinder waren zuvor noch aufgeregt gewesen und durcheinander, denn nun waren auch die Eltern von Hannah verhaftet worden. Hannah, das kleine Mädchen mit den dunklen Zöpfen, konnte aber gerade noch versteckt werden. Eduard wusste, wo, er kannte das Versteck, doch er durfte dies niemandem sagen. Hannah hatte es geschafft, aber er wusste nicht, ob Ruth, Hannahs kleine Freundin, gerettet werden konnte.

Der größere der beiden Männer hüstelte und räusperte sich wieder, wie es schien, bereits ein wiederholtes Mal, um Eduards Aufmerksamkeit zu erlangen. »Sie fangen also morgen bei uns an.«

»Ich verstehe nicht«, sagte Eduard.

»Aber guter Müller, Sie werden doch nicht vor Schreck

taub geworden sein? Wir brauchen neue Führungsränge, das werden Sie doch nun verstanden haben! Erwachsene Führungspersonen, Männer mit Durchsetzungsvermögen und Erfahrung, für unsere Schulungen und die Sportnachmittage! Oder was meinen *Sie*, was wir vorhaben?«

»Ich … halte nichts davon … es tut mir leid …«

Der kleine Mann versuchte, ihm beruhigend auf die Schulter zu klopfen. Er erwischte nur wieder den Rücken. »Aber, aber, Herr Müller, nur nicht so schüchtern. Sie stottern ja. Stehen Sie nicht so herum! Wenn Leistungssport und Schießübungen Ihnen noch nicht so liegen, können wir zunächst mit den Heimnachmittagen an den Mittwochen beginnen, bis Sie so weit sind. Sie werden natürlich als Quereinsteiger eine besondere Ausbildung benötigen. Keine Sorge, die wird viel kürzer und praktikabler sein als Ihr langwieriges Theologiestudium. Und unsere Führungsaufgaben sind viel besser honoriert, in jeglicher Hinsicht. Sie werden nicht bereuen, die Kanzel verlassen zu haben. Die Jugend ist sehr ehrgeizig, Sie werden sehen, wie wissbegierig und ehrgeizig sie sind!« Der Fremde nickte versonnen. »Ehrgeizig, um *uns*, den führenden Erwachsenen, zu imponieren!«

Eduard wurde übel. Der größere Mann drückte ihm die Mappe *Die Reinerhaltung des Blutes* in die Hand.

»Sie sind natürlich verblüfft von dieser Ehre und unseren Angeboten. Das ist völlig verständlich. Es wird Ihr Leben verändern. Lesen Sie sich in unsere Schriften ein, obwohl Sie die Grundsätze eigentlich längst kennen sollten!«

Eduard stand da mit der Mappe in der Hand. Sie brannte in seinen Händen. Er musste sie loswerden.

»Die Reinerhaltung des Blutes ist unser oberster Grundsatz«, sagte der Größere. »Aber das wissen Sie als Geistlicher natürlich, das brauche ich Ihnen nicht zu sagen. Gerade das Blut Jesu …«

»Es reicht. Ich muss jetzt gehen«, unterbrach ihn Eduard.

»Ich baue eine Voliere für Vögel. Die Kinder möchten lernen, zu fliegen und frei zu sein.«

Die beiden Männer starrten ihn an. »Wie bitte?«

»Sie haben richtig gehört. Ich möchte den Kindern Hoffnung geben. Sie sollen erfahren, wie es ist, Gott zu vertrauen. Am meisten mögen die Kinder die Geschichten von Josef und Abraham aus der Bibel. Immer wieder soll ich sie ihnen erzählen. Also brauche ich Ihre Schriften nicht!«

Die Männer starrten noch immer.

Eduard erinnerte sich an gestern, an die Kinder mit den verängstigten Augen.

»Hat Hannah etwas falsch gemacht? Oder warum wurde sie geholt? Liegt es daran, dass ihre Eltern Juden sind?«, hatte Lotte gefragt.

»Ist es etwas Schlimmes, Jude zu sein?«, wollte Johann wissen.

»Nein, daran ist gar nichts schlimm!«, hatte Eduard geantwortet. »Gott hat alle Menschen gleich lieb.«

Dann war ihm die Idee mit der Voliere gekommen. Er wollte, dass sie sich auf etwas freuen konnten während des Mittwochs und damit während der Heimnachmittage der HJ.

Der Kleinere der beiden Männer lachte. »Freiheit? Sie wissen nicht, was Sie reden. Träumen Sie, guter Mann? Wachen Sie endlich auf!«

Der größere der beiden HJ-Führer war vor Ärger rot im Gesicht. »Wir haben jetzt wirklich keine Zeit mehr zu verlieren mit Ihren Fantasien, Hirngespinsten und Ihrem Gott da!«

»Das trifft sich bestens, ich habe auch keine Zeit mehr!«, sagte Eduard. »Guten Tag, meine Herren!« Damit wollte er sich umdrehen und gehen.

»Stehen geblieben, Müller!«

Eduard hielt inne.

»Wir verstehen ja, es ist eine große Anerkennung und Verwirrung für Sie«, beschwichtigte der Kleinere. »Vielleicht fühlen Sie sich ungeeignet und unvorbereitet, alles ist etwas viel auf einmal! Deswegen sollten wir uns jetzt zurückziehen« – er warf einen warnenden Blick auf seinen Kollegen – »und morgen Nachmittag wiederkommen! Dann werden wir Ihnen alles zeigen und in Ruhe erklären.«

Eduard trat einen Schritt zurück.

Die Augen des größeren Mannes wurden immer argwöhnischer.

»Morgen Nachmittag kommen die Kinder«, sagte Eduard. »Ich habe versprochen, bis dahin mit allem fertig zu sein.«

»Mit was, bitte schön? Hören Sie, Müller. Diese Bälger tun jetzt nichts zur Sache. Wir haben eine größere Mission für Sie als Ihr albernes Vogelhaus! Also faseln Sie nicht. Ziehen Sie sich jetzt etwas an, Sie sind ja noch im Morgenrock. Wir warten hier unten.«

»Die Kinder verlassen sich auf mich und freuen sich schon! Ich muss und werde hierbleiben. Morgen finden alle Jugendgruppen statt. Die Kinder wollen helfen und die Voliere bemalen.«

»Schluss jetzt! Wir werden keine Parallelveranstaltungen zur Hitlerjugend dulden! Die Hitlerjugend ist das Einzige, was zählt und wachsen soll. Ihren lächerlichen Gott und das verweichlichte Christentum können Sie Ihrer Großmutter predigen, aber nicht dem deutschen Nachwuchs, nicht der Zukunft unserer Rasse!«

»Wir erwarten Ihre Zusage bis spätestens morgen Nachmittag und fordern Ihren Gehorsam! Und begreifen Sie, mit wem Sie es zu tun haben. Alles das, was Sie aufgebaut haben, ist sehr schnell vernichtet, wenn Sie nicht kooperieren!«

Vernichtet wäre es, wenn ich mich für die Leitung der Hitlerjugend bereit erklären würde!, dachte Eduard. Er musste wieder an Ruth denken. An Hannah. An die unschuldigen Kinder, die mit ihren Eltern verschleppt wurden. Er wurde plötzlich unendlich traurig. Nicht einmal ein Jahr war er jetzt hier. Er liebte seine Jugendgruppen, die er betreute. Seine Arbeit war in so kurzer Zeit gewachsen. Eduard wusste selbst nicht, wie ihm geschah. Er konnte nur dankbar sein. Wie kam es, dass die Jugendlichen ihn so schätzten? Er war ja nun wirklich nichts Besonderes. Feinfühlig, das schon, und kreativ, aber auch unsicher und empfindlich. Es war seine Aufgabe, den jungen Menschen in dieser schwierigen Zeit Gottes Liebe nahezubringen. Es ging nicht um ihn. Er hatte oft selbst Angst und ahnte, dass er sich in Gefahr begab, wenn er so weitermachte wie bisher.

»Wollt ihr sie wirklich schon wieder hören?«, fragte Eduard lächelnd, wenn er erneut von den Kleinen gebeten wurde, Geschichten aus der Bibel vorzulesen. Er freute sich insgeheim sehr darüber, auch wenn er die Kinder neckte.

»Ja! Bitte! Du kannst so schön erzählen!«, sagte Traudchens Schwester und nickte dabei fest mit ihrem blonden Lockenkopf. »Zu Hause liest uns keiner mehr vor! Und Papa ist an der Front!« Alle Kinder durften Eduard duzen, wenn niemand zuhörte.

»In der HJ lernen Ihre Jungs, echte Männer zu werden!«, rief der kleinere der beiden Männer.

»Sollen Ulrich und Heinz Menschen werden wie Sie? Die andere bedrohen?«, fragte Eduard. Plötzlich schien der Mantel, mit dem er sich bisher bedeckt gehalten hatte, zu reißen. Er konnte nicht mehr an sich halten. »Ob die Ausbildung der Hitlerjugend wirklich hilfreich ist und zu einem gesunden Gedeihen junger Menschen beiträgt, wage ich zu bezweifeln.« Eduard war über seine eigenen Worte erschrocken, fügte jedoch hinzu: »Mut und Hoffnung sind jetzt überlebenswichtig. Das ist das, was die Kinder und Jugendlichen brauchen!«

»Müller, Sie vergessen sich wohl!«

Eduard wandte sich mit festem Blick an die beiden Männer. Plötzlich fielen noch mehr Worte aus seinem Mund.

»Wie gut, dass das Pfarrhaus einen so großen Balkon hat. Wissen Sie, ich liebe diese Stadt und fühle mich schon richtig wohl hier. Ich habe auf dem Balkon ein Plätzchen für Vögel und Pflanzen gefunden, wo sie sicher sind. Sehen Sie die Holzlatten und den Draht?«

»Müller!«

»Ich bleibe hier. Ich kann nicht mit Ihnen kommen. Ich werde hier gebraucht. Ich muss meine Versprechen einhalten. Den Kindern gegenüber. Gott gegenüber. Allen denen, die mein Studium ermöglicht haben.«

»Was wollen Sie mit Ihrem nutzlosen Studium erreichen?«

Sein Studium. Was für ein langer, hart erkämpfter Weg! Man hatte ihm gesagt, er sei ein außerordentlich kluger und begabter Junge. »Er soll studieren! Er muss studieren!« So flüsterte und rief man seiner armen Mutter zu. *Wie denn?*, hatte er sich gedacht. *Wir haben nicht mal Geld für ein vernünftiges Abendessen, geschweige denn für ein Abitur! Ich muss doch mithelfen daheim, es gibt so viel zu tun.* Und zu seiner Mutter sagte er: »Sorge dich nicht. Das ist Unsinn. Höre nicht auf das Geschwätz der Leute. Was bringt uns mein Abitur? Außerdem bin ich der Jüngste! Warum ich? Und was ist mit den anderen? Sollen meine sechs Geschwister noch neidisch auf mich werden?«

Da hatte er aber die Rechnung ohne die Leidenschaft seiner Mutter gemacht. Alle Hebel setzte sie in Bewegung, damit ihr jüngster Sohn das Abitur nachholen und Theologie studieren konnte. Kaplan Schräder hatte aufgrund ihrer Mühen Geldgeber für seine Ausbildung organisiert.

Wie konnte er ihr all das zurückgeben? Er verdankte seiner Mutter sein Leben, seinen Glauben, seine Arbeit, jede offene Tür. Und nun war er hier. Er hatte es geschafft. Er wollte sein Bestes geben nach all den Jahren des Trainings, des teuren Studiums, gefördert von Gönnern, die seine Mutter aus wer weiß wie vielen Ecken ans Licht befördert hatte. Er schämte sich anfangs, Geld annehmen zu müssen. Aber nun sollte es nicht umsonst gewesen sein.

»Ich fühle mich so abhängig«, hatte er Lisbeth damals erzählt. »Und es reicht doch hinten und vorn nicht. Nur das Geld meiner Lehrerin, das nehme ich gerne an. Aber Almosen zu erhalten ist erniedrigend. Sollte ich nicht doch lieber eine normale Arbeit suchen, etwas Handwerkliches, anstatt so lange zu studieren? Ich habe doch Bauen und Schnitzen gelernt. Denk an meine Tischlerlehre.«

Seine Schwester hatte ihn immer ermutigt, an der Theologie dranzubleiben. »Aus dir wird etwas Großes! Ich weiß es! Du wirst Priester und noch viel mehr!«

Er konnte mit hervorragenden Zensuren aufwarten, aber nicht mit Geld. Die guten Noten brachte er fleißig. Nun wurde er bezahlt, aber seine Mutter, der er alles verdankte, lag begraben. Sie sollte trotzdem stolz auf ihn sein und wissen, wie sehr sich ihre Opfer, ihre Liebe und ihr Aufwand gelohnt hatten. Sie würde mit ihm ernten, denn *sie* hatte gesät, nicht nur er. Er würde treu bis zum letzten Atemzug sein. Das war er ihr schuldig. Sie war die gläubigste Frau, der er jemals begegnet war. Er vermisste sie so.

»Ich bleibe hier«, sagte Eduard. »Ich komme nicht mit.«

»Müller, Sie haben immer noch nicht richtig verstanden. Dies hier ist kein Vorschlag, sondern ein Befehl. Sie werden jetzt gehorsam sein. Der Führer braucht Sie.« Ein letzter Versuch, ihm zu schmeicheln, ihm, dem Konkurrenten? Der Führer brauchte ihn? Sollte er ein Geburtstagsgeschenk für den Führer werden?

Eduard straffte die Schultern. »Ich aber brauche den Führer nicht. Krieg wird niemandem helfen!« Die beiden jungen Männer vor ihm kamen ihm plötzlich wie die Jugendlichen aus einer seiner Gruppen vor, verwirrt und fragend. Sie brauchten Hilfe, sie mussten weg von ihrem Irrweg. »Wissen Sie, mein Vater, der im Ersten Weltkrieg an der Front gekämpft hatte, hat das Töten später nicht überwunden. Ihn plagten Albträume. Er hat uns verlassen, als er zurückkam. Der Krieg hat ihn zerstört. Er kam nie wieder wirklich zu uns zurück. Er war ein herzensguter Mann gewesen, bevor er an die Front musste. Krieg bringt so viel Elend und Leid. Ich war acht, als er uns endgültig verließ. Mein Vater hatte getrunken und war gewalttätig. Ich weiß nicht mal, wie er später gestorben ist. Ich war nicht da. Nicht einmal auf der Beerdigung. Ich konnte ihm lange nicht vergeben. Ich kann junge Menschen für keine Front der Welt vorbereiten. Dafür bin ich der Falsche, glauben Sie mir. Ich bin dagegen! Ich kann Ihnen nicht helfen. Bitte suchen Sie einen anderen.« Er konnte Verblüffung in den Augen der Fremden lesen. Seine offenen Worte und seine ernste Bitte passten nicht in ihr Konzept.

»Müller, wir befehlen Ihnen jetzt ein letztes Mal, mitzukommen!« Es klang hilflos. »Nur weil Sie Geistlicher sind, werden wir nicht zimperlich mit Ihnen umgehen.«

»Ich weigere mich, meine Herren. Und wenn Sie mich jetzt bitte entschuldigen würden. Ich habe noch viel zu tun.« Eduard drehte sich um und ging Schritt für Schritt langsam zum Pfarrhaus zurück. Sein Herz schlug schnell. Er hörte das Zerreißen von Papier.

»Ihre Bibel wird Ihnen jetzt nicht mehr weiterhelfen, Müller!«

2

Die Steinzelle

»Du, Vater, du rate!
Lenke du und wende!
Herr, dir in die Hände
sei Anfang und Ende,
sei alles gelegt.«
Eduard Mörike

»Das, was nun seit vielen Monaten unsere Gedanken immer wieder beschäftigte und nicht mehr loslassen wollte, wird nun eintreten.«

September bis Oktober 1943

Bewölkt ist dieser Herbst; er scheint stillzustehen. Und doch vergeht er jeden Tag. Die Gebilde der Wolkenstunden sind weitergezogen und haben neuen Platz gemacht, ohne dass ich es bemerkt habe.

Die weißen Stunden bewegen sich langsam und leise, wie auf Zehenspitzen oder mit geräuschlosen, dicken Pantoffeln. Als wären meine Ohren mit Watte verstopft. Ich höre die Stille und höre mein Herz. Ich atme. Ich lebe. Ich heiße Hermann Lange.

Die Zeit in meiner Steinzelle scheint stillzustehen. Fratzen haben sie keine, die Wolkengebilde auf Samtpfoten aus Herbst und Zeit. Sie ziehen an meinem Gesicht vorüber, ruhig, rund und bauschig. Friedlich wirken sie. Vielleicht möchten sie meine leisen Gebete nicht stören.

Ihre Formen, Münder und Augen verschmelzen ineinander. Sie tanzen. Sind sie nun sichtbar oder unsichtbar, die Wolkenstunden meiner Zeit, meiner letzten Zeit? Ich beobachte diese irdischen Stunden. Ob sie denen anderer Menschen ähnlich sind? Ich möchte meine vergleichen können mit den Stunden im Himmel, die auf mich warten, von denen ich nachts träume. Die Himmelsstunden sind unendlich hohe, starke, weiße Säulen, die in ein strahlendes Blau hineinragen. Ich sehe kein Ende. Sie strecken sich muskulös nach oben, wachsen. Ich halte mich fest. Sie trösten mich, wenn ich friere. Sie leuchten warm, wenn mich das grelle elektrische Licht jede Nacht quält. Warum schalten sie es nicht aus? Dieses ununterbrochene künstliche Licht! Die Ewigkeit in meinen Träumen unterbricht dieses künstliche Licht in meiner Zelle. Wenn ich nicht schlafen kann und meine Augen schmerzen, bete ich für meine Freunde und Familie und meinen kleinen Bruder Paul.

Während sich hier und woanders Wolken auftürmen, friere ich. Die Zelle hat eine Fratze. Sie zieht sich immer kleiner zusammen, wird ein einziger geballter kalter Stein.

Die Decke auf dem Klappbett hält mich nicht warm. Sie reicht kaum über meine langen Beine, meine eisigen Füße. Was passiert, wenn ich krank werde? Pflegen sie mich gesund, um mich dann besser und frisch enthaupten zu können?

Ich war lange ohne Arg. Es dauerte, bis ich begriff. Ich träume noch immer von Wolken wie früher, als ich ein behüteter kleiner Junge war.

Dass der kleine Hans, nicht mal achtzehn Jahre alt, freigesprochen wurde und dass Stephan, Alois und die anderen Teilnehmer unserer Gruppenabende endlich wieder zu Hause sind, beruhigt mich. Kaum zu fassen, dass sie überhaupt verhaftet wurden und monatelang in Gefangenschaft aushalten mussten wie ich. Wegen mir, so denke ich manchmal, und wegen »Nichtanzeigen eines landesverräterischen Vorhabens« – das gibt mir viel zu denken und zu leiden. Einige der Jungs sind kaum zwanzig Jahre alt. Medizinstudenten, Auszubildende. Und sie wiederum leiden mit mir, weil ich hier festsitze und sterben soll.

Ich höre die Stille bis in mein Herz.

Der Hass auf die Kirche und Geistliche ist viel größer, als ich dachte. Sie haben Angst vor uns. Man hat ihnen gesagt, ich hätte sie verführt. Ich sei ein verräterischer »Pfaffe«, dem nicht zu trauen ist, ein Verbrecher. Und dass vom Katholizismus ohnehin nicht viel zu erwarten gewesen sei für den Krieg. Alle Geistlichen seien Schufte und Hunde, die Zutreiberdienste für den Feind leisten, jüdisch infiziert, sagte Anwalt Dr. Crohne. Es sei ja mit der Kirche sowieso nicht weit her, sie sei erstarrt, deswegen solle sie bald abgeschafft werden, spätestens nach dem Endsieg werde man Maßnahmen ergreifen. Das Köpfen von Pfaffen sei ein rechter Anfang und ein Zeichen zur Abschreckung. Deswegen gebe es die Hitlerjugend, die junge Menschen anständig *erziehe*. Die brauche keine Konkurrenz von kirchlicher Jugendarbeit. Man habe nun wirklich nicht mehr seine Zeit zu verschwenden und zu christlichen Gesprächsrunden oder zum Religionsunterricht zu laufen, wo es doch die Jugendweihe der HJ gebe. Das solle sich jeder ab jetzt gut merken, wenn er nicht eingesperrt werden wolle. Man müsse nie mehr zu aufgeblasenen Pfarrern und Priestern eilen, da diese Volksschädlinge seien, nichts anderes. Religion finde man bei Adolf Hitler. Bei ihm müsse man religiös mitbauen. Ein Jesus Christus müsse doch nicht verteidigt werden, wo Adolf Hitler erschienen sei! Und es sei gut, dass man zum ersten Mal einen protestantischen

Pfarrer hinrichten werde. Ein sehr guter Anfang. Und weg mit den katholischen und evangelischen Lügen.

Sie meinen es tatsächlich ernst. Heinrich Schniers, mein Heimatpfarrer aus Leer, konnte kaum sehen und musste mit zerbrochener Brille in einer Plantage arbeiten. Ich habe eben erst von dem Tod meines hoch geachteten Freundes gehört. Menschen wie Schniers geben ihr Leben. Warum sollte ich verschont bleiben?

Unser armer Freund Adolf Ehrtmann, er muss für fünf Jahre ins Gefängnis wegen »Heimtücke« und »Feindbegünstigung«. Und doch stand nach dem Prozess im Juni nur das Entsetzen über mein Urteil in seinem Gesicht. Über mein Todesurteil.

Hitler persönlich hatte meinen Tod längst unterzeichnet, im März schon, ein Vierteljahr vor dem »Prozess«. Ein Spiel lief ab vor dem Gericht, für das viele Menschen voller Gebet und Hoffnung extra angereist waren, von nah und fern, weil sie dachten, es sei ein ordnungsgemäßer Prozess, kein Schauspiel.

Dann vorgefertigte Urteile, fragwürdige Gestapo-Ermittlungen. Man starrte mich an, als ich ein paar Tage nach dieser unwürdigen Farce im Juni nach Hamburg abtransportiert wurde, zusammen mit Fritz, Johannes und Eduard. Wir vier verurteilten Geistlichen. Über zwölf Monate waren wir in Lübeck bereits gefangen gehalten worden.

Die Besuchssperre war mir die größte Pein, die schlimmste Zeit meines Lebens. Ich brauche Gesellschaft, Stimmen, Menschen. Aber Gott lässt keinen zuschanden werden und meine Feinde nicht über mich frohlocken. Er leitet die Elenden recht: Jesus, meines Lebens Leben und meines Todes Tod.

Damals in den ersten Monaten existierte zumindest noch

die schüchterne Erwartung auf Rückkehr und Freiheit, obgleich es mir doch schon unmöglich erschien, nach allem, was ich erlebt und gesehen hatte: heim zu können, heim zu dürfen. Bin ich nicht zu sehr Zeuge geworden? Ich schrieb viele Briefe in diesen gefangenen Monaten. Ich weiß zwar, sie wurden auch vom Wachpersonal gelesen, aber in diesen Briefen ging es mir um geliebte Menschen, nicht um das System oder um mich.

Nun ist alles aus. Wir sollen sterben, alle vier.

Die jungen Männer unserer abendlichen Gesprächsrunden weinten, als wir in das schwarze Auto verfrachtet wurden. Das Gefängnis in Hamburg hat eine offizielle Hinrichtungsstätte, Lübeck nicht.

»Hermann Lange, einsteigen!«

Ich stieg ein.

Nun bin ich schon fast vier Monate hier. Ein Hinrichtungskandidat. Vor mir wurden Hunderte von Menschen hier hingerichtet.

Ich muss immer wieder daran denken, dass Dr. Crohne und andere Beamte des Volksgerichtshofs gelangweilt Postkarten schrieben, als unsere Verteidiger sprachen.

Ich mag es nicht, wenn Lügen über mich verbreitet werden. Wie soll ich mich von meiner Hamburger Steinzelle aus wehren?

»Vikar Langes Korrespondenzen sind *sehr* aufschlussreich.«

Wie soll ich die Gerüchte, die die Nationalsozialisten über mich in Lübeck verbreiten, bei meinen vertrauten und geliebten Menschen zu Hause, gefesselt vom Hamburger Strafgefängnis aus, richtigstellen? Ich liebe die Seelsorge. Ich habe vieles notiert. Und was hat die Gestapo nicht alles erfunden in meiner Gemeinde über mich, bei den Bischöfen, bei mir wichtigen Menschen, sogar von »Frauengeschichten« wurde berichtet, die es nie gab. Verliebt war ich einmal in Suse, in meiner Schulzeit, als ich vierzehn Jahre alt war. Sie war sechzehn, hatte blonde Kringel am Kopf und Allergie auf den Händen, und ich wollte sie so gern zum Eis einladen, traute mich aber nicht.

Ich bin froh, dass Robert Köster mit seinen fünfundsiebzig Jahren die Torturen der Gefangenschaft überstanden hat. Selbst ihn haben sie ein ganzes Jahr festgehalten, obwohl er doch nur Kirchenangestellter ist, also Laie. Sie haben den alten Mann in der Gefangenschaft misshandelt. Kaum freigelassen, soll er gestorben sein. Ein Schock. Wer will schon in so einer Welt bleiben?

Kösters Gesicht schien vor Hunger aufgedunsen, als ich ihn damals kurz auf dem Hof sah – wie das Gesicht von Johannes, bevor Tante Johanna uns endlich zusätzliches Essen bringen durfte.

Manchmal steigt die Wut über all das Unrecht in mir hoch. Was haben Robert, Hans und Alois Böses getan? Was haben sie verbrochen? Mir regelmäßig zugehört. Die Gesprächsrunden im Gesellenhaus oder in unserem Pfarrhaus besucht, die Gottesdienste. Mir Fragen gestellt. Mir vertraut. Eduard und Johannes und mir vertraut, uns Kaplänen in der Herz-Jesu-Kirche. Und Gott.

Mir können sie wehtun, mich können sie hungern und frieren lassen, aber nicht meine Schafe misshandeln. Ich bin ihr Hirte und verantwortlich dafür, dass es ihnen gut geht, dass sie gute Weide finden.

Warum soll ich mich überhaupt erklären? Die Nationalsozialisten können mich nicht verstehen. Sie haben einen anderen Glauben, einen anderen Geist.

»Unsere Stadt soll endlich ganz und gar unkirchlich werden. Mit Pfaffen werden wir aufräumen«, hat man mir gesagt, als es um mein Leben ging im Juni 1943. »Die Kirchenfrage wird auch noch gelöst, keine Sorge, nach der Judenfrage, ganz zum Schluss.«

»Zersetzung der Wehrkraft«, »Verstoß gegen das Heimtückegesetz«, »Rundfunkverbrechen« – das wird mir vorgeworfen. Weil durch mich andere Menschen das Unrecht wahrnehmen, das Unmenschliche, direkt in ihrer Umgebung. Weil ich Diktatur, Krieg und Ermordung nicht für richtig empfinden kann. Das nennen sie Widerstand. Weil ich offen sage, dass das Christentum nicht mit dem Nationalsozialismus vereinbar ist. Aber das werden sie doch sicher selbst bemerkt haben. Meinen sie tatsächlich, Christentum und Judentum ausrotten zu können, und ich sehe dabei zu? Das muss einem erst einmal einfallen.

Der christliche Glaube ist praktisch und damit unmittelbar politisch, auch wenn mich Politik nie interessiert hat. Es ist einfach passiert, weil ich meinen Glauben lebe. Deswegen sitze ich jetzt hier fest und möchte nach Hause.

Ich muss an meine Kindheit in Leer denken. Wie sicher, geborgen und schön ich aufgewachsen bin. Die Zelle ist das ganze Gegenteil meiner Kindheit. Doch ich bin kein Kind mehr, sondern erwachsen geworden.

Die Zellenwolken, sie sind nicht leer und grau, wie ich es von einem Zuchthaus wohl erwartet hätte, sondern es sind große und aufgetürmte Wesen, aber nicht bedrohlich, manchmal dunkelblau, an der Spitze rot, als wäre die Sonne gerade über ihnen aufgegangen oder untergegangen, mal hell, rosa, weiß. Für mich geht die Sonne unter. Und doch geht sie gerade erst auf. Ich lerne mich gerade kennen, wie ich wirklich bin, in Not, Einsamkeit und Bedrängnis.

Manchmal regnen die Stundenwolken. Dann sitze ich auf dem einen einzigen Stuhl am Tisch und will schreien und gleichzeitig weinen. Fassungslos weinen. Doch ich tue es nicht. Vielleicht bin ich zu schwach. Oder zu stark. Die Unendlichkeit habe ich schon in dieser Zelle. Dennoch ist der Lebensstrom selbst hier nicht aufzuhalten.

Ich springe auf und schlage gegen die Zellentür, dass sie mich herauslassen sollen.

Und bleibe sitzen. Es passiert nur in meiner Fantasie, dass ich mich auflehne. »Öffnen Sie die Tür! Wie lang wollen Sie mich noch festhalten? Sind fünfzehn Monate nicht genug?«, rufe ich – in meinen Gedanken. »Lassen Sie uns frei!« Krieg gibt niemandem das Recht, Unrecht zu tun.

Ich möchte zurück nach Hause, nach Lübeck. »Unsere Stadt liegt von Bomben in Schutt und Asche und blutet, ich muss hier raus, ich muss helfen, wo ich kann!« Und ich komme mir vor wie eine Maus, die aus der Hand eines Menschen herausgelassen werden will.

Doch die Wächter haben ohnehin keine Ohren und keine Macht. Sie verhalten sich wie Marionetten, und in ihren Augen erkenne ich nur staunenden Spott.

Welche Städte sind noch getroffen? Ich habe kaum Fenster und kann nichts sehen, weiß nicht mehr, was draußen vor sich geht, oft nicht mal genau, welcher Tag ist. Ich habe kein Radio.

»Wenn euch unser Land am Herzen liegt, lasst mich gehen. Unsere Stadt ist niedergebombt, so wie eure auch! Die Menschen in Lübeck und Hamburg sind obdachlos! Witwen, Kinder, sie sind auf der Straße und brauchen Hilfe, Nahrung und Schutz. Ihre Männer sind nicht da, sind an der Front. Wisst ihr das denn nicht? Seid ihr blind geworden? Deutschland braucht auch eure Hilfe dringend, jeden, jede Hand, jedes Gebet.«

Aber kann ich denn zurück? Ich werde wohl nie mehr Priester sein dürfen, selbst wenn ich freikommen sollte. Was sind das für Gesetze, die mich hier halten?

Ich habe aus der Sicht der Nationalsozialisten »Hetzschriften« gelesen und Informationen und Hirtenbriefe ausgetauscht, die das Regime schwer infrage stellen. Damit habe ich etwas Verbotenes getan. Etwas Heimtückisches.

Der Volksgerichtshof hat Hunderte von Todesstrafen verhängt und ist sehr geübt darin. Auch für mich hat er eine vorgesehen.

Ich stelle mir vor, wie ich fliehe.

Tante Johanna flüstert mir bei ihren wenigen, aber regelmäßigen Besuchen heimlich etwas zu. Es steht schlecht um unser Land, um Europa. Eine Katastrophe bahnt sich an.

Doch dieser Krieg *muss* verloren werden. Es geht nicht anders. Sonst wird dieses System nicht beseitigt.

Tante Hanna kümmert sich um meine Wäsche, die liebe, gute Johanna. Sie bringt Brot, Butter, Tee. Was wären wir ohne unsere Haushälterin aus der Parade 4? Ich sehne mich nach einem Becher Kaffee. Und nach einem geräumigen Zimmer. Doch beten kann ich auch hier in der Steinzelle.

Hätte ich doch ein Radio! »Rundfunkverbrechen« ist es, weswegen ich getötet werden soll.

Ich höre immer wieder Fliegeralarm, aber sie fesseln mir die Hände und lassen mich, wo ich bin, während sie selbst den schützenden Luftschutzkeller aufsuchen. Ich habe Angst, verschüttet und getroffen zu werden. Gut, dass das Gefängnis nicht in Berlin ist.

Gott hat mich am Leben gelassen, als Hamburg im vergangenen Sommer nachts bombardiert wurde. Wir waren noch nicht lange im neuen Zuchthaus angekommen. Meine Hände blieben gefesselt, während alle anderen Häftlinge, die nicht hingerichtet werden sollten, ausgelagert wurden, fort von dem Feuer. Ich musste in meiner Zelle bleiben, während es um mich herum einschlug.

Ich kann wohl nie mehr dorthin zurück, wo ich am glücklichsten in meinem Leben war: nach Lübeck in die Parade 4. Ich vermisse das Pfarrhaus. Die gelbe Küche. Die Menschen der Innenstadt, die Glocken und Türme, das Leben und Treiben und Bischof Berning und Albert Bültel. Die warmen Erinnerungen lassen mich aufseufzen. Am schönsten waren unsere Gruppenabende und die persönlichen, privaten Gespräche mit Eduard, Johannes und Fritz. Ich liebe die drei. Sie sind meine besten Freunde. Solch ein Geschenk im Leben ist einmalig und unbezahlbar.

Ich denke daran, wie Eduard den Käfig geöffnet hat, bevor sie ihn holten, ihn zuletzt, und alle Vögel fliegen lassen. Er liebt nicht nur Vögel, sondern auch Schmetterlinge.

Ich darf meine Priesterweihe im Dom von Osnabrück nicht vergessen: Wie glücklich bin ich hier gewesen! Meine Zukunft habe ich mir fröhlich ausgemalt.

Glaubte ich jemals, so zu enden? Doch ich ende ja nicht. Wie konnte ich wissen, dass unser Land so tief fallen wird? Habe ich dafür so viele Jahre gelernt und studiert, um in einer Zelle lebendig begraben und dann mit entblößtem Oberkörper enthauptet zu werden? Ein »Volksschädling« zu sein, obwohl ich unser Land so sehr liebe?

Wie kurz war die tatsächliche Ausübung meines Berufes gewesen. Ich frage mich, wie viel bleibende Frucht ich als Kaplan in diesen wenigen Monaten überhaupt habe bringen können. Es sticht in meiner Brust bei dem Gedanken, dass die Zeit zu kurz gewesen sein könnte, die wenigen Jahre.

Gott flüstert mir zu, dass ich immer noch Frucht bringe, egal, wo ich bin. Niemand kann mir das wegnehmen: Gebete bringen die größte Frucht. Manchmal ist es schwer, Gott zu glauben. Ich war so gern aktiv und tätig.

Johanna hat vor ein paar Tagen Brot gebracht, dickes Brot, das ich mit beiden Backen kauen kann. Darüber bin ich sehr dankbar. Was wären wir ohne unsere tapfere Haushälterin Tante Johanna, die den schweren Weg auf sich nimmt, um uns, Johannes, Eduard und mich, mit Nahrung, Wäsche, Seife, Hostien, Messwein und Bibelworten zu versorgen? Vor allem schenkt sie uns aber ihre mütterliche Zuwendung und Nähe.

Sie denkt auch an Fritz, da seine Frau Hildegard wegen der drei Kinder und besonders wegen der seelischen Aufregung und Belastung nicht oft kommen kann.

Tante Hanna ist geschickt darin, zu schmuggeln. Sie setzt regelmäßig ihr Leben aufs Spiel, damit wir Gottesdienst zelebrieren können. Wein ist im Gefängnis natürlich nicht erlaubt. Was sie tut, ist Feindbegünstigung. Mit Messwein. Ich bin nun ein Feind. Der erste Geistliche, der in Hamburg offiziell ermordet werden soll. Zusammen mit meinen drei Glaubensbrüdern.

Wer wird als Nächstes kommen?

Als unsere Strafverteidiger leidenschaftlich sprachen, las der Richter demonstrativ Zeitung. Die Wächter spielten Karten. Was für eine Verhöhnung.

»Wenn nun Gott meinen Tod will, es geschehe sein Wille.« Ich warte und erinnere mich.

So war es auch am Anfang meiner Zeit in dieser Zelle gewesen: Ich wartete und erinnerte mich. Ich wartete auf die Farben. Je nachdem, was für Gedanken meine Wolken füllten, waren sie hell oder dunkel. Sommerfarben. Herbstfarben. Je nachdem, wie meine Seele fühlte.

Ich sehe also Farben in meiner Todeszelle, Regenbogenfarben. So weit ist es schon mit mir gekommen.

Wenn der Hunger es zulässt, kann ich denken. Das Nachdenken umfängt meinen ganzen Kopf. Die Hungerkost macht Bauchweh, Geschwüre.

Mein Kopf ist schwer, viel größer als mein Körper. Wie ein Ballon sitzt er auf meinem dünnen Hals, ich kann ihn kaum tragen und muss ihn täglich in meine Hände stützen, die jucken, an den Nägeln reißen und bluten. Das ist der bedrohliche Hunger. Dass ein Bauch voll und wohlig sein kann, habe ich nie vergessen. Ohne Johannas Hilfekorb mit der Zukost aus Kartoffeln, Butter und Brot wäre der lebensbedrohliche Hunger noch unerträglicher.

Eigenverpflegung soll uns gewährt werden ab nächster Woche, auch Obst, habe ich gehört. Ist das wirklich wahr? Damit wir die Hinrichtung überstehen.

Je nachdem, wie meine Seele fühlt, wie es mir und ihr geht, sehe ich die Farben oder das Unsichtbare. Seltsam, dass ich keine Halluzinationen habe, nie Linsen, Schokolade, Kuchen, Honig und Milch sehe, nur Farben. Ich bin doch kein Künstler.

»Wenn nun Gott meinen Tod will, es geschehe sein Wille.« Das habe ich geschrieben und meine es – aus vollem Herzen. Wenn nicht Gott mit mir in dieser Zelle ist, wer dann? Und wenn Gott nicht jetzt mit mir in dieser Zelle ist, wann wird er es je sein? Gott liebt alle Menschen gleich. Die Rasse zählt für ihn nicht.

In den Wolken liegen meine Gedanken, wie früher, als ich klein war. Sie formen die Gebilde. Da ich so hungrig bin, geht es sehr langsam voran mit dem Formen. Zuerst wusste ich gar nicht, dass ich Stunden selbst formen kann. Ich fühlte mich anfangs sehr ausgeliefert, ohnmächtig und einsam. Ich zitterte.

In den ersten Tagen in meiner Todeszelle lagen so dicke Wolken vor meinen Augen, dass ich wie blind war. Ich fühlte mich lebendig begraben, eine weiße, steingraue Beerdigung.

Unschädlich gemacht, damit ich keinen Segen mehr bringen, keine Segensspur mehr legen kann. Minen werden täglich draußen gelegt, Bomben gehen hoch, reißen Häuser und Glieder in Stücke – und mein Wille soll gebrochen werden. Ein depressives, geschocktes Etwas kauerte die ersten Tage auf diesem Stuhl. »Achtung Selbstmordgefahr« heißt es hier im Gefängnistrakt. Ich weiß jetzt, warum.

Wie viele Menschen sind in dieser Zelle schon vor mir hier gesessen und haben auf ihre Enthauptung gewartet?

Seit 450 Tagen bin ich von der Außenwelt abgeschnitten. Das Nichtstun macht mich unglücklich.

Die Luft ist voll von früherer, alter Panik fremder Menschen. Eingepfercht in das Adrenalin anderer bekomme ich oft keine Luft mehr und höre fremde, vergangene Schreie wie die Schreie von Schweinen, die geschlachtet werden. Eine unsichtbare Schweineherde glotzt mich an. Ich bin bei den Schweinen gelandet wie der verlorene Sohn und habe doch das Richtige getan. Ich bin eben nicht weggelaufen, habe die Wahrheit nicht im Stich gelassen. Und doch rieche ich den Schweiß der Toten, esse Schweinefraß und kann nichts anderes tun als Fürbitte leisten den ganzen Tag, für Tote und Lebende. Geborgenheit legt sich über das fremde Adrenalin. Und das mitten in einer Zelle, die mich an die Schweineherde erinnert, in die der Besessene gefahren ist.

Jetzt sind die Wolken nicht mehr so nah. Sie scheinen weiter weg. Sie werden mir jeden Tag ferner. Das irdische Leben zieht sich vor mir zurück. *Von mir.* Müssten nicht Aasgeier über mir kreisen? Das menschliche Leben wendet sich skeptisch und angewidert ab, die Welt, weil sie mich nicht versteht, weil ich heimgehen möchte zu dem, der nicht mit der Welt zu fangen ist und sie dennoch liebt und erlösen will.

Seltsam, ich fühle mich, als wäre ich nicht mehr in meiner

Zelle, sondern in einem Nest. Als wäre ich wieder ein kleiner Junge, zu Hause bei meinen geliebten Eltern, die mich behüteten.

Hier bin ich ein Schwerverbrecher und harre auf den langen Weg über den Gefängnishof hin zum Schafott. Die rebellische Welt hält mich in dieser Zelle gefangen wie einen Vogel im Käfig, aber ich schwebe schon hinaus, entkomme ihr.

Es scheint mir, als zöge ich in eine Gegend, in der es keine Wolken, Stunden und Zeit mehr gibt, in Räume außerhalb der Welt.

Ist es Todessehnsucht, die mich umschlingt? Ich bin müde meiner Verzweiflung, des Wartens, des Völkischen, der Gnadengesuche und Grübeleien. Nur Gott allein wird mir die Gnade geben, die ich brauche. Ich weiß nicht, an welchem Tag es so weit sein wird, an welchem sie mich holen und ich sterben werde. Heute ist, soweit ich weiß, der letzte Oktobertag 1943.

Dr. Berning, unser Bischof aus Osnabrück, möchte kommen und uns sehen. Ob das wohl gelingt? Wie sehr ich mich freue, dass der Bischof sich niemals von uns abgewandt hat, auch wenn er so lange schwieg. Er wusste sicher selbst nicht, was er zu all dem sagen und denken sollte.

Und wie soll ich nicht dankbar sein: Am 10. November erwarte ich meinen Bruder. Das ist schon sehr bald, und ich fiebere auf diesen Tag hin. Ich freue mich so sehr, Paul zu sehen. Er hat Heimaturlaub aus Russland beantragt, um mich zu besuchen. Er hat sich um die Berliner Besuchserlaubnis sehr bemüht und sie erhalten. Er kommt stellvertretend für alle, die nicht kommen. Ich kann es noch gar nicht glauben! Wie viele Jahre sind vergangen, wie lange habe ich meinen Bruder nicht mehr getroffen! Was soll ich ihm sagen? Wie wird es ihm gehen und wie wird er es aufnehmen? Wir werden doch nicht allein in einem Raum sein dürfen. Dass ich ihn nicht in Lübeck empfangen konnte! Wie gern hätte ich ihn herumgeführt, ihm die Küche und den Garten und die Terrasse gezeigt und von allem Aufregenden berichtet. Aber ich will mich nicht beschweren. Gott weiß, was er tut. Er kennt jede einzelne Minute. Unser ganzes Leben. Er ist immer pünktlich.

Sollte ich nicht über meine radikalen Gedanken, meine Wut, meinen Glauben trotz des sicheren Todes, manchmal selbst erschrocken sein? So wie mich das Schlüsselklirren der Wachbeamten noch immer erschreckt. Die Schlüssel keuchen, dass wir vier jederzeit geholt werden können. Vielleicht werden wir gar nicht alle zusammen getötet, sondern jeder von uns an einem anderen Tag, in einem anderen Monat. Vielleicht kommt doch einer von uns noch frei? Fritz vielleicht?

Nein, auf ihn haben sie es besonders abgesehen.

Die Schlüssel keuchen. Wann ist es so weit? Jetzt, nach dem Mittagessen? Morgen? Übermorgen?

Ich denke an den Schmerz, der mein Genick treffen wird. Sie werden mein Genick brechen, meinen Kopf abhauen mit einem scharfen Beil. Jeden Tag muss ich meinen Hals berühren, mein Gesicht, meinen Kopf, fühle ihn beim Schlafen, beim Umhergehen in der Zelle. Noch nie habe ich so viel über meinen Kopf nachgedacht. Ich drehe ihn. Schlucke. Fasse mich an die Schläfen. Mein Kopf tut mir jetzt schon leid. Ich entschuldige mich bei ihm. Er kann eigentlich nichts dafür. Ich schone und stütze ihn, so gut es geht. Ich möchte es ihm leicht machen, bevor der große Schock ihn trifft. Mein armes Gesicht! Fotografiert haben sie uns auch. Verbrecherbilder. Rasieren kann ich mich nur selten. Ich möchte die Augen schließen und wieder schlafen. Ich stütze mein Gesicht an den Wangenknochen ab. Ich weiß, ich muss den Staatsanwälten Drullmann und Crohne und allen, die uns verurteilt haben, vergeben. Ihre Wolken haben sie verblendet. Sie haben das Maß verloren.

Wünsche ich mir denn nicht, dass das Urteil und das Unheil rückgängig gemacht werden? Habe ich aufgegeben? Habe ich denn keine Hoffnung mehr für mich? Oh doch! Vielleicht gibt es *zwei* Hoffnungen. Die eine kenne ich sehr gut. Sie will, dass ich wieder zurückkann in mein Leben. In mein altes, gewohntes Leben. Die andere Hoffnung ist mir fremd. Sie hat angefangen, *mich* kennenzulernen; mich aufzusuchen, ja, mich zu besetzen. Jetzt ist sie da. Ich habe ihr die Tür geöffnet, weil sie an mein Herz angeklopft hat. Und sie will eintreten und mit mir feiern, als wäre ich gar nicht gefangen, als gäbe es etwas zu feiern, nicht zu betrauern. Aber was? Die Hoffnung ist eingetreten und will mit mir hinein in ein ganz neues Leben. Sie drängt, doch drängt sie sich nicht auf. Wer ist diese Hoffnung? Es muss Jesus sein. Wer ist sonst in dieser Zelle?

Er ist mein Kokon.

Die neue Hoffnung schaut mich wohlwollend an, lächelnd, geduldig, liebevoll, mitten hinein in meine Bedrängnis. Ich blicke ihr in die Augen. Bei ihr ist es hell.

Habe ich nicht das Geschenk der vielen stillen Wolkenstunden erhalten, mein Leben abzugeben, loszulassen in Gottes Hände? Ich kann nicht tiefer fallen.

Ich denke an unseren Albert Bültel. Wie es ihm wohl geht, so allein im Pfarrhaus, ohne uns. Er wird sehr leiden, wie ich ihn kenne, und uns vermissen. Jetzt hat er keine Priestergruppe mehr zu betreuen. Wer wird nach uns kommen? Tante Johanna kümmert sich um ihn, Gott sei Dank. Ich hoffe, er macht sich keine Vorwürfe.

Dankbar bin ich für den wunderbaren Gefängnispfarrer Behnen. Er nimmt so viel innigen Anteil an meinem Leben mit echter Bruderliebe und kommt in meine Zelle, so oft er kann und darf. Er drückt meine gefesselten Hände. Er nennt die Zelle »Pastorenzelle«.

Meine Gedanken haben vor Hunger oft keine Kraft. Sie drehen sich. Winden und wiederholen sich. Dürfte ich doch lesen. Gedichte lesen. Wie ich das Lesen liebe, besonders die Verse von Mörike.

Ich bin berührt, dass mich das Übernatürliche durchdringt, mich, den Bücherwurm und Kopfentscheider. Bald werde ich keinen Kopf mehr haben.

Wie sehr ich meine Mutter vermisse! Ich werde sie wohl nie wiedersehen.

Ich bin jung. Auch wenn ich mich innen und außen alt anfühle. Aber ich bin jung. Warum sollte ich sterben wollen? Ich bin noch nicht mal zweiunddreißig Jahre alt. Mein Herz klopft. Ich bin gerade erst ein paar Jahre in meinem Beruf, für den ich viel und hart gearbeitet habe. Ich liebe meinen Beruf.

Wie die Wolkentürme, so bäumt sich mein Lebenswille auf. Warum soll ich jetzt sterben? Ich atme. Ich spüre es. Mein Bauch hebt und senkt sich. Mein Herz klopft und lebt. Auch wenn ich dünn wie ein Rinnsal Blut geworden bin, möchte ich leben. Möchte mein Leben erleben.

Nun sitze ich hier in Hamburg im Gefängnis. Es vergeht jeder Tag. Ich sitze fest. Meine eigenen Zellen scheinen stillzustehen. Die Wolkenstunde in der Nacht ist besonders langsam. Ich sehe ihr zu, wie sie nicht vergeht. Sie tropft auf mich herunter, auf mein Gesicht. Gestern hatte sie Fühler wie eine Schnecke. Ich balle meine Fäuste, schluchze, ich atme. Ich lebe. Nachts frage ich *dich*, Gott, immer wieder: Warum? Ich frage: Warum?

Was haben meine Wolken mit Krieg und Bedrückung zu tun? Die Wolkenstunden meiner Zelle sind meine Freunde, nicht meine Feinde. Sie lassen mich weniger einsam fühlen. Gott muss sie angepustet haben; sie sind nicht mit bösen Gedanken verpestet, sondern mit Sehnsucht, Tiefe und Freude. Auch wenn es wehtut. Der Schmerz ist federleicht und ruhig. Gott muss sie angepustet haben, denn ich habe keine Albträume mehr.

Ich komme immer tiefer in diesen Raum der Hoffnung hinein. Nicht in die Zelle, die so winzig ist, dass ich mich kaum wenden kann mit meinen langen Beinen und meiner großen Gestalt. Nein, in den Raum der Hoffnung, wo ich nicht niedergeschlagen bin. Im Raum der Hoffnung sind große, goldene Buchstaben, und ich kann wieder lesen.

Ich lese: »Wo seine Zeugen sterben, ist sein Reich.«

Gottes Reich, Gottes Land, nicht das Reich der Nationalsozialisten. Der Raum besteht nur aus diesen Buchstaben. Es ist ein einziger Satz, aber ich kann darin lesen wie in einem Buch. Betrunken kann ich ja nicht sein. Höchstens vor Schwäche.

Ich bin abgesondert und verurteilt. Hamburg-Holstenglacis. Eine Guillotine habe ich noch nie gesehen. Eine französische Erfindung. Werden meine Glieder zucken, meine Nervenenden? Wie lange brauchen sie, bis sie das Fallbeil lösen? Muss ich liegen oder knien im Sterben?

Wird es schnell gehen oder leide ich Todesängste? Meine Hände werden im Holzbock fixiert oder auf dem Rücken zusammengebunden. An einer Schiene saust das Fallbeil ungebremst aus zwei Meter Höhe oder mehr mit zwanzig oder dreißig Kilo in mein Genick. Durch das Gewicht wird mein Genick gebrochen. Genick und Kehle werden durchtrennt, mein Kopf abgeschnitten, ich werde keine Zeit zum Denken oder für Schmerz haben, es fehlt meine Hauptzentrale. Mein

Leben, das Atmen ist vorbei. Mein Blut und mein Kopf werden vom Auffangbehälter entgegengenommen. Ich habe Angst.

Ich soll Angst haben. Das ist der Sinn der Sache. Allein bei dem Gedanken an das Beil leide ich Angstzustände. Was ist, wenn die Klinge nicht scharf genug ist? Vierhundert Hinrichtungen soll es bereits gegeben haben. Schärfen sie rechtzeitig nach?

Vielleicht sind es Sadisten, die mich töten. Natürlich werde ich nicht narkotisiert.

Vielleicht wird das Todesurteil doch rückgängig gemacht werden? Es sind so viele Wochen vergangen. Gnadengesuche wurden eingereicht, hat mir Tante Johanna berichtet. Verzweifelte Gnadengesuche, flüsterte sie. Sogar vom Bischof! Und vielleicht vom Papst! Sie hofft es zumindest – und ich auch.

Wie sehr ich sie alle vermisse. Unsere Tante Johanna oder Tante Hanna, wie manche sagen. Eigentlich heißt sie Fräulein Rechtien. Wie tapfer sie ist.

Wie sehr ich meinen Vater vermisse! Ich hoffe, er macht sich nicht allzu viele Sorgen und gibt sich nicht selbst die Schuld. Da bin ich nun in Hamburg, im Zuchthaus. Hat er sich nicht etwas anderes für seinen großen Sohn gewünscht? Ich segne ihn und bete für ihn.

Anstatt die schöne Stadt Hamburg einmal anzusehen, bin ich gefangen und eingesperrt, beschimpft als Verräter, als Verhetzer, als Volksverhetzer. Als ob ich mein Land nicht lieben würde. Gebet liegt auf mir, kein Fluch. Ich verurteile dieses Rassendenken, das sich wie die Pest ausbreitet. Von wem ist das Gebet, das auf mir liegt? Vielleicht von meinem Professor aus Münster, von Peter Wust. Er ist schon tot. An Krebs gestorben. Gut ist, dass er das alles nicht mehr mitbekommen muss.

Ich werde es auch bald sein: tot.

»Und wenn Sie mich noch fragen sollten, ob ich nicht einen Zauberschlüssel kenne, der einem das letzte Tor zur Weisheit des Lebens erschließen könne, so würde ich antworten: Ja. Und dieser Schlüssel ist das Gebet. Das Gebet als letzte Hingabe macht still, macht kindlich, macht objektiv.« Das waren die Abschiedsworte meines Professors. Sieben Mal habe ich mich eingeschrieben in die Vorlesungen von Prof. Peter Wust in Münster.

»Hermann Lange, Sie belegen diesmal meinen Kurs *Das menschliche Dasein zwischen Ungewissheit und Wagnis*? Weshalb?«

»Ich weiß nicht. Es bewegt mich, was Sie sagen.« So habe ich geantwortet; ein unsicherer Tropf bin ich gewesen.

Ich hätte doch keine Ahnung vom wirklichen Leben, keine Ahnung von Leid und Tod, sagte Johannes. Er hat mich oft geneckt wegen meiner Ahnungslosigkeit von Leid. Meiner Leidahnungslosigkeit, wie er wohl denkt. Meiner Leidlosigkeit, wie ich finde.

Ich wusste kaum, was politisch um mich herum vorgeht. Politik hat mir ja nie etwas bedeutet. Da gibt es ganz andere. Aber die sitzen jetzt nicht hier in dieser Zelle, die, die immer so groß den Mund aufgemacht haben und eine Meinung zu allem hatten.

Wäre ich doch jetzt nur so zu beten imstande, wie Prof. Wusts Abschiedsworte es sagen. Das letzte Tor zur Weisheit, das möchte ich viel lieber öffnen als diese Zellentür.

Wir müssen uns sowieso alle verabschieden. Mein Lehrer hatte recht, damals schon, 1940.

Wir haben 1943. Wir müssen uns alle verabschieden.

Hätte ich das vor ein paar Jahren gedacht, dass ich über Weisheit in einer Zelle nachdenke? Nein. Vieles in meiner Kindheit war doch wie ein geschütztes Erlebnis gewesen.

Ohne Leid und Ernst, wie es Johannes und Eduard und auch Fritz erlebt haben. Meine Familie hat mich gefördert und war immer für mich da. Nun ist mein Leben sehr ernst geworden. Tödlich ernst. Habe ich das kommen sehen?

Die Wolken sind fern, es gibt hier kein Fenster ohne Eisenstäbe und Gitter. Mein Vater wird mir kaum glauben, dass ich trotz allem wirklich lebe. Dass ich selig und ruhig schlafe, obwohl die ganze Nacht das elektrische Licht brennt. Dass ich keine Furcht mehr habe, obwohl mein Zahnfleisch vor Unterernährung stark blutet. Manchmal haben meine Gedanken vor Hunger keine Richtung. Sie wiederholen sich. Ich fühle mich krank an. Verhungert. Ich wünsche mir seine Feuersäule in meinem Zimmer, nicht nur die Wolke Gottes, wenn es nachts so kalt ist, dass ich unter der dünnen Decke schlottere.

Das Gerücht ist zu mir durchgedrungen, dass ich ab nächster Woche eine größere Zelle mit Fritz Stellbrink teilen soll. Zusammen. Gemeinsam. Das ist schön. Ich hoffe, es stimmt. Er ist mein Bruder und Freund. Ich muss oft an ihn und seine Ehefrau Hildegard denken.

Es wird sicher schwer, eine solche Prüfung zu bestehen: den geliebten Mann zu verlieren, Witwe zu werden. Demütigungen und Spott zu ertragen, da Fritz aus der evangelischen Kirche ausgestoßen wurde. Man kann es kaum glauben. Er ist der erste evangelische Pfarrer, der hingerichtet wird. Wie kommt er zu dieser Ehre? Und die Kirche wendet sich von ihm ab. Ist das aber noch die evangelische Kirche, in der er zum Seelsorger ausgebildet wurde und seine Ämter empfing?

Die Nationalsozialisten haben aus der evangelischen Kirche Deutschlands eine gleichgeschaltete Organisation gemacht, die sich nun evangelische Reichskirche nennt und der ein Reichsbischof vorsteht, der mit Hitler sympathisiert. Fritz ist also aus einer Terrororganisation ausgestoßen worden. Diese Organisation hat sich von ihm abgewendet, die keine Kirche ist.

So etwas ist in unserer katholischen Kirche nicht passiert. Als Märtyrer werden wir jetzt schon bezeichnet, als Heilige. Dabei komme ich mir gar nicht heilig vor. Was wäre ich ohne meinen Glauben? Heilige sind für mich Johanna Rechtien, unsere Haushälterin, und Hildegard Stellbrink, die Frau von Fritz. Ihre Kinder haben der Hitlerjugend schon vor langer Zeit den Rücken gekehrt, hat Fritz erzählt. Wie unglaublich mutig! Und seine Frau erst. Der eigene Mann wird hingerichtet, während sie übrig bleibt und die Kinder versorgt und die Rechnungen bezahlt. Ich bewundere Hildegard Stellbrink, auch wenn Hochachtung vor Frauen eher unüblich ist. Höchstwahrscheinlich wird sie für die Hinrichtung ihres eigenen Mannes eine Rechnung erhalten! Auch für den Prozess, der ja nur eine Farce war! Sie war bei der Urteilsverkündung da, ich habe sie gesehen. Wie tapfer die kleine Frau dasaß und alles ertrug. Dass wir hingerichtet werden sollen, steht schon lange fest, lange vor dem Prozess.

Dass wir sterben werden, auch. Wir sterben gemeinsam, als Einheit gegen das Böse: Eduard, Johannes, Fritz und ich. Symbolisch. Das hat Hamburg noch nie erlebt.

Du, Vater, du rate. Lenke du und wende. Herr, dir in die Hände sei Anfang und Ende, sei alles gelegt.

Die Wolkengebilde sind weitergezogen und haben Platz gemacht. *Mir* Platz gemacht. Wer bin ich?

Nachts versucht der Teufel, mir Gedichte vorzulesen. Oder bin ich nicht mehr ganz bei Sinnen? Der Teufel stöhnt, provozierend und höhnisch. Er äfft meine Predigten nach, aber ich höre kaum hin. Die Anfechtung quält mich, die stechende Versuchung füllt meine Zelle. »Wie gefällt dir meine neue

Herrschaft über Deutschland, Hermann Lange? Dein ›treuer Vater im Himmel‹, von dem du immer gesprochen hast, wo ist er denn nun genau?«

»Er ist hier«, antworte ich. »Siehst du ihn nicht?«

»Was ich sehe, ist die Zelle, in der du hier sitzt! Und deinen erbärmlichen Tod, der auf dich wartet!«

»Gott, der Vater, ist hier. Es ist nicht schwer zu sterben und sich in seine Hand zu begeben. Die Zelle hilft mir, zu reifen.«

Der Teufel starrt mich an. Ich bin überrascht, dass das Böse geschockt aussehen kann.

»Hast wohl den Verstand verloren. Hast nicht genug nach den Sternen gegriffen, bist ganz wirr im Kopf vor lauter Zelle. Hast du vergessen, dass du nun schon fast die Hälfte deiner Zeit als Priester diffamiert und gefangen bist? Hier in dieser Zelle mit dir sitzt nicht Gott, sondern der Führer!«

Ich möchte mir die Ohren zuhalten. Der Jammer schwillt. Der Teufel ist gerissen und alt und erfahren genug zu wissen, wie er Menschen kränken und verletzen kann. Er hat seit Tausenden von Jahren Erfahrung im Sticheln, einen Vorsprung im Diskutieren und uns genau studiert.

»Diese Zeit hier in der Zelle ist vielleicht mein wichtigster Teil in meinem Priestertum«, antworte ich. »Ich lerne hier, dass ich Gott auch in Schwäche und Verzweiflung dienen kann.«

Der Teufel spuckt aus. »Ich hasse Schwäche! Und was ist nun mit dem *Gottesgericht* von deinem Fritz, von deinem *Deutschkirchler* da? Nicht mal Katholik!«

»Er ist Christ wie ich. Und von Gottesgericht hat Fritz nie gesprochen. Er sagte in seiner Predigt am Tag nach dem Bombenangriff: *›Nun spricht Gott mit mächtiger Stimme.‹* Und das tat er ja auch. Oder nicht? Lübeck liegt verheerend getroffen. Weil man wohl glaubte, Gott sei im Krieg mundtot gemacht worden, deswegen hat Fritz so gesprochen.«

Der Böse kichert. »Mir gefallen die Bomben sehr und dass

Menschen sterben. Hör zu, ich kann dich hier herausholen. Du musst nur tun, was ich dir sage. Du bist nämlich *sehr* unklug gewesen. Es geht nicht darum, sachlich zu verhandeln oder gar recht zu haben. Ich kenne die Nationalsozialisten ganz genau und den Charakter von Menschen. Ich kann *sehr* linientreu sein. Also hör mir zu, wenn du dein Leben retten willst. Es geht nicht um Gerechtigkeit. Ich weiß, *was sie hören wollen*, viel besser als deine renommierten und prominenten Strafverteidiger oder deine kirchliche Obrigkeit. Konnten sie dir *helfen*? Nein. Aber ich kann dich hier herausholen, wenn du mich anbeten wirst.«

»Niemals. Ich gehöre meinem Herrn Jesus Christus. Ich bleibe hier!«

Da kreischt der Böse plötzlich auf und flieht aus meiner Zelle. Wahrscheinlich gefiel ihm mein schlichtes Klappbett nicht oder er war empört über die schlechte Kost.

Die Wolken ziehen an meinem Gesicht vorüber, ruhig, rund und bauschig. Endlich riechen sie nach Tod.

König ist nur der, in dessen Hand meine Zeit steht. Wie könnte ich meinen Heiland verraten?

Bevölkert ist dieser einsame Herbst von meinen Gedanken und Reflexionen.

Wo sind die neuen Wolken hingezogen? Wo sind sie geblieben? Sie haben mich verlassen. Zurück bleibe ich mit den Stunden meiner Zeit. Meiner letzten Zeit. Bald wird sie vorüber sein, und etwas ganz Neues beginnt.

Ich bete für mein geliebtes Vaterland. Hoffnung und Bewährung zahlen sich aus. Mein Volk muss reifen, nachdenken und zu sich kommen. Braucht es vielleicht auch eine Zelle so wie ich?

3

Zwangsarbeiter

»Alles zu seiner Ehre! Das Gute, aber auch das Düstere und Schwere! Alles ist Gnade.«

»Denk du auch bisweilen daran, dass Er es nicht zu gut meint mit mir, oder besser, dass ich die Kraft habe, Seine Liebe auszuhalten. Lebt wohl!«

Mitte September 1941

Johannes lächelte. Wie der junge Hund so vor ihm hertollte, die kleine polnische Frau hinterdrein (Aneta hieß sie, das wusste er schon): Das alles erinnerte ihn an »Knirps«. An so vergangene Zeiten. »Knirps« hatte man ihn doch immer genannt. Damals in Hamburg. Ausgerechnet ihn, fast zwei Meter groß – gerade deswegen und weil er schon als Jugendlicher so viel größer als alle anderen war. Und er hatte sich dennoch nicht zusammengezogen oder klein gemacht, sondern war nach vorn gesprungen, unbekümmert. Er fühlte sich wohl in seiner großen Haut. Immer noch. Jetzt erst recht. Er war Priester geworden, Kaplan, genau, wie er es sich immer gewünscht hatte. Es war ein langer Weg gewesen, aber es hatte sich gelohnt. Er liebte seinen Beruf von ganzem Herzen.

»Knirps«, riefen früher die Freunde, »warte doch! Johann Heinrich Wilhelm! *Knirps*!«, während sie ihm hinterherrannten und versuchten, ihn einzuholen – und er, noch ein Teenager wie sie, vornewegsprang.

Aneta hier in Lübeck tat alles, ihren Hund zu stoppen, und hängte sich mit ihrem Gewicht an die Leine. Sie drehte sich, atemlos und doch scheu sein Lächeln beantwortend, immer wieder zu Johannes um.

»Wie heißt denn der Kleine?«, fragte Johannes.

»Powo!«, rief Aneta.

Der Hund jagte schnüffelnd vorwärts, helles Leben an der Leine, helles Leben am Vormittag. Johannes hielt mit seinen langen Beinen mühelos Schritt. Es war ein windiger früher Montagmorgen, und er hatte sich schon früh auf die Straßen außerhalb der Stadt begeben, um die polnischen neunzehnjährigen Jungs Piotr und Jakub zu suchen, die dringend saubere Kleidung und Essen brauchten. Es war noch dämmrig, alles menschenleer. Auch Aneta und Anton wollte er treffen. Wie gut, dass das Mädchen ihm schon über den Weg gelaufen war, als sie ihren Hund ausführte. Eigentlich hatte Johannes montags frei. Aber er wollte jede freie Minute damit verbringen, die bedrängten Menschen in Not, die immer schlimmer wurde, wenigstens ein wenig zu lindern. Außerdem durfte niemand sehen, dass er sich mit Zwangsarbeitern traf und sich um sie kümmerte.

Meist sprach er mit den Zwangsarbeitern abends auf der Untertrave, wenn es dunkel war, den Mantelkragen hochgeschlagen. Ausländerseelsorge war verboten. Offiziell durfte er sie nicht betreuen. Aber er tat es. Und dafür hatte er Polnisch gelernt.

Johannes kannte sich mit Hunden nicht aus, aber dieser junge Wilde war ebenfalls wie er und keineswegs klein, er würde sicher einmal sehr groß werden. Mit Bärenkraft und dicken Pfoten suchte Powo hierhin und dorthin und genoss sichtlich das Leben und jeden Geruch. Es schien ihn nicht sonderlich zu beunruhigen oder gar zu stören, dass er wohl in diesem Jahr, 1941, geboren worden war – mitten hinein in schwierige Unruhen, mitten hinein in Krieg.

Johannes lächelte. Powo wollte finden, und er würde finden, was er finden wollte. Und er, Johannes, wollte das auch. Finden. Schon immer. Und er hatte gefunden: Kaplan in Lübeck zu werden, damit ging sein Lebenstraum in Erfüllung. Und nun war er schon über zwei Jahre hier, seit März 1939, und genoss jeden einzelnen Tag. Die Stadt mit ihren Türmen, Glocken und Kunstschätzen, das große Pfarrhaus, seine Kirche »Herz Jesu« und auch der Garten waren wunderschön. In der großen Herz-Jesu-Kirche im Herzen der Stadt, dem eintürmigen Ziegelrohbau, sollte er dienen.

Tante Johanna, die Haushälterin, kümmerte sich aufopfernd. Albert Bültel, der alte Dekan, lachte immerzu herzlich. Man konnte kaum merken, dass Krieg war. Aber am meisten freute Johannes sich über Eduard und Hermann, die anderen beiden jungen Kapläne im Haus, die mit ihm im zweiten Stock wohnten. Sie waren alle drei noch neu in der Stadt.

Den Dom konnte er fast von seinem Zimmer aus sehen, das mächtige, norddeutsche Bauwerk. Wie schön waren auch St. Katharina und die Jakobikirche.

»Der kleine Powo gefällt mir«, sagte Johannes wieder auf Polnisch. Aneta hätte ihn sonst nicht verstanden, hätte höchstens geahnt, was er sagen wollte, gespürt, dass er ihr freundlich gesinnt war, dass er es gut meinte. Ja, und das sollte sie auch spüren. Sie war kein Mensch zweiter Klasse oder ein »Untermensch«, nur weil sie Polin und in den Augen der Nationalsozialisten nicht reinrassig war. Sie war weder minderwertig noch unrein oder ein »Volksschädling«. Niemand konnte ihm das einreden. Trotzdem wollte Johannes vorsichtig und behutsam im Umgang mit den jungen Frauen sein. Er war ein gut aussehender junger Priester.

Er lebte noch nicht so lange in Lübeck, dass er jeden Zwangsarbeiter kannte. Außerdem wurden es immer mehr.

Doch die meisten polnischen Zwangsarbeiter erkannten ihn schon von Weitem. Dann lächelten sie und winkten. Auch Aneta wusste, dass er der neue erste Kaplan und kaum ein paar Jahre hier war.

Ganz zu Beginn seiner Lübecker Zeit, als Johannes als Adjunkt hier begann, hatte er gewusst: Hier war er richtig! Die Stadt mit den vielen goldenen Türmen schloss er sofort in sein Herz. Diese wunderschöne Hansestadt! Für sie wollte er jeden Abend beten. Er mochte auch das stille Domgelände, die Innenstadt mit ihren vielen Kirchen und Orgeln, den Stadtteich, die Giebelfronten und die Musik. Besonders aber die Menschen, diesen norddeutschen, ernsten Menschenschlag.

Jetzt war er bereits Dienstältester der drei jungen Geistlichen an Herz Jesu, mit dreißig Jahren. Und er war es gern. Frau Rechtien, liebevoll Tante Johanna genannt, die barmherzige, rundliche Haushälterin im Pfarrhaus, kochte stets mit Fürsorge für ihn und die anderen beiden jungen Geistlichen. Und für Dekan Bültel, der im ersten Stock des Pfarrhauses wohnte, ein betagter Priester, der immer half, wenn man ihn bat. Albert Bültel war im Grunde der Chef im Haus. Wie gern saß Johannes mit Hermann und Eduard in der gelb gekachelten Küche und ließ sich von Johanna mit Kartoffeln, Brot und Tee versorgen.

Er wollte auch seinen jungen Mitbrüdern Hermann und Eduard Hilfe und Vorbild sein. Beide schätzte er sehr. Eduard, der sofort bei seiner Ankunft im September letzten Jahres darüber sprach, auf dem Balkon im zweiten Stock eine Vogel- und Blumenwelt einrichten zu wollen, und der neben ihm wohnte, fand er besonders lustig.

»Das große Pfarrhaus ist tatsächlich perfekt für eine Vogelvoliere geeignet!«, schwärmte der junge Eduard. Dieser ehemalige Tischler war außerdem ein hervorragender Fotograf.

Und Hermann, der Nachdenkliche, Ernsthafte und Intellektuelle, der sein Arbeitszimmer ihnen gegenüber hatte und der vor zwei Jahren im Juni kurz nach Johannes ins Pfarrhaus eingezogen war, verstand bis heute nicht, wie er, Johannes, überhaupt ohne Manuskript predigen konnte. »Hannes, bereitest du deine Predigten eigentlich überhaupt vor oder sprichst du alles aus dem Bauch heraus?«, hatte Hermann ihn immer wieder gefragt.

»Beides!« Johannes grinste. »Und du, wie viele Nachtstunden hast du wieder an deiner Predigt gesessen? Du siehst jedenfalls völlig übernächtigt aus. Glaubst du, dadurch werden deine Predigten besser?«

Hermann zuckte die Schultern. »Habe nicht gezählt, wie viele Stunden. Aber tagsüber ist kaum Zeit. Das weißt du doch selbst. Die jungen Männer rennen uns mit ihren Fragen das Haus ein.«

So waren Hermann und er im selben Jahr, als der Krieg ausbrach, in Lübeck zum Dienst angetreten. Genau zur richtigen Zeit. Johannes erinnerte sich noch gut an seine Priesterweihe im Osnabrücker Dom; sie lag erst vier Jahre zurück, er konnte es kaum fassen.

Was hatte sich seit damals alles getan. Die ganze Welt schien sich noch mal komplett in alle Richtungen gedreht zu haben. Bei seiner Priesterweihe war er gerade mal fünfundzwanzig gewesen. Dieser Start in seinen Beruf hatte ihn zum glücklichsten Menschen der Welt gemacht. Endlich war er im Zentrum seiner Berufung angekommen. So dachte er. Nun wusste er, dass dies alles nur der Anfang gewesen war. Es lag noch ein ganzes Stück Weg vor ihm. Wohin würde die Reise ihn führen? Was war das Ziel? Welchen Plan hatte Gott mit ihm?

Powo riss an der Leine, sodass das junge Mädchen beinahe hinfiel, und riss damit auch Johannes aus seinen Gedanken.

»Darf ich?« Während Aneta noch unsicher aufschaute, übernahm Johannes die Leine. Sie war selbst gemacht, aus altem Leder und Stoff. Powos Ohren flogen überall hin, ein Ohr klappte um, klappte zurück, klappte über den Kopf, dann blieb der Hund schließlich neugierig stehen und kam schnüffelnd zu ihm gelaufen. Hier außerhalb der Stadt und in Richtung der Baracken der Zwangsarbeiter gab es nicht mehr viele Häuser. Die wenigen waren zudem verfallen.

»Es freut mich, deine Bekanntschaft zu machen«, sagte Johannes vergnügt und ging in die Knie. »Dich habe ich ja noch nie gesehen, du Wilder! Bist du ganz neu? Deine kleine Herrin kenne ich ja schon ein Weilchen.« Er streichelte Powo den goldenen Kopf.

»Er gehört mir«, sagte Aneta stolz. »Eigentlich heißt er Piorun. Das bedeutet *Blitz*.«

»Eigentlich heiße ich Johann Heinrich Wilhelm«, sagte Johannes und lachte. »Aber alle nennen mich Johannes! Das ist der Name meines Vaters. Nenn mich bitte auch Johannes, wie alle meine Freunde. Oder Hannes.«

Sie lächelte vorsichtig und deutete auf Powo. »Anton hat ihn mir vor Kurzem geschenkt. Mein Verlobter. Ein Hochzeitsgeschenk im Voraus.« Sie strich sich das schwarze Haar aus der Stirn.

Johannes blickte sie an. Sie schien ein wenig jünger als er, vielleicht fünfundzwanzig. Johannes nahm seinen Rucksack ab und zog zwei Brote heraus. Dann setzte er sich auf ein paar Treppenstufen vor einem alten, verfallenen Haus.

Aneta machte große Augen. Powo wollte gleich ein Brot für sich erobern, doch Aneta war schneller und zog es ihm weg. Powos Ohren flatterten und knatterten im Wind.

»Darf ich?«, fragte sie. Sie setzte sich neben ihn auf die Stufen. Ihre magere kleine Gestalt war von einem viel zu großen Mantel verhüllt. Sie sah das Brot von der Seite an, als würde sie es verschlingen wollen. Dann biss sie hinein.

Johannes kannte Hunger. Er wusste, wie er quälte, wie er mit Nadeln stach, auf dem Kopf dröhnte, aus dem Hals stank.

Sie aß das Brot jedoch mit ganz bewusster Langsamkeit, während der Wind durch ihr Haar strich. »Der … der Hund hat es schon berührt!«, fügte sie schüchtern hinzu, während sie kaute.

Johannes fühlte den neuen hilflosen Schmerz in sich aufsteigen, diesen Schmerz seit 1934. Ein Schmerz, den er also schon einige Jahre in sich trug, aber der für ihn noch frisch war, ein Schmerz von Schärfe, der ihn Tag und Nacht begleitete, wenn er an seine Schwester Emma dachte. Und an seine Mutter. Sie waren beide schon Jahre tot. Aber es würde immer Tod und Schmerz wie frisch von gestern sein.

Tod hatte seine Seele gezeichnet.

Wie jung seine Mutter war, als sie ihn bekam – ein Mädchen, unter zwanzig. Seine Mutter hatte ihm dennoch stets starken Halt gegeben, hatte ihn gepflegt, ihm zugehört, war die Erste gewesen, die ihm das Evangelium ans Herz legte. Aber in seinem Vater hatte weder sie noch Johannes große Hilfe gefunden.

Sein Vater lebte zwar noch. Aber auch jetzt war er im Grunde unsichtbar. Nicht der fremde Vater war krank geworden und gestorben, sondern seine geliebte Mutter und Emma, seine große, einzige Schwester. Warum nur? Hätte er doch mehr für sie tun können. Wie sehr er sie beide vermisste! Sie waren seine einzige Familie gewesen. Jetzt hatte er keine mehr. Könnte er doch das Gute zurückgeben, das er von ihnen beiden empfangen hatte. Johannes war von ihrem Tod immer noch wie vom Donner gerührt. Aber er wollte alles in Gottes Hände übergeben.

Aneta sah ihn mit ihren großen Augen fragend an.

»Aneta, bitte iss, deswegen habe ich die Brote doch hier«,

sagte Johannes, »und das ist auch noch für dich!« Er reichte ihr sein zweites Brot und einen großen roten Apfel.

»Wirklich? Mein Frühstück.« Aneta war zu hungrig für Höflichkeiten und nahm die Gaben sofort in beide Hände.

Johannes betrachtete sie.

»Der Hund hat das Brot schon berührt«, hatte sie gesagt. Der Hund! Johannes war erschüttert. Es war also nicht so, dass sie das Brot nicht hatte nehmen wollen, weil Powo schon daran geleckt hatte, sondern im Gegenteil, sie benutzte dies als Ausrede, um *vor ihm, Johannes,* ihren für sie so peinlichen und unhöflichen Hunger zu verbergen. Als ob ihm Hunger, Elend und Schmerz unbekannt oder gar peinlich wären! War er ihr immer noch so fremd? Vertraute sie ihm gar nicht? Dachte sie, er würde sie auslachen? Schämte sie sich so sehr? Ihr Hunger musste heute besonders groß sein, denn Aneta war in allem sonst so zurückhaltend.

»Ich kenne Hunger, hab keine Angst«, sagte er. »Schäm dich bitte nicht vor mir.«

Johannes war fünf Jahre alt gewesen im Steckrübenwinter 1917. Diese Erfahrung – bedrohlicher Hunger – hatte sich tief in ihm eingeprägt. Hungerschmerz. Die Nachbarn hatten Geschäfte geplündert und sich gegenseitig bedroht, um zu überleben. Sein eigener Vater war dabei gewesen. Er erinnerte sich an die Unruhen, an die Unzufriedenheit. Hunger machte unzufrieden.

»Schäm dich nicht, Aneta, ich kenne Krieg, ich kenne Armut, ich kenne Hunger«, sagte Johannes leise auf Deutsch. »Schon mein ganzes Leben lang.«

Auf Polnisch versuchte er schließlich: »Wir wurden in St. Sophien durch die Armenspeisung vom Hunger gerettet, meine Mutter, meine Schwester Emma, mein Vater und ich. Damals. Ich war fünf Jahre alt. Ich werde das nie vergessen.«

Powo beobachtete ihn aufgeregt, als wollte er seine Gedanken lesen. Gab es auch etwas für ihn? Johannes lachte.

Er hatte noch ein paar Nüsse von letztem Winter. Der kleine Blitz nahm alles. Seine Schnauze schoss vor und schnappte sich eine Nuss. Selbst der junge Hund war dünn. Bei seinem Anblick tat Johannes das Herz weh.

»Dein Vater muss sehr stolz auf dich sein«, sagte Aneta. »Was du alles geschafft hast!«

»Mein Vater – kümmert sich nicht wirklich. Es ist ihm ganz egal, was ich geschafft habe. Hauptsache, ich liege ihm nicht auf der Tasche. Er ist ein eher … ungehobelter Mensch. Vielleicht kann er nichts dafür. Er … kam nicht einmal zu meiner Primizfeier. Ich habe mich von ihm distanziert. Er hat nach dem Tod meiner Mutter noch mal geheiratet und hat … noch mal eine Heirat geplant!«

»Er will ein drittes Mal heiraten?«

Johannes schwieg.

»Und er kam nicht zu deiner Feier?«

»Er kann nichts damit anfangen, dass ich Geistlicher geworden bin. Das sagt ihm nichts. Er versteht es nicht. Und mit Gott hat er erst recht nichts zu tun.« Johannes senkte den Kopf. Sein Vater hätte kommen können und kam nicht. Und seine Mutter hätte kommen wollen und konnte nicht mehr.

»Ich vermisse meine Eltern«, sagte Aneta. »Ich weiß nicht mal, wie es ihnen geht, seitdem Krieg ist. Glaubst du, dass wir Polen Menschen zweiter Klasse sind, mein Bruder Igor, Anton und ich?«

»Nein! Und das denke ich auch nicht über die Juden oder über die Ungarn oder über sonst irgendjemanden, auch wenn uns das täglich eingeredet wird. Meine Mutter hat mich als Dienstmädchen in Obhut und Anwesenheit eines jüdischen vornehmen alten Maklers in einem Herrschaftshaus in Hamburg geboren. Und jetzt sollen Juden plötzlich ›Judenschweine‹ sein?«

»Früher waren viele Juden wohl sehr reich«, sagte Aneta.

»Und jetzt werden sie irgendwo hingebracht und verlieren vorher alles, was sie besitzen. Das Leben ist verrückt. Vielleicht geht es uns noch gut. Oder vielleicht wird es uns auch mal so gehen.«

Aneta kam aus Katowice, hatte sie erzählt. Ihr Bruder Igor war schon früh wegen Brot und Lohn freiwillig als Arbeiter nach Deutschland gekommen, und sie war ihm gegen seinen Willen gefolgt. Aneta half in der Landwirtschaft. Sie hatten ja beide nicht gewusst, wie die Arbeit hier in Deutschland aussehen und dass Krieg ausbrechen würde. Krieg war zwar oft zum Greifen nah. Aber dass er wirklich ausbrechen würde! Damit hatten sie nicht gerechnet. Igor wurde damals auf der Straße angesprochen, ob er nicht in Lübeck aushelfen wolle. Er würde gut versorgt werden.

»Ganz am Anfang bekamen wir vielleicht noch gut zu essen«, meinte Aneta. »Doch nun? Die Lage ist aussichtslos. Wären wir doch zu Hause geblieben! Da gab es Brot genug. Die Zwangsarbeiter hier in Deutschland haben kaum zu essen und keine Rechte.«

»Gräm dich nicht. Sie hätten euch vielleicht ohnehin geholt. Was macht es, dass ihr freiwillig gekommen seid? Mach dir deswegen keine Vorwürfe. Gott hat für alles einen Plan.«

»Das macht etwas. Wir hätten noch zwei Jahre zu Hause gehabt. Wie konnten wir nur *freiwillig* in die Höhle des Löwen kriechen? Wir werden hier nie dazugehören, eher immer mehr Menschen zweiter Klasse, nein, bald dritter Klasse sein. Nicht nur hier, sondern überall, denn Hitler nimmt ja die ganze Welt ein.«

»Hauptsache ist, du glaubst selbst nicht, dass du weniger wert als Hitler bist. Wir Menschen sind alle gleich viel wert. Gott denkt nicht in Rassen. Alles, was man dir anderes erzählt oder suggeriert, sind Lügen!«, sagte Johannes in einer Mischung aus Deutsch und Polnisch. »Da kann Hitler noch so viel den Mund aufmachen. Es bleibt eine Lüge, was er sagt.«

»Wir bekommen keine Essensmarken und leben in Lagern, in Baracken, frieren und hungern und dürfen nicht nach Hause zurück«, sagte Aneta. »Aber was ist auch schon *zu Hause*? Hunger und Krieg überall, auch daheim. Ich möchte erst nach Hause, wenn alles vorbei ist. *Alles*. Mein Zuhause ist jetzt kein Zuhause mehr. Da wohnen die Deutschen. Meine arme Mama. Und ich bin immerzu hungrig.« Ihre blauen Augen leuchteten in ihrem kleinen Gesicht mit dem spitzen Kinn, umrahmt von schwarzem Haar.

»Die Arbeit auf den Feldern ist schwer«, sagte Aneta. »Ich gehöre nun so richtig zu den Zwangsarbeitern. Bin ich nicht selbst schuld? Wäre ich doch nicht mitgekommen. Ich habe es mir ganz anders vorgestellt, in Deutschland zu sein. Doch nie hätte ich meinen Bruder allein gelassen.«

Sie ist so schön, dachte Johannes. »Frierst du?«

»Jetzt nicht mehr. Es wird bald Frühling.«

»Erst wird es Winter. Was soll ich euch bringen? Es wird ein harter Winter werden, glaube ich.«

Aneta biss noch einmal vom Brot ab. »Ich fühle mich oft wie ein zusammengeknülltes und weggeworfenes Papier. Ein Papier, auf dem steht: Geliebt und begabt: wichtige Botschaft!«

Hatte sie das wirklich gesagt? Oder hatte er sich das nur eingebildet? Wie schön das Polnische aus ihrem Mund klang. Johannes verstand Polnisch besser, als er selbst sprach. Er sah zu, wie Aneta die Brote aß. Er hatte sie selbst zubereitet. Tante Johannas Aufgabe war zu kochen. Er hatte Aneta von der herzensguten Haushälterin des Pfarrhauses erzählt.

»Wieso kannst du so gut Polnisch?«, fragte sie. Aneta aß, als müsste sie es heimlich tun – das Essen versteckte sie hinter ihrem rechten Handschuh, der viel zu groß und nicht mehr weiß war. Das Kauen verbarg sie, als wäre der Hunger ihr eine Last. Sie sah ihn dabei unentwegt an. Als wartete sie auf eine kleine Plauderei oder auf Ermahnung. Als sollten sie sich über das Wetter unterhalten, während sie um ihr Leben aß. Als sehnte sie sich nach ein paar alltäglichen Sätzen von ihm, zu denen sie nicken würde, als wäre nichts geschehen, und als hätte sie nichts gesagt und nichts gebraucht. Aber es war etwas geschehen. Und sie aß. Und wie sie aß. Zum weiteren Sprechen war ihr kauender Mund nicht fähig. Voll und ganz aß ihr Mund.

»Aneta, ich …«, sagte Johannes.

Aneta aß verzweifelt langsam und doch um ihr Leben und tat gleichzeitig, als äße sie nicht. Sie verbarg ihren Kiefer und fixierte seine Augen, um ihn abzulenken von ihrem Mund. »Erzähl mir doch etwas«, schienen ihre Augen zu sagen. »Lenk dich doch ab, damit du nicht so auf mein Essen starren musst. Antworte mir. Sag doch irgendetwas!«

»Ich habe wegen euch Polnisch gelernt. Damit ich euch helfen und euch zuhören und euch die Beichte abnehmen kann.«

»Für dich, Herr Kaplan, ich meine, Johannes, sind wir sicher nur einfache Arbeiter, denn wir haben nichts studiert. Igor und ich können nicht einmal lesen«, sagte Aneta. »Obwohl ich mir immer gewünscht habe, Geschichten zu lesen. Wunderschöne Geschichten. Aber ich bin zu dumm.«

Doch sein Polnisch war nicht gut genug zum Erzählen. Er sah sie einfach nur an. »Mein Vater, er war einfacher Maurer, und jetzt arbeitet er nichts mehr, schon lange nicht mehr«, murmelte er schließlich, nachdem er nachgedacht hatte. »Er findet nichts, sagt er. Und meine Mutter war Kindermädchen, Dienstmädchen, sie hat nichts studiert. Ich vermisse sie so sehr. Sie ist … tot.« Es kamen ihm die Tränen. Er dachte, dass er nicht einmal eine einfache Konversation hinbekam.

»Was ist passiert?«

»Sie ist an Krebs gestorben.«

»Wie alt war sie?«

»Fünfzig.«

»Das tut mir leid.«

Sie schwiegen eine Weile.

»Aber du hast studiert«, sagte Aneta. »Das hätte ich auch gern.«

»Ich habe für euch studiert«, sagte er. »Für die Menschen, die Gott so sehr liebt.«

»Gott liebt uns? Davon merke ich nicht viel.«

»Aneta, ich kann dir gern ein paar Geschichten vorlesen. Aus der Bibel.«

»Geschichten ...«. Es war plötzlich, als wollte sie schnell fertig werden mit Essen wie mit einer Unart, um ihm einen Gefallen zu tun oder von ihm wegzukommen. Doch sie konnte nicht aufhören mit ihrer Unart. Als müsste sie sie dringend tun, ganz genau und so wild-genüsslich wie möglich, ja, am liebsten die Brote in sich hineinstopfen und den ganzen Apfel auf einmal, so wie man gähnen oder niesen muss, Bruchteile von Sekunden.

Dann aß sie wieder langsam, unter den gegebenen Umständen schon fast höflich und wohlerzogen. So wie man eine Hand vor den Mund hält, wenn man todmüde gähnt. Groß gähnt, kurz vor dem Zusammenbruch. So todhungrig aß sie. Und Powo lag dabei auf der Straße zu ihren Füßen. »Anton kann ein bisschen lesen lernen«, sagte sie. »Er kann mir vorlesen.«

Anton, der, den sie liebte. Johannes schwieg. Anton würde ihr vorlesen. Natürlich.

Sie biss in den Apfel.

»Ich kann es euch beiden beibringen. Und Aneta, sag nie mehr, dass du dumm bist«, meinte Johannes. »Du bist schön und klug.«

Das war sie. Der Hunger hatte sie zu zart, zu zerbrechlich gemacht, ihre Haut durchscheinend und weiß. Doch ihre Augen und die Seele in ihrer Brust sprühten eine Schönheit mit jedem Pulsschlag nach draußen, dass Johannes ununterbrochen fasziniert war. Er würde dieses Essen nie vergessen. Dieses große Essen. *Aneta*, dachte er. Wie schön sie war! All ihren Charakter, ihre Disziplin, ihren Geist schien er in diesem Essen zu sehen. Ihre Seele blitzte auf, als wäre Licht auf Wasser gefallen. Und so war es auch. Bestand der Mensch nicht hauptsächlich aus Wasser, und war nicht Gott das Licht, das darauf fiel? Er konnte Gott in Aneta sehen.

»Aber die Seele besteht doch nicht aus Wasser«, würde Hermann jetzt sagen und grinsen.

»Aus was, glaubst du, besteht die Seele?«, würde Johannes fragen.

Aus Gefühlen. Aus Energie. Aus einem Wasserfall.

Iss, kleine Aneta, iss weiter, dachte er. Es machte ihn satt und glücklich, sie essen zu sehen. »Gott kümmert sich, auch wenn du es jetzt vielleicht nicht spürst. Jesus hat ein Blutopfer für uns gebracht. Das Opfer schlechthin. Welcher andere Mensch bringt schon ein Blutopfer für die Wahrheit? Aus Liebe?«

»Viele von uns wurden hierher verschleppt, angelockt und betrogen«, sagte Antea. »Hier schlafen wir auf dem Boden und werden wie Sklaven behandelt. Wir werden für die schwerste, unangenehmste Arbeit benutzt, ohne bezahlt zu werden. Mein Bruder Igor wohnt im Stall bei den Tieren. Seine Freunde müssen bei jedem schweren Bau helfen. Es ist oft lebensgefährlich! Und so selten dürfen wir uns richtig waschen. Es gibt ja nicht mal Seife. Dafür überall Ungeziefer.« Sie sah Johannes an, als hätte sie Angst, er würde glauben oder gar bemerken, sie stinke.

Er wollte sie beruhigend in den Arm nehmen. Durfte er das, sie in den Arm nehmen? Er war ein katholischer Geistlicher und sie eine junge Frau. Doch was sollte es. Außerdem war Aneta verlobt mit Anton. Auch das wusste er schon lange von ihr, denn er hatte ja ihren Anton kennengelernt. Aneta und Anton wünschten sich, dass er, Johannes, sie traute. Heimlich. Denn es war Johannes verboten, polnische Zwangsarbeiter zu trauen oder sie seelsorgerlich zu betreuen. Er durfte sich auch nicht materiell um sie kümmern. Und die Essensvorräte waren so streng abgepackt, dass man kaum etwas zu teilen hatte, wenn man nicht selbst verhungern wollte. Ihre Sprache durfte er auch nicht sprechen. Und doch ging er seinen eigenen Weg und sprach Polnisch. Er liebte die Sprache.

Hatte sie wirklich gedacht, er hätte die Brote für sich selbst ausgepackt, vor ihrem hungrigen Gesicht? In was für eine Welt hatte er sich begeben mit seinem Beruf? Es war alles viel schlimmer, als er dachte.

»Wie kannst du bei alldem noch an Gott glauben?«, fragte Aneta.

»Illum oportet crescere, me autem minui.«

»Was heißt das?«

»Er muss wachsen, ich aber abnehmen. Johannes 3, Vers 30. Aus der Bibel. Auf Latein«, sagte Johannes.

»Abgenommen habe ich schon genug«, sagte Aneta.

War er nicht für ihre Seele zuständig, ihr zu dienen? Seine Aufgabe war es, sich um die Seelen der Menschen zu kümmern, in diesem Stadtteil. Deswegen war er nach Lübeck gekommen, deswegen hatte er die ganzen Jahre des Studiums auf sich genommen, die Prüfungen und das Lernen. Und diesen Beruf gewählt. Berührte Seelen machten ihn glücklich.

Hätten es doch alle seine Freunde so gut wie er bei Tante Johanna. Außerdem gab es noch Frau Huber, die ältere Witwe ein paar Häuser weiter, die immer wieder mit selbst gekochter Suppe und Marmelade vorbeikam.

»Ich habe doch keinen Mann und keinen Sohn mehr zu versorgen«, hatte Frau Huber Johannes erzählt und sich über die Augen gewischt. »Sind beide an der Front gefallen, schon ganz früh; waren überhaupt nicht zum Kämpfen geeignet.

Wusste ich ja. Waren Intellektuelle durch und durch, aber wollten ja unbedingt an die Front. Hielten selbst Krieg für etwas Intellektuelles, diese Dummerchen.« Sie weinte. Sie saß in der gelben Küche und weinte und hörte erst wieder auf, als Johannes ihre mitgebrachte Suppe löffelte. Dann hatte sie mit leuchtenden Augen da gesessen und für einen kurzen Moment glücklich geschienen.

»Entschuldige, ich muss dir wie ein hungriger Wolf vorkommen«, sagte Aneta.

Verheiraten durfte er sie nicht. Aber in den Arm nehmen. Er wünschte sich spontan, während er sie ansah, *er* könnte sie heiraten. Er wäre derjenige, der sie liebte, sie lieben durfte. Doch er war Johannes, der Priester. Er war nicht Anton. Und er war kein Pole. Er hätte in dieser Zeit kein polnisches Mädchen heiraten dürfen, selbst dann nicht, wenn er kein Priester gewesen wäre. Er hätte sie und sich in Lebensgefahr gebracht. Man hätte wohl beide getötet. Er durfte als Deutscher nicht einmal mit einem »fremdrassigen« Mädchen ausgehen.

»Dabei können wir noch froh sein«, sagte Aneta. »Die Juden haben es viel schlechter als wir. Sie leben in Gettos. Sie werden abgeholt. Deportiert, sagt man. Das sind die Gerüchte. Ich weiß nicht, was das bedeutet, was mit ihnen passiert, wo sie hingebracht werden. Aber ich habe ganz Furchtbares gehört. Sicher erfunden. Aber manchmal ... ich befürchte Schlimmes. Nicht, dass man in meinem Land die Juden mochte. Aber ich traue den Deutschen das Schrecklichste zu. Vor allem Hitler.«

»Hoffentlich nicht allen Deutschen«, sagte Johannes. »Nicht alle Deutsche sind Nationalsozialisten. Nicht für alle ist Rasse das oberste Gesetz.«

Sie nickte. »Ich hatte in Polen eine jüdische Freundin. Sie wäre meine beste geworden, wenn sie nicht untergetaucht wäre.«

Er hatte Mitleid mit ihr und nickte teilnahmsvoll. Warum nur wollte er allen helfen? Was drängte ihn? Brot und Suppe und saubere, warme Kleidung gehörten zur Seelsorge dazu, Decken und Seife, dessen war er sich sicher; damit konnte er helfen. Seiner großen Schwester Emma konnte Johannes nicht mehr helfen. Sie war tot. Wie die Mutter hatte sie als Hausangestellte gearbeitet und war an Tuberkulose gestorben. Sie hatte es nicht geschafft. Aber Aneta konnte er helfen. Sie brauchte Rat, Essen, Zuwendung und Wärme. Ihr Anton war fast dreißig und ein feiner Arbeiter, Maurer, wie Johannes' Vater früher. Nun arbeitete Anton als Zwangsarbeiter und musste Dinge tun, die ihm nicht lagen, die gefährlich waren und die ihm keinen Spaß machten. Er wurde ausgenutzt und kaum bezahlt, musste hungern und frieren, konnte jederzeit krank werden. Und was war dann?

»Ich könnte deine Fürbitte und dein Gebet gut gebrauchen«, sagte Johannes.

»Von mir? Ich schaffe es doch kaum mehr, selbst für mich zu glauben.«

»Ja, von dir. Genau von dir. Eduard und ich wollen Gruppenabende für die heimgekehrten und verwundeten Soldaten durchführen. Vielleicht unten im Heizungskeller der Kirche. Es ist ein großer Raum.«

»Wozu?«

»Viele der jungen Soldaten sind durcheinander und verzweifelt und haben kritische Fragen.«

»Seid vorsichtig. Dem Staat wird es nicht gefallen, wenn ihr nicht Propaganda *für* den Krieg macht.«

»Es geht so nicht mehr weiter mit den Verbrechen dieser Regierung. Erst recht nicht nach den Predigten von Bischof Graf von Galen im August.«

»Sie wollen den Bischof umbringen, habe ich gehört. Es ist in aller Munde.« Aneta wirkte erschrocken.

»Sie trauen sich nicht.«

»Aber vielleicht trauen sie sich, *euch* umzubringen. Seid vorsichtig!«

»Sollen sie. Es geht mir um die Wahrheit, nicht um irgendwie durchzukommen. Jemand muss doch in die Bresche springen. Soll man Gott nicht mehr gehorchen als den Menschen und als seiner eigenen Furcht? Denkst du denn, ich fürchte mich nicht?«

»Die Gestapo wird vielleicht eure Zimmer oder das gesamte Pfarrhaus durchsuchen und auf den Kopf stellen.« Nun sah Aneta ganz besorgt aus.

Ärgerlich sagte Johannes: »Wer bestimmt, welcher Mensch unwert sei zu leben und deswegen getötet werden müsse oder dürfe? Bischof Graf von Galen hat die Dinge klar beim Namen genannt. Eigentlich ist es ein Kampf gegen Satan, den wir führen. Der Feind hasst das Leben. Ja, der Widersacher weiß, dass er nicht mehr viel Zeit hat.«

»Satan? Ich habe vor so was zu viel Angst. Was wollt ihr bloß tun?«

»Wir verbreiten Schriften gegen die Massenmorde, gegen das Töten sogenannten unwerten Lebens aus der Sicht des Führers.«

»Diese Predigten von diesem Bischof dürfen aber nicht verbreitet werden, habe ich gehört, es wurde verboten.«

»Ja, das stimmt. Häuser werden nach Briefen und Texten des Grafen von Galen durchwühlt, Bücher verbrannt, Pfarrer in KZs gebracht. Das alles erinnert mich an die Hexenverbrennung im Mittelalter. Wo Bücher brennen, brennen Menschen auch bald.«

»Du klingst anders als früher. Da ist ein neuer Ton. Bist du sicher, dass sich dieser Kampf lohnt? Dass dir nichts passieren wird?« Aneta blickte Johannes mit großen Augen an.

»Du meinst, es ist aussichtslos? Denke an die tapferen Priester und Pfarrer, an die treuen Gläubigen und einfachen Menschen. An die aktiven Kräfte der Kirche. Aussichtslos?

Das ist es nicht. Deutschland schwelgt zwar im Siegesrausch und ganz Europa ist mit deutschen Armeen besetzt. Überall *Sieger*. Der Kampf gegen die Kirche hat begonnen. Hitler will keine einzige Kirche mehr dulden. Aber wenn etwas aussichtslos ist, dann ist es dieser Krieg.«

Aneta seufzte. »Da erfindet und bestimmt diese Regierung einen Führer, einen König, und bestimmt und terrorisiert alles um sich herum wie eine Truppe egoistischer Kinder. Und ich bin schwanger.«

Johannes sah auf. Er dachte nur: Anton. »Du bist schwanger?«

»Es wird Zeit«, hatte Anton zu ihm gesagt; Anton, dünn und dunkelblond. »Ich bin kein Priester«, hatte Anton gesagt. »Und Aneta will ein Kind. Dieses Mädchen. Will ein Kind. Ist doch selbst noch eins. Und ausgerechnet jetzt! Wo *wir* beide doch kaum leben dürfen, geschweige denn unser Kind. Obwohl – das Kind vielleicht. Das Kind hat Zukunft. Oder nicht? Wer, wenn nicht unser Kind?«

Aneta war also ein Kind. So kam sie ihm nicht vor. Sie war eine Frau.

»Sie ist selbst noch ein Kind und will eins«, hatte Anton gesagt. »Vielleicht hat sie schon eins. In ihrem Bauch. Von uns. Wer weiß es. Ich trau es ihr zu. So ungeduldig. Bin auch selbst dran schuld. Aber was hilft es? Wir dürfen sowieso nicht offiziell heiraten. Wir lieben uns. Und wo haben wir uns kennengelernt? In diesem Land. In diesem!« Anton hatte bitter gelacht. »Ich bin Deutschland dankbar. Für Aneta! Vielleicht hätte ich sie sonst nie kennengelernt.« Er war dankbar für Deutschland.

Johannes berührte kurz Anetas zarte Handgelenke. Wenn es Frauen schlecht ging, wenn Frauen litten, dann spürte Johannes diesen neuen Schmerz, von dem Tod von gestern, von Mutter und Schwester. Dann riss es in seinem Magen, in seinem Zwerchfell; ein Riss vom Herzen bis ins Zwerchfell.

Und Aneta wollte ein Kind. Obwohl es 1941 war.

Johannes musste seinen und ihren Schmerz lindern und wusste nicht, wie. Die Schmerzen schienen miteinander verbunden. Gekoppelt. Wie Zugwaggons. Magnetisiert. Emma, die geliebte große Schwester war gestorben in Hamburg, seiner Geburtsstadt. Ja, Hamburg war nicht so weit weg, nicht, wenn man in einem Zug saß, und doch würde er Hamburg vielleicht nie mehr wiedersehen. Und Emma auch nicht. Nicht in diesem irdischen Leben. Er seufzte laut und gequält auf. Emma war noch so jung gewesen. Ein völlig unnötiger, sinnloser Tod! Aber was wusste er schon vom Tod. Nur Gott wusste vom endgültigen Tod, vom endgültigen Leben. Wenn er, Johannes, sterben müsste, so würde er gern in Hamburg sterben, dort, wo Emma und seine Mutter gestorben waren und begraben lagen. Warum nur hatte er immer noch so große Angst vor dem Tod? Er lebte doch. Er war Christ.

Und in Lübeck gab es viel zu tun. Das war gut, dachte er, das lenkte ihn ab.

Johannes richtete sich auf. Es war verboten, Aneta zu umarmen, die schöne, essende Aneta. Er durfte Zwangsarbeiter nicht anfassen, ihnen nicht helfen, nicht mit ihnen sprechen, sie nicht versorgen, sie nicht verehelichen, nicht fürsorglich sein. Sie galten als Parasiten, wie die Juden. Was war das doch für ein paradoxes Spiel. Auf der einen Seite war er Priester, und auf der anderen Seite gab es eine oder mehrere »Sparten« Menschen, denen er nicht helfen durfte, weil sie nicht »reinrassig« waren, die seine Gottesdienste nicht besuchen konnten, die sein Pfarrhaus nicht betreten durften, ohne bestraft zu werden. Und er gleich mit. Aber das war ihm egal. Er wollte nur nicht, dass *ihnen* etwas geschah, diesen geliebten Menschen, die von Gott auserwählt waren.

Er bückte sich und umarmte Aneta.

»Danke«, sagte sie, zu sehr in Gedanken, um überrascht zu sein.

Johannes Prassek. So hieß er und so wurde er schon lange genannt, nicht mehr »Knirps«. Hier in Lübeck würde wohl keiner mehr Knirps sagen. Er war dienstältester Kaplan in einer der größten Kirchen der Innenstadt. Schade eigentlich, dass keiner mehr »Knirps« sagen würde. Er streichelte Powo ein letztes Mal und auch Aneta über den Rücken, damit sie keinen Schluckauf bekam, nachdem sie sich endlich einmal satt gegessen hatte. Powo hob nicht mal den Kopf, so gemütlich und bequem lag er zu Anetas Füßen.

»Ich komme wieder«, sagte Johannes. »Heute Abend. Ich hoffe, ich finde euch. Wir müssen noch ein paar Sachen durchsprechen! Wegen eurer ... eurer Hochzeit. Und Taufe? Ich komme zur Abendandacht zu euch. Ich bringe Brot und Äpfel mit.«

Die zierliche Aneta winkte. Er ließ zwei Lebensmittelkarten in ihre kleine Hand fallen. Das Mädchen hustete vor Freude.

4

Reinrassige?

»Aber noch habe ich den Mut nicht verloren, und Gott wird ihn mir auch weiterhin erhalten.«

»Auf meiner Zelle ist es schon sehr kalt. Darum möchte ich Sie bitten, immer die dicksten Unterhosen und Unterhemden für mich mitzubringen.«

Mitte September 1941

Johannes bog in eine Seitenstraße ein, um Piotr zu suchen. Er hatte warme Kleidung für ihn im Rucksack. Nun war er den meisten Zwangsarbeitern nahgekommen, die zu ihm Vertrauen fassten, weil er freundlich war, weil er Essen brachte, Milch, Zucker, Seife und Decken – und ihnen zuhörte. Er kümmerte sich, nahm sich Zeit, suchte kreative Ersatzrituale für ihre Hochzeiten, die er eigentlich ablehnen müsste und nicht durchführen durfte.

Manche sahen in ihm einen Retter für Leib und Seele, denn er kam und feierte das Abendmahl mit ihnen, weil sie nicht in die Kirche kommen durften. Immer wieder aber zeigte Johannes auf den wahren Retter. Denn er selbst wollte nicht als Retter betrachtet werden, wo er doch nur ein Werkzeug war.

»Von wem habe ich die Liebe zu euch in mir? Nicht durch

mich selbst, sondern von Gottes Sohn«, sagte er und feierte die Eucharistie mit polnischen Zwangsarbeitern in Baracken.

»Ich will dich lieben, o mein Leben, als meinen allerbesten Freund; ich will dich lieben und erheben, solange mich dein Glanz bescheint; ich will dich lieben, Gottes Lamm, als meinen Bräutigam«, betete Johannes mit Worten Angelus Silesius' und verteilte die Hostien.

»Ist das erlaubt, was wir hier machen?«, fragten sie ihn schüchtern.

»Natürlich nicht«, antwortete Johannes. »Aber was kümmert uns, was erlaubt ist?«

Er musste an den Bischof denken. Die Gestapo traute sich nicht, den »Löwen von Münster« festzunehmen, aus Furcht vor öffentlichem Tumult. Doch andere »unbekannte« Pfarrer, die für KZ-Häftlinge beteten, wurden selbst Häftlinge, festgenommen und abtransportiert in Konzentrationslager. Sie sollten »unschädlich« gemacht werden, denn sie hatten sich gegen das System, gegen das Ordnungsgefüge gewandt. Würden sie den Winter 1941 überleben? Er musste an Bernhard Lichtenberg denken, an diesen bemerkenswerten Pfarrer, von dem er gehört hatte. Er bewunderte alle, die ihr Leben gaben für die Wahrheit.

Wer diese Maschinerie einfach nur überleben wollte, hatte ein anderes Problem. Wie könnte Mord ungesühnt bleiben? Der Mord an Zwangsarbeitern. An Schwachen. An Kranken. Er musste an Powo und Aneta denken. Sie waren Teil seiner Familie geworden. Seine eigene Familie war aus seinem Leben verschwunden.

Johann Heinrich Wilhelm. So hatte ihn sein Vater genannt. Von diesem Vater hatte er seit dem Tod der Mutter nichts mehr gehört. Ob der nun plötzlich Arbeit hatte?

Sein Vater war kein Zwangsarbeiter wie Anton. Er war arbeitslos. Ein arbeitsloser Deutscher. In mancher Hinsicht nicht viel besser als ein polnischer Zwangsarbeiter, dachte Johannes. Und doch viel besser.

Die Deutschen durften normal leben trotz Krieg und Armut und hatten Rechte und Freiheiten. Zwangsarbeiter aber hatten weder Geld noch Rechte. Sie hatten nichts außer ihren Pflichten, Bürden und Verboten. Und ihr Herz.

Seit Johannes zurückdenken konnte, ging sein Vater keiner Beschäftigung nach, ebenso wie viele andere Väter in dieser schweren Zeit. Auch als Johannes auf der Gelehrtenschule war und während all der Jahre, in denen er Theologie und Philosophie in Frankfurt, in Münster, in Osnabrück studiert hatte, dazu Polnisch gelernt, besaß der Vater keine Arbeit. Johannes hatte ein seltsames Gefühl, wenn er an ihn dachte.

Wie sehr hatte er sich gewünscht, dass sein Vater ein Vorbild wäre, eine Leitfigur, jemand, an dem er sich orientieren könnte. Vielleicht war er deswegen Priester geworden, um in Gott seinen Vater zu finden. Sein Vater konnte weder ihn noch den Rest der Familie unterstützen. Seit Johannes denken konnte, waren sie arm gewesen, seit seiner Geburt. Es fiel ihm schwer, seinen Vater zu ehren.

Seine Familie hatte nie genug zu essen gehabt. Wie oft war er hungrig ins Bett gegangen! Seitdem er fünf Jahre alt war. Manchmal verübelte er seinem Vater, dass er nicht alles darangesetzt hatte, eine Arbeit zu finden. Seine Mutter unternahm dagegen alles und bemühte sich nach Kräften, ihm zu helfen. Er wusste, sie hatte sich große Summen geliehen für sein Theologiestudium. Das Geld war vom Krieg persönlich zurückgezahlt worden; war im Krieg kein Darlehen mehr. Und wer hätte auch sonst die 400 Reichsmark bezahlen sollen? Ein Vermögen!

Er, Johannes, hätte es zurückbezahlt, wenn kein Krieg wäre. Aber es war so viel Krieg überall.

Er dachte an Anna Ostarek, an all die Frauen, die für sein Studium Geld gegeben und gespendet hatten. Diese Frauen waren zugleich seine Mutter und sein Vater.

Johannes vermisste seine tote Mutter. Sie, die für sich selbst kein Geld in Anspruch nahm, für ein hübsches Kleid zum Beispiel, für eine Haarspange, für Schmuck, für einen Theaterbesuch, gab alles, damit der Sohn lernen und dann in seinem geliebten Beruf arbeiten konnte, obwohl (oder gerade weil) der eigene Ehemann ohne Beschäftigung war.

Sie musste gehen, lange noch bevor der einzige Sohn mit dem Studium fertig war, für das sie so viel geopfert hatte; sie starb einige Jahre zuvor. Seine geliebte Mutter, die bei seiner Priesterweihe und dem anschließenden Fest nicht dabei sein konnte, weil sie unter der Erde lag! Er selbst hatte sie begraben. Warum konnte sie nicht bei all dem dabei sein, was ihr lieb und teuer war? Warum war sie nur so plötzlich krank geworden? Warum war sie nun fort? Weil sie an Krebs gestorben war. Dass Krebs selbst vor Krieg keinen Halt machte. Dass es selbst im Krieg noch Krebs gab!

Oft sprachen Hermann, Eduard und er von ihren Müttern in der großen gelben Küche. Sie kamen ein wenig zusammen nach den freiwilligen Religionsstunden, die bei Kaplan Johannes stattfanden. Wenn die Schüler und Schülerinnen dann gegangen waren, setzten sich die jungen Männer entweder gemütlich in die Küche oder ins Wohnzimmer und tauschten sich aus. Manchmal saßen Robert Köster und Adolf Ehrtmann, Freunde und Angestellte der Kirche, bei ihnen.

»Meine Mutter ist schuld, dass ich jetzt hier bin«, hatte Eduard bei solcher Gelegenheit einmal gesagt und gelächelt. »Mein Vater hat uns verlassen, noch bevor ich laufen konnte. Er ist einfach eines Morgens verschwunden. Ich bewundere niemanden so sehr wie meine Mutter! Sie hat es allein geschafft! Und aus mir ist etwas geworden!«

»Bist du dir da sicher?«, hatte Hermann ihn geneckt. »Ich liebe meine Mutter und meinen Vater. Beide waren immer für mich da. Ich wäre auch nicht hier ohne sie.«

Johannes hatte an seine Eltern gedacht. »Ich hatte eine gute Mutter. Eine, die für die Berufung ihres Sohnes unendlich viel zahlte, eine Summe, die in ihrer Vorstellung vorher nicht mal existiert hatte, die sie nie für sich selbst ausgegeben hätte. Eine, die sich auf meine Abschlussfeier so sehr freute und die sie nicht mal als Gast besuchten durfte, denn der Tod kam ihr zuvor. Sie konnte mir nicht über den Arm streicheln und strahlen. Es war ihr nicht vergönnt gewesen, stolz auf ihren großen Sohn zu sein.« Er schluckte. »Und bevor sie starb, musste sie noch den Tod ihrer einzigen Tochter erleben. Emmas Tod. Meine große Schwester war ein begabtes Mädchen gewesen.«

»Natürlich war deine Mutter stolz auf dich! Sie war es immer!«, sagte Hermann.

Johannes machte sich noch immer große Vorwürfe.

Eduard verstand Johannes so gut.

Eduard vermisste seine Mutter auch sehr. »Weißt du, ihr kannst du jetzt nichts mehr sagen, außer im Gebet. Ihr kannst du nicht mehr helfen. Sie hat *dir* geholfen. Sie hat dir alles möglich gemacht. Sie war eine Heldin. Aber du kannst ihr etwas zurückgeben.«

Johannes nickte. »Sie hat im Stillen gegeben und gelitten – und ging fort, bevor sie die Früchte ihrer Saat ernten konnte«, sagte er leise. »Und wo war *ich* gewesen, als sie starb? Nicht da! Und als Emma, meine Schwester, die Augen für immer schloss? Weit weg, fern im Studium!«

Eduard legte den Arm um Johannes. »Quäl dich nicht so!«

»Und wo war ich, als mein geliebter Lehrer und Priester von der SA lebensbedrohlich zusammengeschlagen wurde? Weit weg bin ich jedes Mal gewesen«, sagte Johannes. »Auf dem Priesterseminar in Osnabrück!«

»Ich weiß. Es ist alles so schnell gegangen«, murmelte Eduard.

»Ich wollte ja so unbedingt Priester werden!«, rief Johannes.

»Mach dir keine Vorwürfe«, sagte der alte Robert Köster. Er war mit über siebzig noch immer voller Elan und bei der Kirche angestellt. »Du bist Priester und das ist gut so. Und du wusstest nicht, dass Emma und deine Mutter so krank werden würden. Wie hättest du das ahnen sollen? Es wäre doch kein Geld da gewesen, schnell hinzufahren, es war nichts übrig. Du hattest doch kaum für dein Essen Geld. Wer hätte denn so viel gehabt, Hunderte Kilometer im Zug zu reisen? Selbst in der dritten Klasse nicht!«

»Geld. Immer nur Geld. Warum hatte ich kein Geld, meine sterbende Mutter zu sehen? Ein hoher Preis für ein Studium: dass ich beim Tod meiner eigenen Schwester und meiner Mutter nicht dabei sein konnte«, sagte Johannes mit schwerem Herzen. »Vielleicht hätte ich doch nicht Priester werden sollen, sondern zu Hause bleiben und mich um meine Familie kümmern statt um Zwangsarbeiter und Soldaten.«

»Du bist ein hervorragender, sensibler Seelsorger und leidenschaftlicher Prediger. Die Welt braucht dich. Du wusstest nicht, dass deine Familie innerhalb von einem Jahr sterben wird!«

»Aber in diesen Zeiten kann doch alles passieren«, sagte Johannes. »Vielleicht hätte ich es wissen müssen.«

»Deine Mutter wollte, dass du Priester wirst. Genau wie du selbst!«, antwortete Adolf Ehrtmann. Auch er arbeitete mit Herzblut in der Kirche mit.

»Aber …«

»Johannes, du wusstest es nicht. Lohn und Geld hast du erst bekommen, als sie schon tot war. Und dann bist du ja auch zu ihr gefahren!«, erinnerte ihn Eduard.

»Zu spät, als sie schon nicht mehr atmete. Warum nur?«

Weil er so weit weg war; in einer anderen Welt. Nicht nur körperlich weit weg, sondern insgesamt. Er studierte an fremden Orten, während die beiden Frauen irgendwie für ihr tägliches Brot arbeiten mussten. Johannes wäre gern die Hunderte Kilometer oder mehr einfach zu Fuß gelaufen, wie er schon ein paar Mal dreißig Kilometer gewandert war; aber man gab ihm viel zu spät Bescheid. Außerdem durfte er nicht lange fortbleiben.

»Deine Mutter hat dafür gesorgt, dass Emma begraben wird. Und Spenden sind dann doch auch eingetroffen, sodass du deine Mutter schließlich bei Emma beisetzen konntest«, sagte Eduard.

»Meine Mutter wollte wohl nicht, dass ich kam, als Emma im Sterben lag. Weißt du, sie schrieb mir nur wenige Zeilen, lange, nachdem Emma schon tot war.«

Die Küchenuhr tickte. Vor ihnen lagen Brot und ein wenig Butter und Marmelade.

»Sie wollte sicher, dass du dich auf dein Studium konzentrierst«, antwortete Eduard.

Johannes seufzte. »Ja. Deswegen hat sie mich nicht informiert.«

»Was hat sie dir denn geschrieben?«

»Dass sie mich liebt und dass sie hofft, ich wäre erfolgreich, behütet und bald fertig mit dem Studium. Da muss sie schon todkrank gewesen sein. Deswegen sollte ich mich beeilen. Damit sie wenigstens meinen Abschluss und meinen Erfolg noch erleben kann. Und sie wollte wohl nicht, dass das Geld, um das *sie* sich für mich so bemüht hatte, für eine Reise zu ihr ausgegeben wird. Stell dir das mal vor. Und ich wusste es nicht, ahnte es nicht mal. Wäre ich nur sensibler, hellhöriger gewesen. Ich beeilte mich gar nicht, fertig zu werden mit diesem Studium, diesem großen, diesem mächtigen, langwierigen Studium, obwohl sie mich um Eile gebeten hat. Ich genoss jeden Tag. Es war schon zu spät, als ich begann, mich zu beeilen. Was hat es genützt? Ich bin nicht schnell genug gewesen. Es hat nicht gereicht. Ich kam zu spät.« Johannes sah Eduards gequälten, mitfühlenden Blick.

»Lass es los, Hannes«, sagte Eduard.

»Ich muss doch über den Verlust meiner Mutter trauern dürfen! Und dann habe ich noch meine Priesterweihe ein halbes Jahr nach hinten verschoben, völlig unnötig, wegen Schabernack und Missverständnissen. Es hat wirklich gedauert, bis ich den Ernst der Lage verstanden habe.«

»Du hast ihn verstanden, Hannes. Du konntest es nur *damals* gar nicht verstehen. Mach dir keine Sorgen. Deine Mutter ist im Himmel. Was ist mit deinem Vater? Ich weiß, euer Verhältnis war nicht gut.«

»Das Verhältnis zu meiner Stiefmutter ist noch verheerender als zu ihm. Meinen Vater sah ich das letzte Mal Anfang der Dreißigerjahre bei seinem Hausbau in Hamburg-Sasel. Da habe ich mitgeholfen. *Das letzte Mal*. Vielleicht werde ich ihn nie wiedersehen. Er wollte nie, dass ich Priester werde. Und seine neue Frau kann mich nicht leiden. Vielleicht spürt sie, wie sehr mich meine Mutter geliebt hat. Und sie verabscheut die Kirche.«

»Du siehst ja, wie sehr du gebraucht wirst. Denk an Hans Lüers, der gerade frisch zum Glauben gekommen ist. Wie sehr er an deinen Lippen hängt und dir vertraut!«

Eduard hatte dann von seiner Mutter berichtet. Wie sehr er die Wäsche gehasst hatte, die seine Mutter hatte schleppen müssen, um die große Familie allein zu ernähren, diese Tröge voll, die seine arme schmale Mutter trug, um dem gesamten Haushalt vorstehen zu können. Ihre Hände waren voll Ausschlag gewesen von Wasser und Putzmitteln. »Mein Vater hat uns zwar nicht äußerlich verlassen«, hatte Eduard gesagt. »Aber es war bei mir dennoch auch so, als hätte er meine Mutter Tröge und Bürden ganz allein schleppen lassen.«

Seiner Mutter konnte Johannes nichts mehr zurückgeben. Aber Aneta, Igor und Anton schon. Und all den anderen, die lebten.

Johannes lief rasch. Er wollte heute noch so vielen Zwangsarbeitern helfen, bevor er in das Pfarrhaus in der Parade 4 zurückkehrte. Es gab so viel zu tun an diesem Montagvormittag. Hätte er doch sein Fahrrad genommen. Wo sollte er Gruppenabende abhalten? Die Angst der Bevölkerung vor Fliegerangriffen hatte auch Lübeck erreicht. Vielleicht könnte er während englischer Fliegerangriffe ungestört Gruppenabende im Heizungskeller der Kirche durchführen. Hoffentlich würde es niemandem auffallen, keinem Arbeiter und keinem Hausmeister. Gerade die Korrekten und zuverlässig Aussehenden schienen in diesem Krieg besonders gefährlich zu sein.

Er hätte Aneta fragen sollen, ob sie wusste, wo Piotr war. Er wollte die Jungs für ein paar ordentliche und warme Mahlzeiten heimlich ins Pfarrhaus holen. Sie sollten sein Essen bekommen. Das Pfarrhaus gehörte ihm zwar nicht, natürlich nicht. Aber es war viel zu groß. Viele Zimmer standen leer. Es sollte Jakub und Piotr doch gut gehen, bevor der Winter kam und die Zwangsarbeit noch härter wurde.

Sein Zimmer lag direkt neben den Schlafzimmern von Hermann und Eduard. Am Ende des Ganges wohnte Tante Johanna und unten im ersten Stock Dekan Bültel.

Albert Bültel war ein älterer, herzensguter Mann, doch sehr vorsichtig und schreckhaft. Er war ein freundlicher Vorsteher ihrer Gruppe, durfte aber nicht in alles eingeweiht werden, da er mit Gefahr oder Heimlichkeiten nicht gut umgehen konnte. Nichts schien Albert Bültel so sehr zu erschrecken wie die Gestapo.

Und die Gestapo kannte Johannes.

»Jungs, passt einfach nur auf«, sagte Albert oft. »Haltet uns die Gestapo vom Leib. Das ist für alle das Beste. Nicht wahr, Fräulein Rechtien?«

Tante Johanna nickte besorgt.

Wie sollte Johannes Piotr und Jakub an Albert Bültel vorbeischmuggeln? Johannes durfte ja nun nichts davon – weder die polnischen Jungs holen noch »Nichtarier« oder »niedere Menschen« versorgen und schon gar nicht bei sich wohnen lassen. Jede Betreuung dieser »Untermenschen« war ihm von der Gestapo persönlich und wiederholt streng untersagt worden, da er schon in Wittenburg aufgefallen war mit Freundlichkeit und Hilfsbereitschaft Ausländern gegenüber, sogenannten *Fremdrassigen*, und von den Nationalsozialisten beobachtet wurde.

»Warum ist es verboten, anderen gegenüber freundlich zu sein?«, hatte Johannes in Wittenburg gefragt. »Es ist unsere Pflicht.«

»Wirklich?«, hatte Herr Viegel von der Gestapo ungemein freundlich gesagt. »Wer sagt das?«

»Es steht schon in der Bibel, dass es unsere Aufgabe ist, Fremden und Gästen gegenüber hilfsbereit zu sein!«, antwortete Johannes.

Herr Viegel war ein gut aussehender, hochgewachsener junger Mann mit kalten Augen. »In der Bibel? Interessiert uns nicht. Diese Ungarn sind keine Gäste. Sie sind Krankheitserreger. Parasiten, genau wie Polen, Juden und dieser ganze andere Haufen. Halten Sie sich also fern.«

»Bin ich denn abhängig von der Autorität von Menschen? Bin ich nicht abhängig von Gott?«, sagte Johannes.

Herr Viegel hatte die Augen zusammengekniffen. »Sie sollten sich vor mir fürchten, mein lieber junger Freund. Wir machen mit Kritikern unseres Reiches kurzen Prozess. Das werden Sie schon noch merken, wenn Sie so weitermachen!«

Johannes hatte geschwiegen. Wie könnte er sich daran halten?

Er hob die Augenbrauen, als er sich zurückerinnerte. Dies alles hatte ihn krank gemacht. Er hatte fort von da fort gemusst, neu beginnen müssen. Dieser Gestapo-Leiter hatte ihm gedroht. Die Seelen der Zwangsarbeiter sollten ihm also gleichgültig sein, auch hier in Lübeck, nur weil sie polnisch waren.

Schlimmer noch: In den Augen mancher Menschen, die ganz nah in seiner Nachbarschaft wohnten und regelmäßig seine Gottesdienste besuchten, hatten die Zwangsarbeiter gar keine Seele. Diese »Reinrassigen« kamen wie Christen in die große Kirche gelaufen. Keinen Gottesdienst verpassten sie, keine Andacht ließen sie aus. Manche schrieben mit. Und sie schlossen die aus, die nicht »rein« waren nach ihrer Überzeugung, nur weil man es ihnen so eingebläut hatte.

Als ob Vaterlandsliebe etwas mit dem Ausschließen anderer zu tun hatte, mit dem Ausschließen von Ausländern und »nicht Reinrassigen«. Man konnte doch sein Land lieben und dennoch oder gerade deswegen gastfreundschaftlich sein.

Johannes schüttelte den Kopf. *Wer erfindet nur so einen Blödsinn?*, dachte er. *Wer zieht so falsche Schlüsse? Nationales Denken und Handeln gipfelt doch nicht in Unterdrückung und Ermordung anderer Nationen und Rassen, sondern in Liebe.* Er wollte weiterhin dafür kämpfen, dass jeder, der wollte, das Evangelium auch hören durfte und in seiner Kirche gut behandelt werden würde. Woche für Woche. Niemand sollte in seiner Nähe ausgeschlossen sein, hungern, frieren oder sein Leben verlieren. Was für ein Christ wäre er, wenn es ihm nur um charismatische Ausstrahlung und hochtrabende Worte ginge, die keiner verstand? Selbst wenn er die Gestapo auf sich hetzen würde, er musste die Wahrheit sagen und leben. Und das bis zum Ende.

»Sie sind doch wie Tiere«, hatte Johannes Karl Herrmann, ein Gemeindemitglied, sagen hören. »Ach, was sage ich. Nicht wie Tiere. *Sie sind Tiere*, diese Polen.«

»Ach ja? Und was hast du gegen Tiere?«, hatte seine Frau gefragt. »Und seit wann haben Tiere keine Seelen?«

»Tiere haben *vielleicht* eine Seele. Aber diese Untermenschen nicht. Das wüsste ich, Rose. Das würde ich merken. Merke ich aber nicht.«

Die Menschen, die so etwas sagten, saßen aufrecht in den Bänken und hörten Johannes' Predigten. Jeden Sonntag. Wie Karl.

5
Nacht

»Lebt wohl! Es ist ja nur ein vorübergehender Abschied!«

»Alles für Christus und Christus für Deutschland!«

November 1943

Ich sehe nachts im Traum das Schafott vor mir. Der Vollstreckungsleiter ist grellgelb gekleidet, so gelb wie das ununterbrochene Neonlicht in meiner Zelle, und lacht wie ein Verrückter. Dann sagt er: »Karl Friedrich Stellbrink! Vortreten!«

Ich habe verbundene Augen und taumle vorwärts zur Tribüne, zum Fallbeil. Ich sehe das Grellgelbe noch durch die verbundenen Augen hindurch. Das Licht grölt, ist schrill wie die Lichter eines Krankenwagens. Das Licht ist die Nacht. Plötzlich muss ich niesen und kann nicht mehr aufhören. Die Henkersknechte sind vermummt; das konnte ich vorhin noch sehen. Sie drücken mich auf die Knie, platzieren meinen Kopf. Ich niese erneut. Das Licht ist scharf wie Pfeffer. Die Henkersknechte scheinen sich zu winden. Sie können mich nicht enthaupten, weil ich niese. Mein Kopf wackelt, das Schafott wackelt. Ich niese mich weg vom Fallbeil. Die Hinrichtung ist unterbrochen. Die Klinge des Beils steht im 45-Grad-Winkel, schräg, aus Stahl, starrt mich an, den Sträfling, mit Karacho will sie auf mich niederfahren. Das Fallbeil ist mein Richter. Es erkennt mich nicht als Pfarrer. Bevor sie mir die Augen verbunden haben, konnte ich viele Leute sehen, die stumm zuschauen.

Mein Kopf wird immer größer, schwillt an, weil ich so hungrig bin. Mein Kopf ist viel zu groß für das drei Meter große Schafott geworden. Ich merke, wie die Henkersknechte zurückweichen, bestimmt schauen sie sich hilflos an. Plötzlich klingt es, als rollten ihre Köpfe.

Ich mache die Augen auf und sehe den Morgen in meiner Zelle. Von irgendwoher, von der vergitterten Luke kommt Tageslicht.

Ich vermisse meine Frau, meine Kinder.

Manchmal habe ich Angst vor dem Tod und davor, dass sie mich als Strafe an die Front schicken. Eigentlich will ich weiterleben. Vielleicht ist diese Zelle meine Front? Ich möchte, dass diese Zellentür aufgeht. Wo ist der Schlüssel?

Die Morgendämmerung kriecht in meine Zelle. Dann die Abenddämmerung. Ich liege.

Es soll sicher eine Schmach sein, dass ich hier bin, Strafe und Einschüchterung. Es fühlt sich an nach Kämpfen und Ringen. Sie werden mich ermorden und verbrennen. Ich werde einen Abschiedsbrief schreiben dürfen. Man fragt mich schon jetzt nach meinem irdischen Nachlass.

Seit dem gestrigen Morgen scheinen meine Schmerzen freundlicher. Etwas ist geschehen. Eine neue fremde Hoffnung hat meine letzten Stunden angesteckt. Ich weiß doch, dass ich den Weg zu Ende gehen muss. Es gibt keine Gnade von Adolf Hitler. Und was sollte ich auch mit seiner Gnade anfangen? Die Gestapo würde mich sofort wieder festnehmen. Wie in den Tagen nach dem Palmsonntag 1942. Ich würde es wieder ganz genauso machen, den vielen jungen Menschen von der Front und vom freiwilligen Einrücken abraten, mit ihnen über die Sinnlosigkeit des Krieges sprechen, mit Achtzehnjährigen, frischgebackenen Abiturienten, die an der Front fallen wie mein geliebter Sohn, mein Großer, den ich aufgezogen habe mit all meiner Hingabe, mit aller Liebe. Versteckt euch, flieht, erhaltet euer Leben, bis alles vorbei ist!

Würde ich es anders machen? Nein, schlimmer würde ich es machen, jetzt, wo ich weiß, wie sie wirklich sind, wie böse das System ist, jetzt, wo ich ganz und gar aufgewacht bin aus meiner Verblendung. Jetzt, wo ich am eigenen Leib gespürt habe, wie sie sind, die unser Land regieren.

»Heimtücke« wirft man mir vor. »Gehässige Heimtücke«.

Und doch sind sie es, die unter ihr eigenes »Heimtückegesetz« fallen. Sie führen Europa in den Untergang, und wenn sie könnten, die ganze Welt. Wer hat schon von solch einem Hass wie dem der Nationalsozialisten gehört? Sie erfinden ihre eigene Amtssprache. Worte wie »Hass« und Heimtücke« und andere eher persönlich-emotionale Worte gehören zum Amtsdeutsch und werden offiziell verwendet. Gibt es auch ein »Ablehnungsgesetz«, wenn man mit Hitler nichts zu tun haben möchte? Wie kindisch. Nein, wie gefährlich. Das Gesetz will unsere Gefühle diktieren. Wir dürfen nicht persönlich fühlen und meinen, was nicht ausschließlich »für den Führer« ist. Die Deutschen müssen leiden, nicht nur unterschwellig und punktuell. Sie leiden unter dem Wahnsinn dieser Machtmenschen.

Noch deutlicher würde ich von der Kanzel über das massenhafte Töten von aus ihrer Sicht *unwertem* Leben reden und über die verborgene Judenverfolgung, von der Johannes mir berichtet hat.

Die Präsidenten, Vorsitzende und Staatsanwälte unseres absurden Scheinprozesses glauben also, ihr Leben sei *lebenswerter*? Sie seien die bessere Rasse? Die Herrenrasse? Vielleicht haben sie bald ein Einsehen und erhängen sich. Die

Leiter der Gestapo und Oberreichsanwalt Lautz meinen, sie seien wertvoller als Juden, Polen, geistig oder körperlich Kranke. Sind sie nicht die Kränksten und Ärmsten von allen? Werden ihre Titel sie vor dem Untergang bewahren?

Keine vierundzwanzig Stunden wäre ich in Freiheit, wenn sie mich jetzt gehen ließen, dann würden sie mich doch erst recht wieder einsperren und gleich fünf Mal enthaupten. Ich bin noch nie so wenig linientreu gewesen.

Was sagte man mir? »Ich hätte mich mit einem Vertreter der den Protestantismus bekämpfenden katholischen Kirche gegen den Staat zusammengetan.«

Aber Johannes ist mein bester Freund. Die Nationalsozialisten haben keine Ahnung von Einheit, obwohl sie ständig davon sprechen. Doch sie fürchten, dass die Kirchen eine Einheit werden könnten. Was ist die »Deutsche Evangelische Kirche« seit 1933 für eine Kirche geworden? Ich bin nicht aus der Kirche ausgestoßen worden, sondern aus einer nationalsozialistischen Organisation! Was bin ich blind gewesen, dass ich nicht gemerkt habe, dass die »Deutschen Christen« offen mit Terror sympathisieren und eine »Reichskirche« schaffen wollen, die nichts mehr mit dem Evangelium zu tun hat. Jetzt verstehe ich den Gegenpol zur DEK, die Bekennende Kirche.

Diese Zelle ist meine Front. Mein Kampfplatz. Wenn Kinder fallen, warum sollte ich leben dürfen? Wir haben das Jahr 1943. Ich bin siebenundvierzig Jahre alt und habe lange genug gelebt, um zu begreifen. Ich will mit ihnen fallen. Mein Kopf soll so fallen wie sie, blutüberströmt, so wie sie blutüberströmt im Osten in den Schnee sinken. Betrogen sind sie.

Doch nicht immer ist Zorn in mir. Manchmal fühle ich mich einfach nur verloren. Ich bin kein Heiliger, nur ein Mensch.

Obwohl ich Hildegard so sehr vermisse – noch nie waren wir eine solch lange Zeit getrennt –, ist eine tiefe Geborgenheit in meine Zelle eingezogen, die jede Nervosität und jedes Adrenalin langsam vertreibt. Eine solch besondere Geborgenheit, die ich nicht einmal von zu Hause kenne. Es muss das Gebet sein, von dem Hermann spricht, wenn wir Rundgang haben.

Oft denke ich an die Parade 4 in Lübeck. Ich könnte sogar sagen, dass ich glücklich dort war. Zusammen mit Johannes, Eduard und Hermann. Wie gastfreundschaftlich sie mich immer aufgenommen haben, wenn ich herüberkam. Und »Tante Hanna« und ihre warme Suppe und der vorsichtige, sanfte Dekan Bültel, der Priester, der Hermann, Johannes und Eduard vorstand.

Ich erinnere mich an das herzliche Lachen des Alten, wenn er uns zu viert zusammensitzen sah in schönster Eintracht. Wie gut, dass er uns im Gefängnis ein paar Minuten besuchen durfte. Selbst er wollte mich Fritz nennen, nicht Pastor Stellbrink oder gar Karl Friedrich – so nennt mich ja kein Mensch, außer Eduard.

Ich denke gern an diese Zeit zurück, bin dankbar für sie, ganz zu schweigen von Johanna, die uns versorgt in der Not, da meine Hildegard nicht kommen kann. Hildegard erträgt es nicht und bricht weinend zusammen, wenn sie mich sieht, abgemagert und nervös. Ich mache mir ernsthaft Sorgen um sie und bete unablässig, dass sie ihre Heimsuchung annimmt. Meine Kinder weinen und fragen dauernd nach ihrem Papa. Ich kann nicht daran denken, es bricht mir das Herz. Sie sind zwar versorgt. Katholische Freunde kümmern sich um meine Tochter. Aber die Kleine will ständig wissen, wann ich zurückkomme. Ich denke an unsere Zeit in Brasilien. Wären wir doch dort geblieben.

Die Wächter sorgen dafür, dass ich auf etwas *warte*, was ich gar nicht haben möchte. Dass ich auf etwas warten muss, was mein Leben auslöscht. Das soll die Erniedrigung, meine Entwürdigung und die Ohnmacht sein: Ich strebe automatisch jeden Tag auf meinen gewaltsamen Tod zu, auf meine Enthauptung. Und das seit Monaten. Oder soll ich auf meine Befreiung hoffen? Ich bin Realist. Ich wünsche mir nicht, dass der Tag kommt, an dem ich sterben muss, und doch wünsche ich es mir, da ich das Nichtstun nicht mehr aushalten kann. Sind meine Nerven zerrüttet?

Zum Sterben muss ich über den ganzen Hof gehen. Wie diese Tötungskammer wohl aussieht? Hunger und Eingesperrtsein lassen die Enthauptung wie ein Ziel, ein Lebensziel oder gar die Erlösung aussehen. Die Erlösung aus der Zelle. Ein Crescendo hinein in große Schande. Ein verpfuschtes Leben. Ein beschämendes Ende. Wird man so über mich denken? Aber für was soll ich mich schämen?

Dass ich die Wahrheit gesagt habe? Dass ich Gewalt und Terror beim Namen nenne? Dass ich die Aggression des Krieges ablehne? Dass es mir mit der Jugendweihe der HJ, die immer mehr um sich greift, gründlich reicht? Sie hat die evangelische Jugend mehr und mehr vertrieben. Soll ich hier schweigen? Meine Meinung ändern? Soll ich an mir eine Meinung brechen: meinen Willen? Die Jugendweihe der HJ wird niemals das Christentum ersetzen.

Ich schäme mich nicht und nehme nichts zurück. Meine Meinung hierzu kann und will ich unmöglich ändern. Ich nehme lieber freiwillig den Tod auf mich, auch wenn es mich den größten Mut meines Lebens kostet. Ohne Gott könnte ich das gar nicht aushalten, könnte ich nicht durchhalten.

Ob die Tötungsmaschine hinter einem Vorhang verborgen steht oder mich gleich anspringt?

Wie aber soll ich auf meinen eigenen Tod wochenlang

warten? Ich habe weiter nichts zu tun. Ich bin nur deswegen hier, um auf ihn zu warten und ihm entgegenzugehen. Aber ist es nicht bei uns allen so?

Verwirrt soll ich werden, aber verwirren lasse ich mich nicht. Empfindet man seine Entführer und Henker, Geiselnehmer und Mörder am Ende noch als gnädig, da sie einen monatelang auf die eigene Ermordung *warten* lassen?

Ich bin nicht verbittert, nicht einmal mehr empört. Sie wissen nicht, was sie tun, wissen nicht mehr, was gut und richtig ist. Ihre Gier und ihre Lust nach Grausamkeit haben sie verblendet.

Ich kann mit dem Denken nicht aufhören. Wie war es, als ich noch frei war? Frische Blumen habe ich meiner Hildegard schon so lange nicht mehr mitgebracht. Ich habe es verpasst.

Ist nicht jeder Tod gewaltsam, außer ich lege ihn in Gottes Hand?

Manchmal wäre ich gern im Kampf, an der Front, so wie die Kinder Deutschlands. So wie früher. Im Ersten Weltkrieg.

Jede Front ist ein Risiko, auch meine, hier in der Zelle.

Ich wusste, was ich tat, als ich sagte, Gott habe gesprochen, nachdem die Bomben auf Lübeck am Palmsonntag 1942 fielen.

Warum kann ich mit dem Denken nicht aufhören?

Wie schön ist es, dass Pastor Eske mich besucht und nach mir fragt. Dass ein Ort wie dieser einen Geistlichen hat, der sich kümmert!

Also warte ich tatsächlich auf etwas, was ich haben möchte: Ewigkeit, ewiges Leben. Ich möchte mehr als alles andere *Gott*, meinen Schöpfer. Ihm gehören. Und das tue ich. So bin ich wunschlos glücklich. Das Störende und Ablenkende wird nicht mehr da sein, dort, wo ich hingehe.

Jeden Morgen freue ich mich auf den grauen Brei und merke nicht mehr, wie grauenvoll er schmeckt. Vielleicht friere ich nur vor Hunger und es ist gar nicht so kalt in der Zelle.

Täglich werden mir die Hände gefesselt. Meine Handgelenke schmerzen.

Ich habe den Weg selbst gewählt. Meinem Herzen bin ich gefolgt, meinem Gewissen. Doch der Jammer kommt ab und zu. Was hätte ich nicht draußen in Lübeck alles helfen und tun können, jetzt nach dem Bombenangriff auf unsere Stadt? Alles in Schutt, alles in Asche, Menschen obdachlos, verletzt, traumatisiert. Und wo bin ich? Ich bin hier. Was soll ich hier?

Hat nicht Eduard immer von Freiheit gesprochen und mir dabei seine Vögel gezeigt? Ich hielt das zuerst für albern, das gebe ich zu, diese riesige Vogelvoliere auf der Terrasse im zweiten Stock. Jetzt weiß ich, was er meint. Könnte ich doch nur fortfliegen aus Hamburg, zurück nach Lübeck oder einfach fort, so wie Eduards Vögel.

Hermann hat mir beim Rundgang von Wolken in seiner Zelle erzählt. Er raunte mir gestern zu, dass sich auf die »Wolkenstunden« seiner Zelle seit dem Frühstück ein Gebet gelegt habe oder mitten in der Nacht. Von wem? Ich weiß nicht, von wem es ist. Es hilft auch mir zu schweben, zu fliegen.

Ob Eduard und Johannes auch so durstig sind nach Leben wie ich? Wie es ihnen wohl geht? Sie können nicht weit weg sein. Höchstens um die Ecke. Wir sind alle im Keller. Könnte ich sie nur richtig sprechen, einmal wieder mit ihnen reden und lachen wie früher. Ich vermisse Prasseks trockenen Humor.

Seine nahe Gegenwart tut mir gut. Seine Zelle ist nicht weit weg. Wir stehen das zusammen durch, sagte er. Johannes ist unverwüstlich, mein Vorbild. Mein großer Bruder, obwohl so viel jünger als ich. Dass wir zusammen sterben werden, ist mir eine Ehre.

Nun sind wir doch wieder alle zusammen, meine besten Freunde, wie im Wohnzimmer der Parade 4. Sie sind nicht weit weg von mir, ich kann sie spüren. Wenn wir getrennt wären, würde ich noch viel mehr leiden. Unsere Einheit gibt mir Kraft, durchzuhalten.

Die Nationalsozialisten sind sehr geschickt in ihrer stummen Folter, die Führer unter dem Führer. Wenn sie mich nicht enthaupten, werde ich vor Kälte und Hunger sterben. Einfach verhungern, vergehen. Wir bekommen gerade so viel Nahrung, Wasser und Sauerstoff, dass wir existieren können. Ich möchte kein Mitleid mit mir haben. Ich bin mir sicher, Gott ist mit mir in der Zelle ist. Ist das nichts?

Ich dachte, ich könnte die Welt verändern. Verbessern, zusammenschweißen. Was ist aus mir geworden? Meine hohen Wünsche und Werte haben mich ins Gefängnis gebracht.

Ich bin froh, wenn Hermann und ich uns eine Zelle teilen dürfen. Ich habe davon gehört, dass sie uns zusammenlegen wollen. Ich kann es kaum glauben. Ob Gott das eingefädelt hat? Es ist sicher ein Symbol. Ein katholischer und ein evangelischer Pfarrer zusammen in einer Hinrichtungszelle! Wer hat so was schon gehört? Das ist sicher einmalig. Hoffentlich streiten wir uns nicht.

Ich bin abgesondert und streng bewacht. Aber ich ermutige mich selbst. Die Psalmen und Bibelworte sind meine Nahrung, lagern in meinen Sinnen wie Honig in Waben. Noch nie habe ich so viel reflektiert wie hier. Die Wahrheit ist in mein Innenfleisch eingeschrieben. Dort bin ich auf eine ganz andere Weise hungrig. Wahrheitshunger. Vieles ist in mir gespeichert, auch Lieder, Musik. Mein Innenfleisch ist meine Bibel. Dort kann ich lesen. Statt zu essen, kaue ich meine Erinnerungen der Bibel und was ich gelernt habe. Ich lebe von dem Licht meiner Erinnerungen. Es ist wie Sonnen.

Nachdenklich und belesen war ich schon immer – hier darf ich nichts lesen und nur selten schreiben. Also lese ich das, was ich schon gelesen habe. Ich *wiederlese* sozusagen, wie ein Schaf sein Essen wiederkäut. Das Wiederlesen ist wie Heimkehren, Wiederkehren. An das meiste, das Wichtige erinnere ich mich haargenau.

Ich kann mir auch nicht vorstellen, wie groß das Schafott wirklich ist. Wenn das Beil falsch aufkommt und mein Gesicht abschneidet oder meinen Kopf in der Mitte teilt? Was ist, wenn ich erst nach mehreren Fehlversuchen sterben darf? Was mache ich, wenn ich nicht ganz getötet werde, sondern nur halb? Ein Huhn mit abgetrenntem Kopf fliegt doch auch noch herum, habe ich gehört. Hat auch noch Energie.

Werde ich den Moment spüren? Werde ich den Schnitt spüren, den ganzen Schnitt, oder gleich tot sein? Wie lange werde ich den Schmerz erleben, registrieren? Wie lange wird es dauern, bis meine Nerven wirklich abgestorben sind? Ich habe Angst vor rasenden Schmerzen. Ich hasse Schmerzen. Wenn ich Angst habe, denke ich wie ein Kind.

Ich kann mir nicht vorstellen, dass sie mich wirklich töten werden. Haben sie es geübt? Sind sie Profi darin, anderen Menschen den Kopf abzuschlagen? Der Henker jagt das Beil herunter. Was ist das bloß für ein Mensch, der mit Töten sein Geld für die Familie verdient?

Wir dürfen nichts arbeiten. Nichts soll uns von dem Warten auf den Tod ablenken.

»Das Fallbeil wird einfach gelöst, mit einem Hebel«, sagte mir ein Wächter. *Einfach gelöst*? Macht der Hebel Geräusche? Wird nicht ein Seil an der Halterung abgeschnitten, an dem das Beil hängt?

»Ein Mechanismus wird ausgelöst. Der staatlich bestellte Scharfrichter Friedrich Hehr hat das schon Hunderte Male gemacht, glauben Sie mir«, erzählte mir der Wächter. »Er macht im Schnitt fünf bis zehn Hinrichtungen pro Tag. Der kann das!«

Henker Hehr. Staatlich bestellt. Im Schnitt fünf bis zehn Hinrichtungen pro Tag. Was ist das für ein Mann? Verdient er mit Töten so viel, dass er diesen Beruf gewählt hat? Wie kann er essen und schlafen? Hat er Kinder? Wo kommt er her? Was ist, wenn sich dieses Fallbeil nicht richtig löst, sondern stecken bleibt? Vielleicht, weil es mich sieht. Wie groß ist so ein Fallbeil eigentlich?

»Er hat immer ein kleines Köfferchen dabei, mit seinem polierten Hackebeil, falls die Guillotine mal versagt. Eine Frage der Berufsehre«, sagte der Wachbeamte. »Im Übrigen hat er eine zeitliche Vorverlegung der Hinrichtungen beantragt, damit er abends mit dem Zug wieder pünktlich bei seinen Kindern zur Bettgehzeit sein könne. Er muss ja noch nach Hannover zurück.«

Ich fürchte mich, dass ich immer noch lebe, während mein Kopf halb abgeschnitten in der Guillotine hängt. Ich komme mir vor wie im Mittelalter – im Jahr 1943! Ich wünschte mir, sie würden uns genau aufklären, wie unsere Tötung vor sich gehen wird. So wie man beim Autofahren alles gezeigt bekommt. Aber das werden sie natürlich nicht tun. Es gehört zur Folter dazu, nicht zu wissen. Zur Erniedrigung. Zur Strafe.

Sie spielen mit unserem Leben. Und ich habe immer geträumt, mit meiner Familie glücklich und sehr alt zu werden. Wie Scharfrichter Hehr, der sich auf meine Hinrichtung vorbereitet mit seinem Köfferchen und seinem Hackebeil.

Wie kommt es, dass ich trotzdem manchmal heiter und gelöst bin? Hätte ich das vor ein paar Jahren gedacht, im Anblick des Todes fröhliche Stunden zu haben?

Raffiniert sind sie, die Herren Henker. Professionelle Töter.

Aber ich weiß mich trotzdem in Gottes Hand. Sie sind nur Werkzeuge in Gottes Hand. Gott ist mein Führer.

Dass im Hamburger Gefängnis Geistliche hingerichtet werden, ist das erste Mal. Vor allem ich als Protestant steche heraus. Mir wollen sie besonders an den Kragen. Daher bin ich auch als Erster festgenommen und als Erster verurteilt worden. Sie beobachten mich schon länger.

Immerhin, es gibt Gründe: Meine Kinder haben die HJ verlassen. Ich habe »Hetzschriften« an die Front gesendet. Predige nach der Bombennacht, dass Gott gesprochen habe. Sie werden mich also hinrichten. Wie komme ich zu dieser Ehre? Weil ich nicht einzuordnen bin. Weil ich die »Seiten« gewechselt habe. Wenn ich einmal für etwas Feuer fange, dann brenne ich so richtig. Ein Feuerkopf wie Johannes, sagt Eduard. Deswegen verstehen Johannes und ich uns so gut. Er hat mir sehr geholfen, das Evangelium wiederzufinden und zu erkennen in all dem Wirrwarr, in all dem Gemische und den Lügen. Zuerst war ich unsicher und verwirrt. Doch an Verwirrung ist nichts Schlimmes, wenn sie zu Erkenntnis und Besinnung führt.

Es ist der evangelischen Kirche peinlich, dass ein Pfarrer aus ihren sauberen Reihen die Todesstrafe erhält. Bestimmt hat sie nur deswegen ein Gnadengesuch abgeschickt, um sich diese Blamage zu ersparen. Meine arme Kirche. Ansonsten hat sie sich von mir abgewendet. Hildegard weint deswegen. Ich sitze zu sehr zwischen den Stühlen. Man kann mich nicht einordnen, etikettieren und in eine Schublade pressen.

Wer bin ich?

Bin ich Mitglied der Bekennenden Kirche? Nein.

Stattdessen halte ich Freundschaften zu katholischen Priestern.

Sitzt ein Pfarrer der Bekennenden Kirche in der Hinrichtungszelle? Nein.

Aber ich sitze hier.

Einige aus der Bekennenden Kirche sind dieses Jahr wohl festgenommen worden.

War ich Anhänger der Deutschkirche und der Nationalsozialisten und der NSDAP? Ja.

Bin ich davon abgekommen, als mir klar wurde, was los ist? Oh ja, und wie ich das bin!

Es kommen wohl noch viele evangelische Pfarrer nach mir, die hingerichtet werden. In KZs geschleppt und gefoltert werden sie schon.

Und ich liebe mein Land mehr als je zuvor und habe nichts von der großen Hingabe und Zuneigung Deutschland gegenüber verloren, auch wenn ich die Arierparagrafen mittlerweile ablehne. Wie sollen sie mich also einordnen können? Ich weiß manchmal selbst nicht, wer ich bin. Hätte ich früher erkannt, was Hitler und seine Leute vorhaben, wäre ich sicher Mitglied der Bekennenden Kirche geworden.

Sollen sie doch glauben, ich sei verrückt geworden. Von Menschenfurcht, Menschenmeinung will ich abkommen. Meinung wandelt sich jeden Tag.

Sollen sie denken, ich sei ein völkischer Politiker, ein Wahnsinniger, ein Psychopath, der sich auf die andere Seite geschlagen hat. Gott hat eine Aufgabe für mich, er weiß, wie ernst ich die Dinge meine. Ich spiele nicht. Ich liebe meine Familie und bezahle einen sehr hohen Preis. Aber ich werde ihn bezahlen, denn dies ist meine Pflicht, für meine Zeit, für mein Land, und ich tue es aus Liebe, freiwillig. Dies ist mein Opfer, und ich weiß, was ich tue.

Ich habe die Predigten von Bischof Graf von Galen an die Front geschickt. Dort müssen unsere jungen Männer die Ersten sein, die aufhören zu kämpfen, wenn sie begriffen haben: Der Feind sitzt im Inneren. Ich habe geholfen, dass die Soldaten wissen, dass der wahre Feind im Inneren sitzt. Dafür habe ich die Todesstrafe bekommen. Auch wenn das in keiner Anklageschrift steht. Denn Clemens August von Galen läuft frei herum, ihn können sie nicht packen. Er ist der sogenannte »Löwe von Münster«.

Wenn sie *ihn* aber nicht töten können, wie können sie mich töten für die Verbreitung seiner Schriften, die er weiter öffentlich predigt? Also manipulieren die Machthaber unseres Landes die »Anklagepunkte«. Wie könnte ich solch einer Regierung vertrauen?

Da ist keine Ehrlichkeit, nur groteske Täuschung. Natürlich müssen wir, Hermann, Eduard, Johannes und ich, sterben. Wir sind Zeugen geworden, wie unsere Führer wirklich sind. Skrupellos. Wir würden das ja in alle Winde tragen. Wir sind Prediger von ganzem Herzen.

Hitler und seine Helfer möchten von Galen durch uns provozieren, in eine Falle locken, damit er sich für uns opfert. Sie wollen ihn einkreisen, Druck ausüben. Wenn er sich nicht stellt (und er predigt offen und frei), sollen wir seine Stellvertreter sein: an seiner Stelle sterben. Kann der Bischof aus Münster damit leben, dass andere für ihn sterben? Sollen die Nationalsozialisten denken, dass er andere, Unschuldige, mit hineinreißt, dass andere für ihn büßen müssen.

Es soll aber nicht umgekehrt sein. Ich möchte nicht, dass Graf von Galen sein Leben gibt für uns vier. Er soll weiter predigen. Er spricht uns aus dem Herzen und sagt die Wahrheit über unser Regime. Außerdem würden sie uns dennoch töten. So sterbe ich gern für ihn. Es ist meine zugeteilte Aufgabe, mein Preis und mein Zeugnis und soll seine Predigten und Schriften nur noch größer machen, bestätigen, vertiefen. Die Lügen in unserem Land und das Opfern unserer Kinder müssen aufhören.

Ich hoffe, mein Zeugnis wird eine Ermutigung sein für alle Verzweifelten an der Front. Ich denke und bete jeden Tag für die jungen Männer, die dort hungern, sterben und bluten. Sie wissen nicht, was sie tun. Sie sterben nicht für ein »Friedensreich«. Hitler hat sie betrogen. Sie opfern ihr Leben – für eine Lüge.

Wie sehr ich alle vermisse. Es ist noch nicht lange her, dass ich es tatsächlich habe erwarten können, was nun Wirklichkeit geworden ist. Ich bete nicht um eine Wendung; ich bete um Kraft. Warum trifft es mich? Wer bin ich denn schon? Wollte ich das wirklich so haben? Wollte ich das erreicht haben, *dass man mich tötet*? Es ist passiert, als sollte es so sein.

Meine Umwendung zum Evangelium. Meine Kinder, die mir die Augen geöffnet haben. Dass ich Johannes auf einer Beerdigung kennenlernte. Dann der fürchterliche Bombenangriff! Für mich war dieser Bombenangriff der Auslöser, wie ein umgelegter Hebel, wie das Fallbeil, das herunterjagt.

Meine Bekehrung vom Saulus zum Paulus verdanke ich meinen geliebten Kindern. Sie haben alles viel früher verstanden als ich und einen wachen Geist. Sie sind aus der Hitlerjugend ausgetreten, freiwillig, wohl wissend, was dies bewirken würde: Verfolgung. Aber wir wussten nicht, dass die Verfolgung so weit gehen wird, bis hin zu Mord. Wer konnte es ahnen? Wenn ich gewusst hätte, zu was für Abscheulichkeiten die Nationalsozialisten noch alles fähig sind! Was ist schon ein Menschenleben in diesem Krieg? Nichts. Millionen sterben. Wer bin ich?

Ich gehe heim, was ich immer wollte. Gott ruft mich. Ich möchte ihm fest entgegengehen. Sein Totalitätsanspruch ist ganz anders als der der Nationalsozialisten. Gott wird mich nie verlassen. Er ist unendlich. Ich sehne mich nach seiner Unendlichkeit, nicht nach der in dieser Zelle. Ich weiß manchmal nicht einmal genau, welchen Wochentag wir haben. Oft bin ich richtig durchgeschüttelt. Ob ich Weihnachten noch hier verbringen muss? Was ist besser? Hier für immer gefangen zu sein oder zu sterben?

Gäbe es nicht die Gefängnispfarrer Behnen und Eske, die mich jeden Tag aufsuchen, käme ich mit all den gefangenen und gefesselten Tagen durcheinander.

6
Die Vögel

»Die letzten Zeilen von dieser Erde sollst du haben, Lisbeth.«

»Ich danke Ihnen, dass Sie mir die Hände auflegten und mich zum Priester Gottes weihten.«

Mitte April 1941

Die beiden Männer der Hitlerjugend waren fort und die Mappe mit den Schulungsheften lag neben der zerfetzten Bibel auf dem Boden. *Brandstifter Jude* und *Die Reinerhaltung des Blutes*, las Eduard. *Sie haben mir nicht mal ihre Namen gesagt*, dachte er.

Zuerst musste er die Bibel kleben und die Mappe entfernen, bevor die Kinder kamen. War dies das Ende seiner Tätigkeit als Priester, das Ende vom Lied? Oder ging es jetzt erst richtig los?

Langsam ging er hoch und baute den ganzen Nachmittag an der Vogelvoliere. Immer erwartete er, mit Gewalt von der Gestapo geholt zu werden, immer wieder hörte und sah er, wie das Gartentor aufging und Männer zurückkamen und das Pfarrhaus besetzten. Es beunruhigte ihn, dass niemand kam und er allein blieb. Wie lange würde es dauern, bis sie ihn holten? Wie viel Zeit blieb ihm noch? Es gab noch so viel zu tun. Er musste den Sommer ausnutzen. Erst sollte gebaut und gepinselt werden. Es würde sicher spannend werden, mit den Jugendlichen das Fliegen der Vögel zu beobachten. Er liebte es, handwerklich tätig zu sein. Die Voliere würde vielleicht seine letzte handwerkliche Tätigkeit darstellen. Hauptsache, er baute sie noch fertig. Denn wenn das große Vogelhaus noch mehr Kinder anlockte, dann hatte er sein Ziel nicht verfehlt. Die Arbeit mit den Kindern und Jugendlichen war seine Berufung. Er würde dieser bis zum letzten Atemzug treu sein. Das hatte er seiner Mutter versprochen. Und dieses Versprechen würde er nie brechen.

Wie hartnäckig diese beiden Kerle von der HJ gewesen waren, dachte er. Und unsicher, ob sie einen Geistlichen zu irgendetwas zwingen dürften, noch dazu einen, der viel größer und stärker war als sie selbst.

»Die Möglichkeit, dass ich mich weigern könnte, haben sie offensichtlich nicht mal in Betracht gezogen«, murmelte er. »Sie waren völlig irritiert und überrascht, dass ich nicht mitkommen wollte.« Eduard schraubte und pinselte. »Meine Rebellion war wohl nicht mit eingeplant gewesen. Jetzt brauchen sie bestimmt neue Befehle von oben!« Er kicherte leise. »Vielleicht wollen sie mich auch nicht ganz vergraulen, ich könnte ihnen ja noch von Nutzen sein. Was wird jetzt wohl passieren? Was haben sie vor? Mir vielleicht drohen? Die Muskeln ihrer Macht spielen lassen? Mich verhaften?«

Niemand kam. Es kam auch sonst keiner. Kein Jugendlicher, kein Geselle, nicht einmal Tante Johanna, Albert Bültel, Hermann oder Johannes. Das Haus war wie ausgestorben.

Eduard beschloss, zu warten.

Und dann kam Martin, der junge Bäcker von der gegenüberliegenden Straße. Er winkte, streckte den Hals und Eduard bedeutete ihm, nach oben zu kommen. Martin mit seinem kurzen, rotblonden Haar grinste keck, als er auf den

Balkon trat. Dann ruhten seine großen blauen Augen staunend auf dem Gebilde aus Holz und Draht vor ihm. »Was ist denn das?«, fragte er. »Wirklich groß. Hast du das alleine gebaut?«

»Jawohl, heute«, sagte Eduard. »Jetzt müssen wir nur noch ein paar Vögel anlocken. Mit Mais. Oder Körnern. Hilfst du mir dabei?« Eduard ließ auch seine Gesellen ihn duzen. Und er duzte gern zurück.

»Vielleicht sollten wir noch ein paar andere dazuholen? Heute haben einige frei, ich auch, wegen der Vorbereitungen zu Hitlers Geburtstag. Es wird Ansprachen und Aufmärsche geben und das Schwingen von Fahnen und Spiele!«

»Ach, Hitlers Geburtstag habe ich fast vergessen!«, sagte Eduard. Hatte man ihn dort vielleicht als neuen Bannführer vorstellen wollen? »Gut, dass du das ansprichst, Martin. Ich habe überlegt, einen Gesellenabend einzuführen, eine kleine Versammlung jeden Freitagabend, für dich und deine Freunde. Wie findest du das? Ihr kommt doch so gern. Eure Fragen und Ängste sollen im Mittelpunkt stehen. Denen will ich mich ganz widmen. Es kann auch sonst jeder dazustoßen, der möchte und dem ihr vertraut.«

Martin blickte sehr nachdenklich. Seine Augen waren beinahe schwarz vor großer Pupille. »Meinst du das ernst? Das willst du für uns tun?«, fragte er. »Ja, hast du denn Zeit?«

»Wenn ihr euch Zeit nehmen wollt?«

»Ja und wie! Ich bin dabei!« Martin strahlte. »Regelmäßig? Jede Woche? Immer?«

»Ja, das habe ich vor. Ich finde, es wird höchste Zeit, dass wir uns alle treffen und reden.«

Martin lächelte. Seine kleinen spitzen Zähne wurden sichtbar. »Ich habe immer gehofft, du würdest das vorschlagen, aber ich habe mich nicht getraut, dich zu bitten. Ich freue mich. Ich habe so viele Fragen. Elsbeth auch. Sie fragt *mich*, was los ist, und ich habe doch nichts zu antworten. Ich bin kein Gelehrter! War kaum in der Schule. Hab nichts studiert. Es wird ja so viel geflüstert und überlegt. Aber du kannst es mit jedem aufnehmen. Du weißt, was wichtig und richtig ist.«

»Jeder von uns hat die Gabe von Körper, Seele und Geist«, antwortete Eduard. »Wenn du deine Augen aufmachst und sie nicht verschließt, wirst du bald wissen, was um uns herum vor sich geht. Ich bin nicht Gott. Erwarte nicht zu viel von mir, sondern vertraue unserem Schöpfer!«

Eduard überlegte. Vielleicht blieb ihnen nicht mehr viel Zeit. »Verbreite die Nachricht, jeden Freitag neunzehn Uhr im Gesellenhaus! Es wird nach außen immer ein Diaabend werden, falls die Gestapo kontrolliert. Einen Projektor besorge ich.«

Martin nickte mit offenem Mund und streckte seine weißen, sommersprossigen Hände aus. »Vielen Dank! Meine Elsbeth sagt auch immer, du hast diese Gabe und kannst uns erklären, was passiert und wo es im Leben langgeht.« Leiser fügte er hinzu: »Diaabend! Gute Tarnung. Darauf wäre ich nie gekommen. Hans wird sich sicher auch freuen. Du weißt ja, Hans Lüers? Er ist so unglaublich eifrig dabei. Und du traust dich das? Und du traust dich das? Es wird doch nicht verboten sein?«

Seine für einen Mann kleinen Füße standen parallel nebeneinander, als müsste er exerzieren. Eduard ließ den Hammer sinken. »Verboten? Vielleicht ist es das«, antwortete er.

Martin saß eine Weile da, bevor er hochschreckte und sagte: »Und deine Vögel? Soll ich Elsbeth um Körner bitten? Von den Hühnern? Das lockt sie sicher an.« Und schon eilte er davon, ohne eine Antwort abzuwarten.

Eduard hatte sich wieder umgedreht, um die Holzstützen der Voliere ein letztes Mal mit dem Hammer zu bearbeiten. »Verboten«, murmelte er. »Das wird es wohl sein.«

Dasselbe sagte er auch zu Dekan Albert Bültel, als dieser schließlich doch noch klopfte, um zu fragen, was los sei. Er habe gehört, Eduard habe »Besuch« gehabt.

»Besuch, ja, so kann man das auch nennen«, sagte Eduard.

Der alte Priester blickte schuldbewusst mit seinen großen Augen direkt auf Eduards Gesicht, das weiße und blaue Farbspritzer abbekommen hatte. Er vermied dabei seine Augen, starrte stattdessen auf die feuchte Farbe auf Eduards Wangen und Nasenspitze.

Eduard war sicher, dass sich der alte Mann bewusst verborgen gehalten hatte, als die Leitung der Hitlerjugend angerückt war. Er konnte es ihm nicht verübeln. Sie hatten schon einiges auf der Straße mit ansehen müssen, Verhaftungen und Misshandlungen.

Der Dekan lachte verlegen. »Was für ein schönes Vogelhaus, Eduard! Ach, brauchen Sie ein Taschentuch?«

Eduard fuhr sich irritiert an die Nase. »Nein, warum … ach, die Farbe. Ich habe schon mal angefangen, die Voliere zu bemalen. Wer weiß, ob ich mit den Kindern ungestört bin morgen und wir noch dazu kommen …«

»Sie machen doch nichts Verkehrtes. Ich verstehe nicht, warum man Sie nicht in Ruhe lässt! Sie tun doch keiner Seele etwas zuleide!«, sagte Albert Bültel kopfschüttelnd. »Was soll an Hühnern, Vögeln und Körnern verboten sein? Es ist natürlich etwas seltsam, gebe ich zu. Ein eigenartiger Zugang zur Jugend, aber – es funktioniert wohl!«

»Es geht nicht um Hühner!«, tadelte Tante Johanna, die eben auf den Balkon trat.

»Na ja, seine Jugendarbeit ist besser als seine Predigten«, brummte Albert Bültel. »Das muss man ihm lassen!«

Tante Johanna hielt ihre Kaffeekanne hoch. »Ein wenig spät am Tag, ich weiß … Ich hoffe, Sie können dann noch schlafen. Es ist besonders guter Kaffee, Eduard.« Es klang fast schüchtern.

»Die von der Hitlerjugend wollen mich einkassieren, für ihre eigene Arbeit«, erzählte Eduard. »Weil ich die Jungschar so gut motivieren kann.«

Tante Johanna schwieg überrascht.

»Und?«, fragte Albert Bültel. »Wie haben Sie reagiert?«

»Ich habe natürlich abgelehnt. Ich werde stattdessen regelmäßig Versammlungsabende für die Gesellen abhalten.«

»Ach, aber lieber Eduard! Denken Sie an Ihr junges Leben, an Ihre Zukunft. Wollen Sie sich alles wegnehmen und vernichten lassen? Wie sollen wir Sie schützen? Die Zeiten werden vielleicht nicht besser werden. Wir wissen nicht, wie lange das alles dauert mit dem Krieg!«, rief Tante Johanna. »Gehen Sie doch einfach erst einmal hin, schauen Sie es sich an. Und lassen Sie um Himmels willen diese Gesellenabende weg! Das wird nur Aufruhr geben!«

»Nicht so laut!«, sagte Albert Bültel. »Die haben Sie nun auf dem Kieker! Und damit auch uns.«

Tante Johanna schwieg. Dann sagte sie resolut: »Wir stehen hinter Ihnen, Eduard, egal, wie Sie entscheiden. Was sagt der Martin so schön: Sie sind so gut Herz!«

Der nächste Tag kam ungehindert, als wäre nichts geschehen. »Als ob sich Tage hindern lassen«, sagte sich Eduard. »Ungefragt kommen sie, ungeduldig.«

Die große Voliere stand, weiß und blau bemalt. Aber die Vögel fehlten. Die Kinder auch.

Johannes und Hermann waren unterwegs. Noch vor dem Mittag wollte Martin einen Sack Körner mitgebracht haben, so hatte er ihm ausrichten lassen. Eduard war nervös. Er hatte kaum geschlafen. Würden die Kinder kommen? Wann? Was sollte er tun, wenn man ihm verbieten würde, seine Arbeit fortzuführen? Am liebsten hätte er Lisbeth alles erzählt, was gestern vorgefallen war, aber das konnte er seiner

Schwester unmöglich antun. Sie würde vor Sorge ihren eigenen Dienst quittieren.

Vorsichtig trug er die Voliere durch das Treppenhaus hinunter in den Garten. Unten im Garten würden die Vögel sich vielleicht leichter anlocken lassen. Das Vogelhaus hatte eine Wippe bekommen, ein Wasserschälchen, einen Spiegel und viele kleine Schnitzereien.

Wozu bin ich einmal ein geschickter Tischler gewesen?, dachte er. Eduard legte die bunten Kissen für die Jugendlichen ins Gras und las gedankenverloren in der Bibel.

Dann trug er die Voliere wieder nach oben. Im Garten war sie nicht sicher. Was, wenn die beiden Männer der Hitlerjugend zurückkamen? Sie würden das große Vogelhaus mit ihren Stiefeln zusammentreten – einfach aus Verachtung. Wenn sie ungestraft Menschen verprügeln und niederknüppeln konnten auf offener Straße, wie viel mehr selbst gebaute Dinge.

Eduard fühlte sich unbehaglich. Aber er schrieb an seiner Predigt und bereitete die Dias vor. Wo blieben diese Männer, die ihn gestern holen wollten? Hatten sie es sich anders überlegt? Er traute dem Frieden nicht. Hätte er doch hingehen sollen? Wenigstens um »so zu tun«, wie Tante Johanna vorgeschlagen hatte? Nein. Wenn er erst einmal da gewesen wäre: Er wäre sicher nie mehr weggekommen.

»Traude darf nicht mehr kommen!« Das war das Erste, das er am Nachmittag zu hören bekam, als die Kinder und Jugendlichen in den Garten stürmten. Es waren viel weniger als sonst, obwohl heute besonders viele kommen wollten.

»Warum darf sie nicht mehr kommen, Johann?«, fragte Eduard ruhig, aber innerlich alarmiert.

»Ihre Eltern haben es verboten, weil du kein richtiger Anhänger bist.«

Eduard schluckte.

»Du sollst ein Verräter sein, sagt auch die Frau Bucks aus der Metzgerei«, erzählte Johann und schaute auf den Boden.

Heinz und die anderen Jungen starrten Eduard an.

»Warum bist du denn kein richtiger Anhänger?«, fragte Greta.

Eduard seufzte tief. Traude und ihre kleine Schwester, ausgerechnet.

»Schaut mal, ein Rotkehlchen«, rief Friedrich. »Und noch eins.«

Tatsächlich! Es kamen immer mehr Spatzen und Rotkehlchen angeflogen. Erst saßen sie auf dem Balkongitter, wippten mit dem Köpfchen und Schwänzchen und flogen dann in die Voliere hinein, um die Körner zu genießen, die Eduard überall ausgestreut hatte.

»Psst!« Eduard legte den Finger auf den Mund. »Ich gehe hin und schließe die Tür. Ihr seid brav leise, bis ich wieder da bin!«

Die Kinder nickten mit gespanntem Blick.

Eduard war dankbar für die Ablenkung. Er musste sich überlegen, was er den Kindern antworten wollte. Später standen sie alle mit offenem Mund staunend um die Voliere herum.

Heinz war der Einzige, der schmollte. »Vögel kennt doch jeder, was soll an denen besonders sein? Langweilig!«

»Du machst dir Sorgen wegen Traude, stimmt's?«, fragte Eduard. »Deswegen bist du traurig und findest alles andere langweilig.«

Heinz war den Tränen nahe. »Ich will, dass sie wiederkommt. Sie wollte innen alles bunt anmalen. Ab wann wirst du denn ein richtiger Anhänger, damit Traude zurückkommen darf?«

»Hm. Wahrscheinlich nie!«, antwortete Eduard. Er setzte sich im Schneidersitz auf den Boden des Balkons. Er beschloss, reinen Wein einzuschenken. »Kommt, setzt euch zu mir. Ich muss euch etwas sagen.«

Mit großen Augen setzten sich die Kinder und Jugendlichen zu ihm auf den Boden.

»Wisst ihr überhaupt, was ein Verräter ist?«

»Ja!«, sagten die Kinder und schüttelten gleichzeitig den Kopf. Wer wusste das schon so genau?

»*Kein* Verräter sein bedeutet in meinem Fall, bei dem mitzumachen, was euch doch gar keinen Spaß macht, nämlich die Hitlerjugend hier in Lübeck mit anzuleiten.«

»Aber die Hitlerjugend macht doch Spaß!«, sagte Franz vorsichtig. »Jedenfalls haben wir gelernt, das so zu sagen, wenn uns jemand fragt. Sonst werden wir bestraft.«

»Du machst jetzt bei der Hitlerjugend mit? Oh wie schön! Dann wirst du bei den Heimnachmittagen immer dabei sein!«, rief Johann.

»Das würde bedeuten, dass unsere Jugendgruppen komplett ausfallen würden.«

»Kannst du denn nicht beides machen?«

»Nein. Und außerdem werde ich die Heimnachmittage kaum zu eurem Wohlgefallen gestalten dürfen, falls ihr mich dann überhaupt zu Gesicht bekommt. Im Grunde würde nichts mehr so bleiben, wie es jetzt ist!«

Die Kinder schwiegen und dachten nach.

»Dann ist es vielleicht besser, dass du ein Verräter bist!«, sagte Heinz. »Darf ich dann auch ein Verräter sein?«

7
Lisbeth und Hitlers Knechte

»Jetzt wird für mich der Glaube übergehen in Schauen, die Hoffnung in Besitz.«

»Es ist für mich ein großes Glück, unter diesen Umständen sterben zu dürfen.«

Juli 1941

»Sie möchten keine Konkurrenz sein? Sie *sind* Konkurrenz, ob Sie wollen oder nicht!« Die beiden braunen Männer standen wieder vor ihm.

Eduard sah an sich hinunter. Er trug plötzlich ebenfalls braune Pumphosen und hatte eine Waffe in der Hand.

»Na los, Müller, schießen Sie!«, sagte der größere Mann.

»Wohin?«, fragte Eduard.

»Schießen Sie auf Ihren Gott!«

Dann sah er Traude vor sich. Sie hielt Ruth und Hannah an beiden Händen. Um sie herum flogen viele Vögel. Er sah, dass Hannah Körner in die Luft warf.

»Erschießen!«, schrie diesmal der kleine Mann.

»Ich kann doch nicht auf die Kinder zielen!«

»Kinder repräsentieren Gott. Wenn Sie nicht abdrücken, erschießen wir Sie!«

Schweißgebadet schreckte Eduard aus dem Schlaf. Was

für ein Albtraum! Er quälte sich mühselig aus dem Bett. Es musste noch sehr früh am Morgen sein.

Dann hörte er das Klopfen, das ihn geweckt haben musste. Er warf sich den Morgenmantel über und ging zur Tür. »Wer ist da?«, fragte er vorsichtig.

»Nun lass mich schon rein!« Draußen stand seine Schwester.

»Lisbeth, was machst du denn hier?«

»Johanna Rechtien hat mir geschrieben!« Lisbeth drängte sich mit ihrem kleinen Koffer in die Wohnung. »Ich glaube, du brauchst mich jetzt dringend.«

»Lisbeth, bitte fahr sofort wieder heim. Ich möchte dich da nicht mit hineinziehen. Und du kannst mich auch nicht von meinen Plänen abhalten!«

»Und wer soll bei den Diaabenden den Projektor bedienen, während du erzählst? Und wer Wache stehen und an der Tür lauschen, ob die Gestapo kommt?«

Eduard starrte sie an. Dann lachte er und nahm seine zierliche Schwester in den Arm. »Du willst mitmachen? Das ist ja wundervoll!«

»Jemand muss wohl was zu essen zaubern, zumindest für den ersten Abend, oder nicht? Oder sollen die jungen hungrigen Männer auf dem Trockenen sitzen?« Lisbeth hatte ihr welliges Haar zu einem Dutt gebunden, ihre graugrünen Augen leuchteten im Morgenlicht wie heller Bernstein.

Eduard musste wieder lachen, einfach aus Freude und Erleichterung, dass sie da war und helfen wollte. »Ich bewundere dich, Schwesterchen! Danke!«

Der erste Freitagabend wurde ein voller Erfolg. Noch nie hatte Eduard sich so glücklich gefühlt in all seiner Zeit in Lübeck. Obwohl es auch nicht leicht gewesen war. Die jungen Männer waren in Scharen gekommen, und Lisbeth lief mitten unter ihnen herum, klein, das lange Haar offen und mit roten Wangen, so frisch aussehend, als wäre sie selbst erst neunzehn. Sie hatte Gemüse und Häppchen vorbereitet und kümmerte sich herzlich. Martin hatte von ihr den Befehl erhalten, den Diaprojektor zu bedienen. Selbst Tante Johanna war anwesend, wenn auch nur gegen Ende hin, als die Luft scheinbar tatsächlich rein zu bleiben schien. Tische zum Essen gab es nicht, dazu waren zu viele Menschen gekommen. Lisbeth reichte ein paar Teller herum. Tante Johanna hatte staunend dreingesehen, während Albert Bültel sich in ihrem Windschatten befand. Sie waren sprachlos über die vielen jungen Menschen und konnten es nicht fassen, was in ihrer eigenen Kirchenumgebung geschah. Auch Robert Köster, Adolf Ehrtmann und die anderen beiden Kapläne waren zugegen.

Eduard hatte mit Herzklopfen gesprochen. Er stand vorne am kleinen Pult. Der Raum im Gesellenhaus war völlig überfüllt gewesen, die Männer standen noch an der Tür. Eduard hatte sich einige Notizen gemacht, wusste aber selbst noch nicht recht, womit er eigentlich genau beginnen wollte. Direkt beim Thema einsteigen? Oder lieber erst ein Bibelwort, einen Psalm vorlesen? Dann schließlich sprach er ganz frei aus dem Herzen. Über seine Träume und Wünsche für die jungen Menschen hier in Lübeck. In dem Gewimmel mussten alle ganz leise sein, um ihn zu hören, obwohl er eine laute Stimme besaß. Aber zu laut durfte er auch nicht sprechen, damit nichts nach draußen drang. Und es war totenstill, als er seine kleine Rede beendet hatte. Eduard musste an seine alte verstorbene Lehrerin denken. Wie großzügig sie ihm finanziell geholfen hatte während des Studiums. Aber nicht nur das, sie hatte ihn gelehrt, seine Scheu zu überwinden und vor vielen Menschen frei zu sprechen. Früher hatte er gestottert.

»Ihr alle habt einen Wert und eine Würde. Wir sind keine Maschinen oder Werkzeuge für den Krieg. Hiermit gebe ich den Startschuss für etwas Neues. Ja, das ist spannend, vielleicht auch gefährlich. Aber wir leben in einer akuten Zeit. Wir brauchen andere Waffen, um durch das Dickicht zu kommen. Ich bin gern Wegbereiter dafür und für unsere Stadt, wenn ihr das möchtet, wenn ihr mir vertraut. Ohne Gottes Hilfe haben wir ohnehin keine Chance!«

Eduard lächelte, als die Menschen applaudierten. »Ich möchte eine Lanze brechen für neuen Mut. Es sollen hier offene Diskussionen über die Sinnlosigkeit des Krieges geführt werden. Das Böse soll nicht weiter bei uns einschlagen wie eine Bombe. Dieser Abend soll die erste Ausgabe sein für frische Hoffnung.«

»Sollen wir uns etwa Hitler entgegenstellen?«, fragte jemand aus der Menge.

»Dürfen wir den deutschsprachigen Dienst der Engländer im Radio weiter hören?«

»Dürfen wir Ihre Predigten verteilen?«

»Wir wollen mit Stille beginnen, mit einem Gebet«, antwortete Eduard ruhig. »Unser Vertrauen in Gott macht den Moment höchster Spannung aus, bevor das Neue einbricht, wie auch immer es aussehen wird. Nur Gott allein hat Weitsicht und Zielsicherheit. Er ist treu.« Eduard schloss die Augen und betete laut. »Vater, du kennst unser Leben und unsere Zeit. Du durchleuchtest unsere Herzen, unsere unsichtbaren Waffen und Ängste. Du fragst nach uns und interessierst dich für uns. Wir sind dir nicht egal. Unsere Meinung ist dir wichtig. Du legst unsere Fronten offen, durchleuchtest den Hinterhalt, durchforstest unser Innerstes. Wenn wir gejagt werden, schützt du uns. Wir müssen uns nicht jagen lassen, denn du bist unser Friede, unsere Hilfe. Du hast uns befreit.«

Nach seinem Gebet war es lange still. Alle schienen nachzudenken.

»Warum verschwinden so viele Menschen? Wohin kommen sie?«, fragte schließlich ein junger Mann aus der Menge.

»Warum verlieren Juden ihren gesamten Besitz?«

»Warum werden so viele Menschen abtransportiert? Wohin?«

»Sind die Juden wirklich eine Bedrohung und unsere Gegner? Oder ist das eine Lüge?«

»Was ist ein Arbeitslager? Was passiert dort?«

»Werden wir den Krieg gewinnen?«

»Wie gefährlich ist Hitler für uns und unsere Kinder?«

Eduard dachte an die vielen bunten Vögel in seiner Voliere. Sie waren frei, auch wenn sie das jetzt gerade nicht merkten, auch wenn sie in einem Käfig eingesperrt waren. »Denkt an meine Vögel auf dem Balkon. Vögel sind immer grundsätzlich frei, und Menschen können auch frei sein, durch Jesus. Das ist unser Ziel. Der Nationalsozialismus lässt sich nicht mit dem Christentum vereinen. Wir wollen nicht helfen zu töten oder zu erniedrigen, mögen Menschen nun Juden oder Polen oder Schweizer sein. Wir wollen Menschen ermutigen, aufrichten und segnen! Ich möchte euch frei sehen, innerlich. Unabhängig davon, was außen geschieht. Dies ist erst der Anfang, und ich hoffe, wir werden noch viel Zeit haben, uns vorzubereiten und uns zu treffen, auch wenn wir nicht wissen, wie alles ausgehen wird! Ich weiß, was ich tue. Ich weiß, auf was ich mich einlasse. Ich bin eigentlich eher unpolitisch. Und ich bin nicht naiv. Aber Jesus hat mir aufs Herz gelegt, zu euch zu sprechen. Das Angebot, bei der Hitlerjugend mitzuarbeiten, habe ich abgelehnt. Aber euch möchte ich dienen, so gut ich kann.«

Es wurde Sommer im Jahr 1941. Vier weitere Freitagabende verliefen auf diese Weise, und es kamen immer mehr junge

Männer dazu. Es war Eduard zu heikel, auch Frauen einzuladen. Er wollte nicht, dass sie sich der Gefahr aussetzten. Eduard bereitete sich leidenschaftlich auf die Abende vor. Lisbeth wollte in der fünften Woche wieder nach Hause fahren, am Tag nach dem fünften Freitagabend.

An diesem fünften Freitagabend begann Martin an der Tür kurz vor zweiundzwanzig Uhr wild mit den Armen zu fuchteln, doch Eduard selbst bekam es viel zu spät mit, da er wichtige Fragen beantwortete. Plötzlich stürmten mindestens fünf bewaffnete Männer der Gestapo den Raum. Lisbeth schrie, der Diaprojektor wurde umgestoßen.

Als Eduard merkte, dass die Fremden sich einen Weg zu ihm nach vorne durch die Menschenmenge bahnten, blieb er fest an seinem Pult stehen. Es war ihm wichtig, dass sich die Männer auf ihn konzentrierten, nicht auf die jungen Menschen, schon gar nicht auf Lisbeth.

»Eduard Müller! Wir haben den Beschluss, Ihr Haus zu durchsuchen!«

»Meine Herren, bitte …«

Ein Faustschlag traf ihn mitten ins Gesicht, und alles wurde schwarz.

8
Tötende Schuld

»Grüßen Sie vor allem mein liebes Lübeck!«

»Auch wenn Gott uns manchmal sonderbare, vollkommen sinnlose und unmöglich beschwerliche Wege führt, reißt unser Vertrauen nicht ab.«

Juli 1941

Als Eduard wieder zu sich kam, sah er den dicken Mann vor sich. Er war wie ein dreibeiniger Hund. Protzig, unbeholfen.

»Und diese Schriften hier?«

Eduard schloss die Augen. Sein Kopf fühlte sich bleischwer an vor Müdigkeit. Er fror, obwohl der Juli auch am Abend warme Temperaturen sandte. Sein Gesicht schmerzte.

Der Tonfall des dicken Mannes ging bei jeder Frage sarkastisch nach oben. »Um was soll es hier genau gehen? *Unwürdiges Leben?* Ist das auch von diesem Bischof Graf von Galen? Lächerlicher Titel. Es ist doch ganz klar, dass es unwürdiges Leben gibt. Wozu ein Fragezeichen? Haben Sie dieses Zeug an Ihr Kirchenvolk verteilt, Herr Müller?'«

Eduard schwieg.

»Müller? Antworten Sie gefälligst!«

»Das sind Predigten, die ich gerne lese. Da ich Priester bin, wird das wohl kaum verboten sein!« Seine Augen waren sicher blutunterlaufen. Er wurde nun schon seit einigen Stunden im Pfarrhaus verhört. Hermann und Johannes waren in der Nähe, was ihn beruhigte.

»Wenn der Verfasser dieser Predigten unbehelligt sein kann, wie sollte ich dann für das Lesen bestraft werden?«, sagte Eduard kühn.

Der dicke Mann überlegte. Er schien nun unsicher zu sein. »Das grässliche Geschwätz von diesem Bischof wird konfisziert. Lassen Sie in Zukunft jegliches kritische Hetzen und das Lesen solcher Hasstiraden, sonst wird es Ihnen schlecht ergehen! Das hier war erst der Anfang! Ein Auftakt!« Der Fremde hatte Kohlensäure im Ton. »Heil Hitler!«

Schließlich verschwanden die Männer wie Nebel aus dem Pfarrhaus.

»Geht es dir gut?«, fragte Johannes später. Er legte den Arm um den Freund.

Eduard wollte am liebsten den Kopf auf die Schulter des älteren Kaplans legen.

»Weißt du, wenn wir schweigen, laden wir Schuld auf uns. Tötende Schuld!«

»Aber ich bin müde!«, antwortete Eduard. »Ich kann nicht mehr!«

»Die ganze Welt ist müde«, erwiderte Johannes. »Die große Kunst ist auszuhalten! Und sie haben uns noch nicht verhaftet!«

»Aber das werden sie vielleicht bald tun!«

»Bis dahin machen wir, soviel wir können!«

»Wann wird der Spuk vorbei sein? Wann wird das Böse besiegt sein?«

»Lass uns gemeinsam aushalten! Zusammen.«

9

10. November 1943

»Nun wollen wir den schweren Gang gehen, und dann ist es aus mit Leid und Schmach, mit Kämpfen und Ringen.«

»Ich werde keinen oben vergessen, vergesst auch mich nicht!«

§ 5, Abs. 1 KSStVO.

Dagegen habe ich verstoßen. In vier Stunden werden sie mich holen. Ich höre schon ihre Schritte.

Meine Arme binden sie auf dem Rücken fest. Das tägliche Fesseln meiner Hände ist mir eine Qual. Daran habe ich mich noch immer nicht gewöhnt. Obwohl schon seit Monaten meine Hände vorn gefesselt werden, ist es jedes Mal ein Schock. Sie fesseln mich, obwohl ich in der Zelle gefangen bin, mit einer vergitterten Luke, die kaum Licht bringt, und einer Tür, deren Scheibe nach innen blind ist. Die Tür ist abgeschlossen und bewacht, als wäre ich ein Schwerverbrecher.

Ich vermisse die Freiheit meiner Hände, die Freiheit meiner ganzen Person. Und ich wünsche mir, dass es nachts dunkel ist, ohne elektrisches Licht.

Und der Tod rückt immer näher. Ich werde nicht mehr viel ein- und ausatmen, dann ist die Vollstreckung. Endlich. Um 18 Uhr.

Staatsanwalt Ernst Drullmann von der Anklagebehörde sagte, wir hätten die »Manneszucht untergraben«, die Kampfmoral zerstört. »Umstürzlerische Aktionen, Eduard Müller! Gefährdung der Einheit des deutschen Volkes.«

Welche Einheit?

§ 73 StGB. Auch diesem Paragrafen habe ich nicht gehorcht. Ich höre ihre Schritte in der Stille. »Systematische Hetze. Sturz der Regierung.«

Das Systematische liegt nicht mir, sondern dem Regime sehr gut.

Die Wachbeamten gehen die düsteren Rundtreppen hinab, überall Maschendrahtzaun, hinab in den Keller zu den Todeszellen im Inneren des Zuchthauses.

»Hochverrat. Dem Kriegsfeind Vorschub geleistet. Hetze gegen den Staat.«

Den Kopf können sie mir nehmen, das Leben nie.

Es kommt die größte Stunde meines Lebens. Alles, was ich bisher war und tat, ist bezogen auf das, was heute geschehen wird. Ich bin aufgeregt. Es kommt mir vor wie Weihnachten. »Kraft seines Führertums« werden wir jetzt aus diesem Leben entfernt.

Obwohl schon seit Monaten meine Hände gefesselt werden, ist es schlimm, dass sie mir diesmal die Arme auf den Rücken binden. Muss das sein? Wohin soll ich laufen, was tun? Jemanden zusammenschlagen? Ich habe ohnehin keine Kraft. Und ich würde auch nicht gehen. Habe ich mich je wie ein Häftling verhalten? Oder wie ein Rabauke? Wie einer, der gefährlich ist? Wie einer, der wegrennen will? Nein.

Ich bin ein Todgeweihter, der nicht rebellieren wird. Ich werde auch nicht vor dem Schafott fliehen. Ich gehe diesen Weg, denn ich habe erkannt, dass Gott genau dies von mir will. Er wird mir die Haltung schenken, die ich brauche. Er macht mich stark, fest und ruhig.

Ich spüre, es wird viel für mich gebetet. Das Gebet ist mächtig und scharf.

Zynisch, verschlagen, scharfsinnig und hart wirkte dieser Staatsanwalt Drullmann im Volksgerichtshof. »Angriff auf die Geschlossenheit der Heimatfront.«

Ist die Heimat nun auch zur Front geworden? Ist alles nur noch Front?

Mein Rücken schmerzt.

Ich habe ausgesagt, wer ich bin. Das war meine Pflicht. Zumindest mich hätten sie gehen lassen müssen, so die Anwälte. Redegewandt sind sie, aber redegewandt ist auch Drullmann. Er bezeichnet uns als Todfeinde der Regierung.

Nun, ich werfe ihm auch etwas vor: Vorbereitungen zur Beseitigung des Christentums. Auflösung von Klöstern. Schließung christlicher Schulen. Aufbau einer nationalen Reichskirche.

Selbst nach nationalsozialistischen Gesetzen sei ich zu Unrecht verurteilt worden, sagte mir Dr. Böttcher, mein Zweitverteidiger. In meiner Männergruppe waren ja keine Soldaten. Nicht mal nach den Gesetzen dieses Regimes dürften sie mir »Zersetzung der Wehrmacht« vorwerfen. Aber ich sterbe, da ich dazugehöre, und werde sozusagen »zur Gesellschaft« hingerichtet.

Doch ich hätte Johannes, Hermann und Karl Friedrich nie im Gefängnis zurückgelassen. Wir werden alle zusammen zur Schafottkammer gehen.

Hinter einem Vorhang steht die riesige, drei Meter große Guillotine verborgen. So sagte mir der Wachbeamte.

In weniger als drei Stunden soll ich also sterben. So ist es gut. Auch wenn es völlig verrückt und ungerecht ist.

Es werden Lichtzeichen gegeben, bevor sie mich holen.

Ohne Todeskampf möchte ich sterben. Es wird wohl keine Zeit sein für Todeskämpfe. Mein Todeskampf findet ja schon seit Monaten statt. Angst vor dem Tod habe ich nicht mehr. Aber Angst vor dem Schmerz. Auch wenn er nicht lange dauern kann. Eine Sekunde vielleicht. Es ist jedoch erschreckend, mit Schmerz in den Tod hinüberzugehen, oder besser, in das neue Leben. Ich bin nervös. Ich war noch nie gut im Ertragen von Schmerzen. Betäuben werden sie mich nicht. Mit offenen Augen laufe ich in den Tod. Vor ihm hinknien möchte ich mich auch nicht.

Ich erinnere mich.

»Lieber Herr Adjunkt Müller, es tut mir so leid. Dr. Rudolf Dix und ich stehen auf verlorenem Posten«, sagt unser Zweitverteidiger Walther Böttcher. »Noch nie ist uns, in unserer gesamten Berufslaufbahn, solch ein unwürdiger Prozess untergekommen! Und das im Volksgerichtshof!«

Gerade im Volksgerichtshof! Ist ihm das nicht klar? Der ist rigoros. Wir haben kein Rechtssystem mehr. Weiß er das nicht? Das Recht ist zerfallen.

»Ich entschuldige mich für dieses abgekartete Spiel«, fährt Walther Böttcher fort. »Was für ein Plädoyer soll ich halten, wenn Richter und Beisitzer währenddessen demonstrativ Zeitung lesen und Postkarten schreiben? Was ist das für eine Verhandlung, wo sich in schlimmsten Beschimpfungen über Kirche und Geistlichkeit ausgelassen wird? Geradezu *ergötzt*? Man muss ja nicht an Christus glauben, aber woher kommt dieser Hass auf Gott? Rache wird hier abgelassen, Hetze gegen das Christentum! Sie selbst reden ständig von Hetze, aber niemand hetzt so sehr wie sie!«

Es ist wohl eher Angst vor Gott. Und Angst vor der Kirche. Sie wissen sicher, dass das, was sie tun, böse ist. Es gibt zwar offiziell keine Christenverfolgung, aber eben so wie es offiziell keine Judenverfolgung gibt. Daher soll alles auf »politischer Ebene« bleiben.

Doch was ist schon rein politisch? Der Kampf, das Vorgehen gegen die Kirche ist nun offensichtlich geworden. Durch uns. Ich glaube, es ist die Angst, die den Hass auslöst. Auch die Angst vor dem Ende. Man kann ja nicht andere Rassen und Juden ausrotten und gleichzeitig das Christentum erlauben. Das passt nicht zusammen. Das hat das Regime erkannt und eingesehen. Nur falsche Taten folgen lassen.

Ich weiß noch, als Johannes sagte: »Wenn es richtig losgeht mit der Judenverfolgung, dann geht es auch los mit der Christenverfolgung. Die Verfolgung des Christentums werden sie nur ganz anders angehen als die Verfolgung fremder Rassen und Juden. Denn Rasse steht ihnen höher als Gott. Die Rasse ist ihnen ihr Gott geworden.«

Ich erinnere mich, wie unser Dekan Albert Bültel erschrocken mit der Hand fuchtelte und ständig zischte: »Psst. Wenn uns jemand hört! Psst!«

Ich spüre den Stich in mir, in meiner Speiseröhre, in meiner Lunge, wenn ich an die Parade 4 denke. Wie sehr vermisse ich unser Pfarrhaus und die Küche und all das Treiben darin, auch wenn sich die Schlinge dort immer mehr zuzog.

»Wir haben uns vorbereitet und alles versucht«, sagt unser Verteidiger Böttcher. »Bischof Berning weiß es genau. Mit einem ordnungsgemäßen Prozess haben wir gerechnet, aber mit einem ordentlichen Prozess hat das alles nichts mehr zu tun gehabt, auch wenn das von außen so aussah: rote Roben, Uniformen, Ausschluss der Öffentlichkeit. Lächerlich und grotesk, diese blutroten Roben. Das Lachen musste ich mir verkneifen! Es fehlte doch jeder Respekt vor der Gerechtigkeit und jeder Wahrheitswille! Dix und ich sind namhafte Verteidiger. Man hat uns übel mitgespielt und uns zum Narren gehalten! Ja, man hat auch mit uns gespielt, genau wie mit Ihnen! Ich frage mich, um was es hier eigentlich wirklich geht!«

Ist das nicht klar? Es war nur ein Scheinprozess, hier geht es um etwas ganz anderes! Es geht um arteigenes, rassisches Recht, ein »deutsches Gemeinrecht«, was dem Volk »nützen« soll. Dabei rauben die Nationalsozialisten unserem Land geistige Elite, Kraft und Kunst, sie täuschen und töten das Geistliche und Kulturelle.

»Vorsitzender Wilhelm Crohne schwor, das Schlimmste sei nicht zu befürchten, aber er hat uns bewusst belogen. Das konnte ich nicht ahnen. Wie konnte er es wagen, Katz und Maus mit mir zu spielen?«, fragt Böttcher.

Das nennt man Willkür. Willkürjustiz. Ist ihm das neu? Unser Prozess fällt unter »geheim«. Man hat sich dafür gerächt, dass man den Bischof Graf von Galen nicht einsperren konnte.

»Was waren das für fragwürdige Anklagepunkte? Todesstrafe? Bares Unrecht! Der Bericht war nur ein Torso, mit hundertfünfzig Zeilen Leerstellen! Ich habe übliches und allgemein anerkanntes Recht erwartet!«

Hat Böttcher unparteiisches Recht erwartet? Wie kommt er dazu? Wir haben eine totalitäre Diktatur.

»Von einem Gnadenerweis war wohl nie die Rede gewesen, lieber Herr Kaplan Müller. Alles stand schon von vorneherein fest. Es tut mir so leid.«

Ich glaube, unser Verteidiger ist wirklich bestürzt und überrascht; er kann es nicht fassen. Hat Dr. Böttcher geglaubt, es würde gerecht zugehen in einem Prozess gegen Christen, gegen geistliche Würdenträger? Hitler will ein Exempel an uns statuieren, um die Kirche in Angst und Schrecken zu versetzen und linientreu zu halten. Joseph Goebbels, Martin Bormann und Rudolf Heß möchten Bischof von Galen hängen sehen, sie hassen seine Predigten und Schriften. Doch bei diesem berühmten Bischof aus Münster würde es einen Aufstand und Unruhen im Münsterland geben, wenn man ihn festnähme. Den »Löwen von Münster« können sie nicht einfach anfassen. So müssen *wir* für Sühne und Abschreckung herhalten.

»Was hier geschehen ist, kann ich nur, trotz aller Unterzeichnungen, Betrug und Häme nennen! Wie kann man hier noch den Schein wahren? Haben diese Männer keinen Berufsethos mehr?«

Fast möchte ich ihn trösten, dabei wird Böttcher nicht hingerichtet, sondern ich. Aber ich möchte am liebsten das ganze unterdrückte Deutschland trösten.

»Ich wusste zwar, der Volksgerichtshof ist glitschiges Parkett. Es war mir klar, dass keine offene Verteidigung möglich werden würde. Aber was hier geschehen ist, treibt mir die Schamröte ins Gesicht!«

Tante Johanna war den Tränen nahe. Volksverbrecher haben sie uns genannt. Sie übertragen ihren eigenen Hass auf uns. Schlecht sahen wir aus im Prozess, abgemagert und elend.

Aber was können sie uns schon tun? Höchstens einen Kopf kürzer machen, sagt Johannes immer.

»Würdelos. *Zum Schutz des Volkes* seien die vier Todesstrafen ausgesprochen worden! Unfassbar! Aufgrund der *Heimtücke öffentlicher Amtsträger*! Das ist doch die Höhe! Wer war *volksfreundlicher* als Sie, der nach der Bombennacht am Palmsonntag letzten Jahres sogar ausgezeichnet worden ist für all seine Hilfe? Auszeichnung und Anklage in einem Atemzug. Das war vielleicht ein Ärgernis für diesen Ernst Drullmann! Hat er ein Luftschutz-Ehrenzeichen bekommen wie Sie? Nein. Er hat wahrscheinlich keinen Finger gekrümmt, während der Bombardierung irgendjemand anderem zu helfen außer sich selbst. Aber Ihre Ehrung wird vielleicht zu spät eintreffen, lieber Herr Müller, es kommt auf die Post an, vielleicht erst nach Ihrer … nach Ihrer …«

Enthauptung will er sagen. Es kommt ihm nicht über die Lippen, so entsetzt ist er.

Es hat auch bei mir gedauert, bis ich dieses raffiniert untermauerte System der Ungerechtigkeit erkannt habe. Es ist tatsächlich möglich, gleichzeitig geehrt und ermordet zu werden. Aber mir geht es nicht ums Davonkommen, sondern um die Wahrheit.

Mein Luftschutz-Ehrenzeichen wird wahrscheinlich zu den Strafakten gegeben werden, wenn ich tot bin. Vielleicht kommt es am Morgen nach meiner Enthauptung. Aber mir ist es egal, was sie mit dem Abzeichen machen.

»Ich hoffe so sehr, lieber Eduard, dass diese Ehrung vorher …« Böttcher stockt erneut. »Dass sie Ihnen vorher persönlich überbracht wird! Sie haben es verdient.«

Mir persönlich in die Zelle gebracht wird? Das passt doch nicht zusammen. Ich bin nur erstaunt, dass unsere Schafe an ihren Seelsorgern festhielten, trotz des enormen Drucks, der von der Gestapo aufgebaut wurde. Hoffentlich brechen sie zu Hause nicht zusammen. Wie werden sie damit umgehen, mit dem, was passiert ist? Ich habe gehört, dass Robert Köster kurz nach dem Prozess zu Hause gestorben ist. Sie haben den alten Mann in der Gefangenschaft ein Jahr lang misshandelt! Er war fündundsiebzig Jahre alt.

Und in zwei Stunden werden sie mich holen.

»Wir haben nicht mehr viel Zeit, Adjunkt Müller. Was für eine perfide Taktik an den Tag gelegt wurde! *Volksaufklärung*! Ich kann mich immer noch nicht beruhigen. Das ist doch reinste Propaganda! Ihnen, lieber Eduard, wird fanatischer Hass vorgeworfen, dabei sind sie es, die fanatisch hassen. Nur noch eine deutsche Niederlage kann uns von dieser Regierung befreien! So schlimm es ist! Wir sind sowieso schon auf dem Rückzug.«

Ich muss sagen, die Nationalsozialisten haben mit ihrer Propaganda und Weltanschauung einen Instinkt für den Zahn der Zeit. Doch von Hitlers Erzfeind Bischof Graf von Galen kommt gefährliche Kritik von innen. Und das aus der Kirche. Und ausgerechnet jetzt, wo die militärischen Niederlagen bedrückend und bedrohlich werden. Der Bischof hat zu viele Anhänger. Münster hätte bei einer Verhaftung niemals zugesehen. Aber Lübeck lässt zu, dass wir ermordet werden. Armes Lübeck.

»Es tut mir so leid, lieber Eduard. Was war das für eine Anklageschrift? Die Hälfte ist ja vertuscht und entfernt worden. Wo sind die Dokumente? Da war doch nur noch der Rumpf übrig! Alles, was mit den Schriften von diesem Bischof aus Münster zu tun hat, wie heißt er gleich noch mal ...«

»Graf von Galen«, sage ich.

»Ja, genau. Alle Zusammenhänge mit Graf von Galen sind immer wieder herausgestrichen worden, ohne Rücksicht auf Satzzeichen und Grammatik! Wo waren *nichtfragwürdige* Anklagepunkte? Ich bin erschüttert, vor allem von den Oberreichsanwälten Ernst Lautz und Heinrich Parrisius. Was ist dem Lautz denn eingefallen? Was ist in ihn gefahren?«

Denkt Böttcher, es ginge gerecht zu, nur weil viel deutsche Bürokratie an den Tag gelegt wird? Ich wundere mich über ihn. Ich bin nur froh, dass mein junger Freund, gerade mal neunzehn Jahre alt, der Medizinstudent Pfürtner, nicht mit der Schollgruppe in Verbindung gebracht wurde. Sonst wäre er nicht am Leben geblieben. Aber er kam frei, Gott sei Dank. Ich kann es kaum fassen, dass Kinder wie Hans und Sophie Scholl vor wenigen Monaten enthauptet wurden. Wie könnte, wie dürfte es mir besser ergehen? Wie würde ich überleben wollen?

»Ich entschuldige mich«, sagt Walther Böttcher noch einmal. »Ich wünschte mir, ich hätte mehr für Sie und die anderen tun können. Sie sind wunderbare Menschen, alle vier. Durch Sie habe ich erst begriffen, dass es einen Gott gibt. An Ihnen kann ich es sehen. Ich habe nie geglaubt, dass Crohne und Drullmann solch ein Spiel spielen! Verstoßen selbst gegen die Grundlagen ihrer eigenen abstrusen Gesetze. Ich weiß, Sie sind unschuldig, Eduard. Ich weiß es!«

Er ist doch viel älter als wir, genau wie alle anderen Beteiligten des Prozesses. Lebt er in einer Traumwelt? Vielleicht noch in der Demokratie? Denkt er, die Reichsjustizminister besprechen mit dem Führer Wahrheit und Anstand?

Bin ich denn unschuldig? Ich habe verbotene Radiosender gehört, die Kurzwelle 31,6. Johannes hat sie mir gezeigt. Er dachte zuerst, es sei ein illegaler deutscher Sender. Aber der Sender ist aus England, aus London. Johannes ist der Mutigste von uns allen, der geborene Anführer. Er kam zuerst auf die Idee mit den Gruppenabenden im Gesellenhaus. Er hat die Ausschreitungen der Waffen-SS angeprangert. Damit ging es los. Er hat Flugblätter und Schriften verteilt und liebte die Hirtenbriefe von Bischof Graf von Galen. Habe ich Schriften verteilt? Nein. Aber warum sollte mich die Gestapo gehen lassen? Und vor allem, wohin? Ich bin doch nun Zeuge geworden. Ich gehöre doch dazu, zu den »Pfaffen«, die sie so hassen und offensichtlich insgeheim sehr fürchten. Johannes ist durch seine Freundschaft zu Karl Friedrich im Prozess sehr belastet worden, denn Fritz ist evangelisch, und ihm wollten sie zuerst an den Kragen. Ach, er wollte sich sogar selbst verteidigen, der Feuerkopf Johannes. Ich hätte mich nicht gewundert, wenn er die Anwälte Drullmann und Crohne als jämmerliche Feiglinge beschimpft hätte. Vielleicht hätten sie ihn dann gleich im Gerichtssaal erschossen. Dann wäre es aber gänzlich vorbei gewesen mit dem Schein im Volksgerichtshof.

Immerhin, ich wollte die Hitlerjugend nicht leiten und anführen. Dabei wollten sie mich unbedingt als Leiter haben, sie fragten mich mehrmals an. Es reicht aus, unter ihr »Heimtückegesetz« zu fallen, weil man nicht macht, was sie wollen. Weil man sich weigert, eine andere Meinung hat, nicht kritiklos übernimmt, sondern etwas unternimmt. Gleich wird man in die Maschinerie hineingezogen.

Ich sterbe, weil ich zu den anderen gehöre. Ich bin der Dritte im Bunde. So soll es sein.

Den Kopf können sie mir nehmen, das Leben nie.

In einer Stunde werden sie mich holen. Ich werde noch Abschiedsbriefe schreiben. Was werde ich schreiben? *»Lebt wohl! Es ist ja nur ein vorübergehender Abschied! Heute Abend ist es nun so weit, dass ich sterben darf. Ich freue mich so, ich kann euch nicht sagen, wie sehr.«* Diese Sätze sehe ich in den Augen von Johannes. Er ist mein großer Bruder.

Dann wollen wir den schweren Gang gehen, gemeinsam. Wir, nicht ich alleine.

Ich werde wie ein Vogel vor ihnen herfliegen, wenn es zum Schafott geht. So wie meine Vögel die Voliere verlassen haben. Endlich sehe ich den Himmel wieder.

10

Johanna Rechtien, »Tante (Jo)Hanna«

»Mögen sie doch alle den Weg zum Heiland zurückfinden.«

»Wenn ihr diesen Brief in Händen haltet, weile ich nicht mehr unten den Lebenden.«

Oktober 1941

»Herr Kaplan, Sie sollten vorsichtig sein«, warnte ihn Johanna Rechtien. Sie staubte wie jeden Sonntag früh auch an diesem Sonntag liebevoll die Gesangsbücher ab. »Sie machen aus Ihrer Meinung keinen Hehl, aber wissen Sie, die machen aus ihrer Überzeugung auch kein Geheimnis!«

»*Die*? Wer soll das sein, Tante Hanna?«, fragte Johannes und ordnete in der ersten Bank seine Papiere für die Kanzel.

»Sie wissen doch, wen ich meine! Die Gestapo!«

»Ja, ich weiß. Aber einer muss die Wahrheit doch sagen«, sagte Johannes.

»Sie haben die Wahrheit schon oft genug gesagt, finde ich«, sagte Tante Johanna und betrachtete ihn sorgenvoll. Die ältere Frau steckte sich eine ergraute Strähne hinter das Ohr. »Wer will die Wahrheit denn hören, solange Hitler siegt?«

»Die Kirche ist doch voll, Tante Johanna!«

»Ja, weil die Leute neugierig sind, wer da so offen und unbefangen predigt und bald von der Gestapo geholt wird ...«

»Einer muss die Wahrheit sagen.«

»Was ist denn die Wahrheit?«, rief Tante Johanna. »Seien Sie lieber nicht so direkt in Ihren Predigten. Sie *dürfen* nicht freimütig und öffentlich Kritik am Führer äußern. Herr Bültel hat Sie doch schon mehrmals gewarnt. Wir sollen nicht auffallen, nicht in diesen Zeiten. Die Kirche insgesamt darf nicht auffallen. Oder sollen wir alle geschlossen werden so wie die christlichen Schulen und Klöster? Besprechen Sie das doch privat mit den Leuten, wenn diese Fragen haben über unsere Anführer. Es kostet Sie sonst Kopf und Kragen! Man hört so einiges. Verhaftungen von Priestern. Lagerarbeit. Was auch immer das heißen soll.«

Seine Schwester Emma würde ihn auch warnen, hatte ihn sogar gewarnt, als sie noch lebte. »Du fällst doch sowieso schon so auf, auch ohne deine Kritik!«, hatte sie gesagt. »Zwei Meter groß und schnell und sportlich und gut im Sprechen! Ein Feuerkopf bist du. Mit lauter Bassstimme.«

»Aber dann ist es doch auch schon egal, Schwesterherz«, hatte er gelacht.

Feuerkopf, das war er wohl. Hatte er nicht neulich erst einen Schurken auf der Straße vermöbelt, weil er sein Fahrrad klauen wollte? Selbst Eduard hatte ihn Feuerkopf genannt, ganz von alleine.

Aber Emma konnte ihn jetzt nicht mehr warnen, denn der Hunger und die Tuberkulose hatten sie hinweggerafft, weg aus seinem Leben. Ob sein Vater auch krank war? Wie sollte er es erfahren?

Johannes war zu weit weg, war wie ein Ausländer für seine Familie geworden, ein Fremder. Er wusste genau, wie es sich anfühlte, ein Fremder zu sein: nicht dazuzugehören, keine Familie mehr zu haben, ein Waisenjunge zu sein – vielleicht mochte er die Zwangsarbeiter deswegen so gern, die ja auch Fremde waren.

Er half Tante Johanna beim Sortieren der Gesangsbücher.

»Lassen Sie die Zwangsarbeiter in Ruhe. Sie dürfen einfach nicht …«

»Darf ich nicht? Wissen Sie, Tante Johanna, was ich nicht darf? Ich darf keine Menschen von der Liebe Gottes ausschließen. *Das* darf ich nicht. Das wäre ein Kapitalverbrechen. *Dann* wäre ich ein Verräter.«

»Ich finde es wirklich wundervoll, wie sehr Sie sich für die Kranken engagieren«, sagte Johanna Rechtien. »Es ist Ihr Humor. Im Marienkrankenhaus auf der Parade freuen sich die Kranken wie die Kinder auf Ihren Besuch – jedes Mal, egal, welche Konfession. Sie haben sogar Ihr Radio vorbeigebracht, damit die Kranken Musik hören können!«

»Ist das nicht das Mindeste?«

»Doch die Zwangsarbeiter, Herr Kaplan«, fuhr Johanna fort. »Ich glaube, Sie sind einsam. Sehr einsam. Sie vermissen Ihre Familie. Was sage ich: Sie haben keine Familie und Sie haben keine Frau, Sie dürfen keine Frau haben. Und Sie hassen den Krieg. Aber müssen Sie sich denn ausgerechnet polnische Zwangsarbeiter und Zwangsarbeiterinnen als Freunde aussuchen? Das ist doch verboten!« Sie schüttelte seufzend den Kopf. »Sie gehen mit denen auf der verrufenen Untertrave im Dunkeln *spazieren*, die Mütze tief ins Gesicht gezogen, damit man Sie nicht erkennt. Spazieren! In der Nacht und im Regen oder in aller Herrgottsfrühe! Ausländerseelsorge soll das sein oder nennen Sie das. Ist doch völlig verboten. Und Polnisch sprechen Sie auch. Wenn Sie doch jemand erkennt, was dann?« Johannas Augen wurden rund und groß.

»Es *ist* Seelsorge, ich nenne das nicht nur so. Wie schlimm, dass ich vieles heimlich tun muss, was mir auf dem Herzen liegt«, sagte Johannes. »Wie ein Verbrecher.« Er bückte sich und hob seine Predigtnotizen auf. Er lebte nicht mehr in seiner Geburtstadt, nicht mehr in der Heimat. Seine Mutter war tot. Nun hatte er die Muttersprache der Polen gelernt, die auch wie er aus Not weit von zu Hause entfernt waren. Wie sollte er sich nicht um Verständigung bemühen? »In Wittenburg habe ich mich auch um die Ungarn und Rumänen gekümmert, und zwar gern«, sagte er.

»Ach, Ungarisch sprechen Sie auch noch? Lieber Himmel!« Johanna schlug sich die Hände vors Gesicht.

»Ungarn und Rumänien sind Verbündete Deutschlands. Aber ja, ich bin dort der Gestapo aufgefallen.«

»Es liegt Ihnen wohl im Blut, Ärger zu bekommen!«

Johannes ließ den Kopf hängen. Seine Gedanken hingen schwer. »Bin ich etwas Besseres als Polen oder Ungarn oder Juden, liebe Tante Hanna? Muss ich mir nicht selbst treu bleiben? Als ich ein kleines Kind war und in den jüdischen Vierteln Hamburgs aufgewachsen bin, habe ich viel mit jüdischen Kindern gespielt. Im sogenannten Klein-Jerusalem.«

»Es gibt doch noch Ihre Mitbrüder, Lange und Müller. Können denn die nicht Ihre Freunde sein? Oder die anderen Priester in der Stadt?«, fragte Tante Johanna. »Schreiben Sie dem Herrn Bischof. Er hält große Stücke auf Sie. Er wird Ihnen die passenden Freunde besorgen.«

»Eduard und Hermann sind doch meine Freunde. Ich schätze sie sehr. Auch alle anderen Priester und Pfarrer der Stadt. Besonders Fritz Stellbrink. Ich habe ihn im Sommer auf einer Beerdigung kennengelernt. Ein sehr feiner Kerl.«

»Das ist doch der Pfarrer aus der Lutherkirche«, sagte Tante Johanna. »In dem großen Backsteingebäude hinten in der Allee. Er predigt dort schon viele Jahre.«

»Ja, genau. Er hat verstanden. Wir tauschen uns seitdem regelmäßig aus.«

»Doch hoffentlich nicht allzu viel mit den Evangelischen

bitte, ich weiß nicht, was die Gestapo dazu sagen würde«, murmelte Johanna.

Johannes lachte bitter. »Das stimmt, die Gestapo ist nicht begeistert, wenn sich die Konfessionen zusammentun, weil wir dann stärker und geschlossener sind. Die Nationalsozialisten wollen uns lieber getrennt voneinander halten und säen sogar Zwietracht unter uns. Das schwächt und führt dazu, dass wir uns gegenseitig misstrauen und weiter entzweien, anstatt eine Einheit zu bilden. Ich möchte eine Brücke schlagen, damit wir uns gegenseitig schätzen, respektieren und mit einer Stimme sprechen. Gerade ich, der ich auch evangelisch getauft bin, sehe darin eine besondere Aufgabe, hier meine Tür offen zu halten und Gespräche zu führen.«

»Sie nehmen sich aber viel vor, Johannes!«, meinte die Haushälterin, und ihre Augen leuchteten. »Sie wissen ja selbst, dass Hitler das Gigantische für sich selbst sucht und alle darin einverleiben will.«

»Wen soll ich noch nach Ansicht der Nationalsozialisten alles ausschließen, liebe Tante Hanna? Juden, Polen, Ungarn, Evangelische, Zwangsarbeiter, Häftlinge ... Meine liebe Mutter war doch auch evangelisch. Und ich, wo wäre ich ohne sie? Gar nicht auf der Welt.«

»Sie scheinen geradezu eine Vorliebe für die Problematischen zu haben«, sagte Johanna. »Ein Händchen geradezu.« Sie legte den Arm auf seinen. »Ich möchte nicht, dass Sie sich selbst oder die Wahrheit verleugnen. Sie sollen sich dem Zeitgeist nicht anpassen. Doch seien Sie einfach nur wachsam und vorsichtig. Ich will nicht, dass Ihnen etwas passiert. Ich habe in letzter Zeit ein so ungutes Gefühl.« Sie zog die Schultern zusammen. Dann sagte sie: »Ich wusste ja gar nicht, dass Sie vor Ihrer katholischen Taufe auch evangelisch getauft wurden.«

Johannes lächelte. »Ja. Und besonders gern habe ich diesen evangelischen Pfarrer Fritz Stellbrink – auch, da er wohl immer mehr seine Haltung zur NSDAP ändert. Er scheut sich nicht, öffentlich die Wahrheit zu predigen. Das bewundere ich. Und das, obwohl er drei Kinder und eine liebe Frau zu beschützen hat. Ich habe sie übrigens kennengelernt. Hildegard heißt sie. Eine feine, treue Dame.«

»Das verstehe ich alles. Aber in letzter Zeit habe ich so eigenartige Träume ... Nicht, dass dieser Pfarrer Stellbrink uns noch mehr die Gestapo auf den Hals hetzt. Wir haben schon genug eigene Probleme mit drei aufsässigen und wilden jungen Kaplänen, finde ich«, sagte Johanna und zwinkerte ein wenig mit den Augen. »Was wird Dekan Bültel zu all dem sagen? Kennt er diesen Fritz Stellbrink überhaupt? Manchmal habe ich den Eindruck, Sie, Johannes, haben die Position des Dekans übernommen und sind der Vorsteher geworden. Der arme Albert Bültel hat doch gar nichts mehr zu sagen.« Sie gab ihm einen kleinen Knuff.

Johannes lachte. »Doch, er hat uns alle vier schon zusammensitzen sehen, im Wohnzimmer.«

Tante Johanna seufzte. »Ich weiß nicht mehr, was ich denken soll. Das Konkordat, der schweigende Papst ... der Vatikan ... Was soll dieser Staatskirchenvertrag? Wird denn über Unrecht weiter geschwiegen? Unrecht bleibt doch Unrecht! Wird denn die Verfolgung von Juden, Schwachen, Kranken, Fremdrassigen weiter geleugnet? Ich weiß, Johannes. Sie wollen ein Signal senden. Aber ist es dieses Risiko wert? Das Reich wächst und Hitler ...«

»Ich verstehe viele Entscheidungen auch nicht«, sagte Johannes. »Aber ich folge meinem Herzen. Soll es diesem System gelingen, uns mundtot zu machen? Sollen die Dämonen allein weitersprechen?«

»Sie haben ja recht«, sagte Johanna Rechtien. »Ich werde Ihnen helfen, so gut ich kann. Was soll ich tun?«

»Die Zwangsarbeiter brauchen unsere Hilfe. Wozu habe ich das viele Geld, das große Darlehen als Geschenk für mein

Studium erhalten, wenn ich jetzt nichts gebe und nicht lieben kann? Wozu habe ich studiert? Um nur für mich selbst zu leben? Wozu ein hervorragendes Abitur gemacht? Was sollte ich mit Philosophie und Theologie anfangen, wenn es mir nicht um Gott und die Menschen geht? Um die, die Not leiden? Soll ich mit Bibelwissen glänzen und mich gegen die Seelen der Zwangsarbeiter stellen? Wer sollte mir das vergeben? Gott vielleicht ja, aber ich mir selbst?« Seine Mutter war stark gewesen, und diese Stärke, so hoffte er, war in ihm. Er wollte allen helfen, die seine Hilfe wollten, und ihnen ein Begleiter sein.

»Was haben Sie denn vor, Herr Kaplan? Und was haben Sie mit Pfarrer Stellbrink vor?«, fragte Johanna ängstlich. »Sie wissen, dass bei Hochverrat die Todesstrafe …« Sie starrte ihn an.

»Ich bin hier allein«, sagte Johannes.

Der Krieg war da, war sein täglicher Gesellschafter, seine Familie fort. Wenn er sich einsam und schwach fühlte, dachte er an seine Vorbilder, die die Kirche und ihren Gott liebten wie er. Johannes dachte an Aloys Boecker, während er Jakub und Piotr und die anderen jungen Zwangsarbeiter versorgte. Aloys war sein Vorbild gewesen in seiner Ausbildung, ein Vater. Er hatte ihn zweimal zum Messdiener gemacht und war für ihn da gewesen, wenn er Fragen und Nöte hatte, in all der empfindlichen Zeit zwischen seinem dreizehnten und sechzehnten Lebensjahr. Rektor am Wilhelmstift war Pastor Boecker gewesen, im Zufluchtsheim für Frauen.

Als Boecker von den Nationalsozialisten verprügelt wurde, in Heide, wo er mittlerweile tätig gewesen war, hatte Johannes geweint. Heide war sowohl von Münster als auch von Osnabrück viel zu weit weg, um den alten Freund zu besuchen. Wie sollte er dreihundert Kilometer laufen? Wer hätte diese Zugfahrt bezahlen sollen?

Wenn er nur halb so stark und mutig wäre wie dieser Mann, dieser Priester, der sein Leitbild war, dann würde er glücklich sein. Dahin wollte er sich entwickeln, dahin reifen. Johannes machte sich jede Nacht viele Vorwürfe. Wo war *er*, Johannes, in all dieser Leidenszeit Boeckers gewesen? Zuerst in Münster, dann in Osnabrück, zuletzt in Wittenburg. Und wusste lange von nichts.

Wie naiv war er gewesen! Wer kannte jetzt noch Aloys Boecker? Wie schnell diese Helden in Vergessenheit gerieten! Johannes würde ihn nie vergessen. Priester Aloys Boecker hatte sein Leben für die Wahrheit eingesetzt. Dasselbe wollte auch Johannes tun.

»Ist es denn so schwer zu verstehen, was ich vorhabe? Vor allem für die jungen Leute möchte ich da sein, für die Jugendlichen – aber auch für die Frauen und die Soldaten, die verletzten und traumatisierten und heimkehrenden. Und für alle Fremden. Für sie bin ich hier. Das bin ich meiner Mutter schuldig. Wer weiß, wann sich das Kriegsglück wendet!«

»Für all das aber werden Sie nicht bezahlt. Sie werden dafür bezahlt, zu gehorchen, zu schweigen und die Sache des Staates mitzutragen«, sagte Tante Johanna warnend.

»Die Sache der Nationalsozialisten mitzutragen? Diese Knechtschaft? Das kann ich nicht! Ich müsste lügen! Und ich brauche die Wahrheit wie die Luft zum Atmen!« Um Politik ging es Johannes gar nicht, Politik hatte ihn nie groß interessiert. Aber um die Wahrheit, um die Liebe ging es ihm. Sein Neues Testament war ihm eine Trostquelle. Er wollte keine Angst mehr vor dem Tod haben.

»Ich bemühe mich, vorsichtig zu sein.« Es brach ihm beinahe das Herz, Johanna so besorgt zu sehen.

»Die Nationalsozialisten wollen die Reihen geschlossen halten«, sagte sie. »Würden Sie die Wahrheit immer noch sagen, wenn Sie in Haft wären?«

»Ja. Wenn es dazu kommt, werde ich ein Zeichen setzen

und die Botschaft der Einheit und Liebe verbreiten, das verspreche ich. Das gelingt mir vielleicht nicht als Kaplan. Aber vielleicht gelingt es mir als Sträfling in Haft. Die Menschen, die sagen, die polnischen Zwangsarbeiter hätten keine Seelen, sitzen hier in Herz Jesu, in unserer Kirche, beten das Vaterunser und hören die Predigten. Als Christenmenschen! Wie können sie unterscheiden zwischen Menschen und Nichtmenschen, ein Urteil darüber fällen, wer Mensch und wer Untermensch ist? Jesus kennt keine Rassen.«

»Wir können sie ja nicht aus der Kirche jagen«, meinte Frau Rechtien und lächelte.

»Nein, es ist gut so, dass sie kommen. Sollen sie ruhig kommen. Denn hier können sie hören, wie ich die Weltanschauung der Nationalsozialisten sehe. Oder besser noch: wie meiner Meinung nach der lebendige Jesus Christus und sein Wort die Weltanschauung der Nationalsozialisten beurteilt. Ich hoffe, sie werden lernen und verstehen.«

»Ich bezweifle das«, sagte Johanna und drückte kurz seine großen Hände.

Sie hat erstaunlich viel Kraft, dachte er.

»Haben Sie denn keine Angst, Johannes? Ich versuche doch nur, Sie zu beschützen. Sie sind noch so jung und dazu so gut ausgebildet. Sie sind doch gerade mal dreißig Jahre alt. Werfen Sie Ihr Leben nicht weg! Haben Sie mir nicht von Aloys Boecker erzählt und was sie mit ihm gemacht haben, die Schläger und Prügler der SA? Ihn zerrüttet, den armen alten Priester?«

»Mich werden sie nicht zerrütten, so Gott will. Machen Sie sich keine Sorgen um mich! Sorgen Sie sich um andere!«, sagte Johannes. »Wissen wir, was in der Zukunft liegt? Habe ich keine Verantwortung? Ist meine Kritik an diesem System falsch?« Und dann fügte er begütigend hinzu: »Ich bin fast zwei Meter groß, was soll mir geschehen? Wie groß sind Sie, Tante Johanna?«

Sie lächelte. »Ich weiß nicht, eins fünfundfünfzig? Ich glaube, ich bin letztes Jahr geschrumpft.«

»Dann verlassen Sie sich auf mich, ich beschütze Sie gleich mit!«, sagte Johannes und umarmte sie. Er wollte auch dringend wieder zurück an seine Predigt. Bald würde der Gottesdienst beginnen.

»Machen Sie keine Scherze!«, rief Tante Johanna. »Glauben Sie wirklich, die Menschen werden verstehen wollen, was Sie predigen? Denunzieren werden sie Sie! Und meinen noch, damit etwas Gutes zu tun und im Recht gewesen zu sein!«

»Jeder muss für sich entscheiden, was richtig ist«, sagte Johannes.

»Aber vielleicht sendet die Gestapo Spitzel in die Gesellenabende oder in Ihre Religionsstunden oder in die Gottesdienste! Was dann?«

»Ich werde darüber nachdenken, zusätzlich zu meiner *Offenheit*, wie Sie es nennen, private Gesprächsabende einzuführen. Gruppenabende. Sie haben mich da auf eine gute Idee gebracht. Ich glaube, ein privater, geschützter Ort, wo man das aktuelle Geschehen ansprechen und besprechen kann, ist für junge Menschen und für die Soldaten sicher sehr wichtig! Für alle Menschen! Ich habe schon länger darüber nachgedacht.«

»Ich wollte Ihnen keinen zusätzlichen Floh ins Ohr setzen!«, sagte Johanna entsetzt.

»Seit wann sind Flöhe verboten?« Johannes grinste.

»Sie wissen doch, wenn Soldaten in Ihren Gruppen sitzen, nennen Sie es *Zersetzung der Wehrmacht*, also Hochverrat, wenn Sie nicht für den Sieg propagieren, sondern stattdessen die Pläne des Führers anzweifeln.«

Johannes seufzte. »Juden, Polen, Evangelische, Zwangsarbeiter, Häftlinge, Flöhe … wer noch? Wen soll ich noch meiden?«

»Sie sollen einfach nur die Gestapo meiden!«, sagte Frau Rechtien. »Versprechen Sie mir eines: Sprechen Sie nicht in der Öffentlichkeit Polnisch! Sie wollen doch nicht auf die Liste! Ich könnte doch Ihre Mutter sein! Es ist ja meine Pflicht, Sie zu warnen. Bitte nehmen Sie mir das nicht weg!«

»Die Polen sind meine Freunde. Soll ich das nicht zeigen dürfen? Darf ich meine Freunde nicht selbst aussuchen? Für die Nationalsozialisten sind sie Untermenschen. Ich wurde als Kind auch einmal so genannt, weil meine Eltern bei meiner Geburt nicht verheiratet waren. Ich wurde als *Bastard* bezeichnet. Untermensch. Idiot. Meine Eltern haben erst geheiratet, als ich ein Jahr alt war. Ich kenne das, beschimpft zu werden, obwohl man nichts dafür kann, dass man ist, wer man ist. Ich leide mit. Das System ist ein Unterdrückungssystem. Es basiert auf Unterdrückung und Verführung. Sich nur wertvoll zu fühlen, wenn man andere abwertet, ist sehr krank.«

»Ach Johannes! Noch ein Wort, wenn Sie mir gestatten: Seien Sie in Ihrem Religionsunterricht besonders wachsam. Ich habe von Frau Böhm gehört, Sie hätten dort *vor* den Jugendlichen von *staatlich organisiertem Mord* gesprochen! Das können Sie doch nicht machen! Soll denn die Gestapo Sie diesmal festnehmen? Beobachtet wurden Sie doch schon, um Himmels willen! Wollen Sie sich des Widerstands bezichtigen lassen? Behalten Sie Ihre Meinung doch für sich oder sprechen Sie mit mir!«

Frau Böhm war die Mutter von Hans, einem besonders begabten Gymnasiasten in seinem Unterricht.

»Wie soll ich es denn nennen, wenn geistlich und körperlich Kranke systematisch ermordet werden?«, fragte Johannes leise.

»Ich habe solche Angst um Sie! Wir wollen Sie nicht verlieren! So einen glühenden Prediger hatten wir noch nie!

Was passiert, wenn der Religionsunterricht nicht mehr geduldet, sondern auch verboten wird?«

»Die Kirche soll letztendlich aufgelöst werden, davon bin ich überzeugt. Dass ich noch so eine gute Ausbildung bekommen habe, ist ein Wunder! Theologie an der Uni wird sicher abgeschafft werden, wenn der Führer weiter an der Macht bleibt. Aber die Kinder und Jugendlichen kommen freiwillig zum Religionsunterricht. Niemand zwingt sie. Alle konfessionellen Schulen wurden doch schon vor über zwei Jahren geschlossen. Sind es nicht sogar fast drei Jahre her, dass unsere katholische Schule hinter der Kirche zumachen musste? Wenn die Kinder nachmittags freiwillig ins Pfarrhaus kommen, so werden die Eltern gläubig sein und ihre Kinder von einem Priester gerne prägen und ausrichten lassen.« Johannes stützte seinen Kopf nachdenklich auf seine Hände. Schon ein Jahr vor seiner Ankunft war die katholische Schule von den Nationalsozialisten ohne ein weiteres Wort geschlossen worden. An den Klostersturm wollte er gar nicht erinnert werden, die planmäßige Aufhebung von Klöstern. Er dachte mit Dankbarkeit an die Grauen Schwestern des Wilhelminenstiftes; wie sehr hatten sie ihm in seiner Kindheit geholfen und ihm den Weg zu Gott gezeigt.

»Warum sagt nur niemand etwas dagegen, dass in den Schulen absurde Rassenlehre gelehrt wird und nur bestimmte Bücher, Gedichte und Literatur verwendet werden dürfen?«, fragte Tante Johanna und schritt auf und ab. »Sollen unsere Kinder für das nationalsozialistische System völlig verdorben werden?«

Johannes blickte aus dem Fenster und sah die Sonne aufgehen. »Menschenskind, das ist ja zum Verrücktwerden schön!«, rief er. Die Sonne tauchte die Fassaden in rotes Licht. Johannes stand auf und blickte in den Himmel. »Womit haben wir all diese Schönheit verdient? Mitten in diesem Krieg?«

»Die Jugendlichen kommen gern zu Ihnen und bleiben oft bis spät, das weiß ich. Sie hören Schallplatten und unterhalten sich. Sie sorgen dafür, dass die Mädchen sicher nach Hause gebracht werden. Ich weiß zwar nicht, was ich von diesen gemischten Gruppen halten soll ... Wo Sie doch ohnehin schon zu gut bei den Frauen ankommen. Sie sind zu fröhlich, zu weltoffen, zu charmant. Anziehungskraft, sage ich nur. Ich bin auch eine Frau, wenn auch eine alte. Die älteren Brüder lästern schon und beschweren sich und werfen Ihnen so einiges vor, zumindest, dass Sie sich unklug verhalten. Frauenseelsorge sollte Ihnen persönlich verboten werden, Herr Kaplan, bevor Gerüchte aufkommen. Sie sind doch ein Ordensmann, ein Kleriker, ein Ehrenmann, auch wenn sie nicht so recht danach aussehen. Vielleicht ist es Neid. Ich weiß es nicht.«

»Er ist eben noch jung«, sagte Frau Huber, die eben in die Kirche gekommen war. »Und gut aussehend. Ein burschikoser menschlicher Heiliger eben.« Frau Huber war einundsiebzig und Kriegswitwe.

Juden, Polen, Evangelische, Zwangsarbeiter, Häftlinge, Frauen, Flöhe, sie alle soll ich meiden, dachte Johannes.

Belegte Brötchen waren eine Kostbarkeit in diesen Zeiten. Und er fühlte, dass die beiden goldigen alten Damen nun eine Kostbarkeit dringend benötigten. Vielleicht war das wichtiger, als seine Predigt vorzubereiten. Gott würde ihm schon zeigen, was er sagen sollte.

In seinem Kopf war ein Plan gereift. Er würde im Verborgenen Gesprächsrunden bei sich zu Hause anbieten, im Pfarrhaus oder auch im Gesellenhaus nebenan. Auf dem Weg von der Kirche in die Pfarrhausküche war Johannes tief in Gedanken versunken. Sollten es Gruppenabende nur für Männer sein? Oder nur für Soldaten? Er wollte sein Wissen weitergeben, nicht nur an seine Schüler aus den höheren Schulen, aus den Gymnasien, aus der ehemaligen katholischen Schule, nicht nur an die Gesellen, nein, auch an Eltern und Großeltern, an jeden, den es interessierte. Thema sollte die unmenschliche Behandlung von Menschen in besetzten Gebieten, in Heimen, in Lagern, von Ausländern, Besiegten und Kranken sein. Und Thema sollten auch die zunehmenden Repressionen, Machtmissbrauch und Gewalt an Schwächeren werden.

Johannes wollte dazu anhalten, sich wie Menschen zu verhalten, die das Evangelium ernst nahmen. Er wollte Frauen, Soldaten, Saisonarbeiter und alle, die gegen ihren Willen Zwangsarbeiter geworden waren, stärken. Johannes wollte keinen ausschließen. Aber wie sollte er das anstellen? Er wollte nicht nur große Gedanken denken. Er würde im Gesellenhaus Gespräche anbieten.

Kegeln, essen, arbeiten und auch kämpfen konnten die jungen Männer später. Jetzt und immer ging es um Leben und Tod von Mitmenschen. Er würde mit Hermann und Eduard darüber sprechen. Er liebte ihre Geselligkeit, ihr Miteinander, obwohl sie so unterschiedlich waren. Unterschiedlicher ging es nicht mehr. Allein Eduard war so ein ganz anderer Typ als er. Aber sie alle hatten eine tiefe Freundschaft mit Gott. Es wusste, es ging ihnen nicht um Widerstand, sondern darum, Zeugen für die Wahrheit zu sein.

»Ich habe so eine Vorahnung«, sagte Johanna. »Etwas wird passieren.«

11

Piotr

»Mir aber gönne nach all den Kämpfen meines Lebens die Ruhe.«

»Nun hat alles Warten ein Ende, der Weg liegt endlich wieder klar vor mir, und das Ziel ist uns Christen ja bekannt.«

16. Dezember 1941

»Herr Prassek! Herr Kaplan!«

Es war spät abends und kurz vor dem vierten Advent. Johannes drehte sich um.

Rafał lief auf ihn zu, von der gegenüberliegenden Straßenseite, das rot-schwarz karierte Wollhemd blutig und verdreckt. »Sie haben Piotr misshandelt. Schon wieder!« Er weinte. »Diesmal steht es sehr schlecht um ihn!«

Johannes blieb erschrocken stehen. Rafał kannte er aus seiner Zeit in Wittenburg. Der junge Pole hatte damals seinen Bruder dort besucht, der bei der Reichsautobahn mitarbeitete. Dieses Netzwerk an Schnellstraßen wurde immer weiter ausgebaut und brauchte Arbeiter, die keinen Lohn erhielten.

Bei dem Wort »Misshandlung« musste er sofort wieder an Aloys Boecker denken; der war lebensgefährlich verletzt worden. Auf den Kopf hatten sie Boecker geschlagen, immer wieder, diese feigen sogenannten »Deutschen«, die Schlägergruppe der SA. Wehrlos war der Priester auf dem Boden zusammengesunken, im Dunkeln, nachts, hilflos ausgeliefert – der würdevolle, kluge Mann um die fünfzig. Mit dem Stock hatten sie auf ihn eingeschlagen, um sich wohl die Hände nicht blutig zu machen, wie man Johannes vor ein paar Jahren geschrieben hatte. Gut, dass es keine Eisenstange war. Das hätte er nicht überlebt. Junge Männer seines Landes schlugen auf ihn ein. Männer in einem Alter, die Boecker stets am Herzen gelegen hatten, die er unterrichtet, gesegnet, ermutigt und denen er zugehört hatte. Männer, die jünger als Johannes waren. Wie konnte das passieren? Was hatte Aloys verbrochen, was falsch gemacht? Wer hatte ihn verraten und mit was und wozu? Ein Junge vielleicht, der sich von ihm nicht genügend beachtet gefühlt hatte? Ein Kind, das nicht standhaft gewesen war? Hatte ein Schüler die Prügelei angezettelt, um ihn zu bestrafen? Oder einer, der neidisch geworden war, weil Boecker so beliebt war und es ihm nicht gegönnt wurde? Oder war es einfach ein krankes, missgünstiges System, in dem sie lebten? Sie wollten ihn zerstören, nur weil er seine Meinung gegen die Regierung äußerte.

Schon in Münster hatte man einige der Dozenten und Professoren aus dem Dienst »entfernt«, weil sie den Hitlergruß verweigert hatten. Zwangspensioniert wurden sie, weil sie sich nicht »umstimmen« ließen.

Wie es ihnen jetzt wohl allen ging? Was taten sie? Aloys hatte nach diesem brutalen Zwischenfall nie wieder gepredigt, wie Johannes gehört hatte, nicht mehr als Rektor und Priester gearbeitet. Hatten sie ihn zum Krüppel geschlagen? Ihn völlig eingeschüchtert und entstellt? War es ihnen gelungen, ihn zu entmutigen? Nun war er tot.

Wenn den Besessenen das Zerstören bei Aloys gelungen sein mochte, so wollte Johannes erst recht seinen Posten hier nie verlassen, Aloys Boecker zuliebe, um ihn in diesem Land zu vertreten. Und sollten sie ihn auch verprügeln und er zu seinen Predigten kriechen müssen. Sie müssten ihn tot prügeln, nicht nur *ver*prügeln. Man hatte Johannes gesagt, dass er ein charismatischer, einfühlsamer Prediger war. Aber meistens war doch nur eines gefragt: aktive Hilfsbereitschaft. Und wie schwach fühlte er sich oft an genau diesem Punkt.

Rafał griff Johannes am Arm. »Wir müssen uns beeilen!«

»Ist schon jemand bei ihm?«

»Anton ist bei Piotr!«, rief Rafał, während sie liefen. »Hier lang, Herr Kaplan, hier lang!«

»Rafał, sag doch Johannes zu mir!«, antwortete Johannes schnell. Es war so schön gewesen, dass er Rafał hier in Lübeck wiedergetroffen hatte. Schon Rafałs Bruder hatte er sehr gemocht. Johannes hatte ganz vergessen, dass Rafał in Lübeck arbeitete. Als sie sich den ersten Abend wiedergesehen hatten, holte Johannes für ihn und sich ein Glas Bier zum Anstoßen. »Das müssen wir uns gönnen!«, hatte er feierlich gesagt.

Rafał hatte schüchtern dagesessen in der gelben Küche und konnte nicht fassen, mit einem Gelehrten, mit einem Geistlichen, mit einem katholischen Priester befreundet zu sein, mitten im Krieg, er als Pole.

Doch nun liefen sie beide, so rasch sie konnten. Piotrs Leben war in Gefahr. Sie kamen zu der kleinen, halb verfallenen Baracke, die lange leer gestanden hatte und nun von einigen polnischen Arbeitern mehr oder weniger heimlich belegt worden war.

Alles schien besser als die Arbeitslager voller Krankheiten, Ungeziefer und Dreck. Hier nun im Eingang lag Piotr auf grauen Decken am Boden, und graue Decken lagen auf ihm. Er sah erbärmlich aus, sein Gesicht zugeschwollen. Er blutete am Kopf und war bewusstlos.

Staatlich organisiertes Morden, dachte Johannes. Diese unmenschlichen Verprügelungen gehörten auch dazu. Das Schlagen sollte aus gesunden Menschen Kranke und Krüppel machen, um sie ganz vernichten zu dürfen, weil sie »Menschen zweiter Klasse« geworden waren – oder auch schon immer waren aus der Sicht der Nationalsozialisten.

Anton war auch da. Ja, Anton, der sich in Deutschland in Aneta verliebt hatte, der sie hier kennen- und lieben gelernt hatte und dafür diesem Land dankbar war, ausgerechnet diesem rauen Land, das ihn so behandelte.

Johannes holte Essen, Kleidung und Lebensmittelmarken aus seinem Rucksack. Wie sollte er helfen? Was sollte er mit Piotr machen? Er war kein Arzt.

Piotr war erst sechzehn. Und er mochte Magdalena, ein polnisches, rothaariges Mädchen. Leider hatte er ab und zu auch ein Auge auf deutsche Mädchen geworfen und sie angelächelt. Das war verboten. Vielleicht hatten Polizisten ihn dabei beobachtet und sich provoziert gefühlt. Piotr sprach kaum Deutsch. Wie sollte er sich verteidigen? Jemand, der kein Deutsch sprach, war für das Deutsche Reich ein wertloser Mensch.

Johannes kniete sich hin zu dem Berg grauer Decken. »Piotr«, flüsterte er. »Ich bin hier, Piotr! Du bist stark und groß und schnell, wie Piorun, wie ein Blitz, du wirst es schaffen!« Johannes musste an Aneta denken und an ihren jungen Hund, an Powo, der mit dem Mädchen wohl gerade unterwegs war. Gut, dass Aneta nicht hier saß. Sie war von Gewalt genug traumatisiert. Piotr war wie Powo mit den dicken Pfoten, der voller Neugierde und Lebensfreude seine Nase in alles steckte. Das passte der Gestapo wohl nicht. Aber er, Johannes, würde dafür beten und alles tun, dass Piotr wieder gesund werden würde, groß und stark. Und er betete laut. Hier lag Piotr und war bewusstlos. Wenn er nicht mehr aufwachte, könnte er nicht mal einen Abschiedsbrief schreiben.

Und er war doch so verliebt, der kleine Piotr. Das erste Mal. In seine Magdalena.

Johannes betete immer lauter, erst auf Polnisch, dann auf Deutsch.

Anton nahm in der Zwischenzeit das Essen und seine anderen Gaben entgegen.

Jakub, Igor, Rafał und verschiedene Frauen, die Johannes noch nie gesehen hatte, wuschen Piotrs Wunden aus. Ein Arm schien gebrochen zu sein. Sie verbanden seinen verletzten Kopf. Es wurde leise und schnell Polnisch gesprochen; Johannes verstand nicht viel.

»Wir brauchen einen Arzt«, sagte er schließlich.

»Die deutschen Ärzte werden sich weigern, ihn zu behandeln«, sagte Jakub.

»Ist denn kein Arzt unter den Zwangsarbeitern?«, rief Johannes verzweifelt.

»Wir haben schon überall gefragt. Wir haben noch keinen gefunden. Keinen, der sich mit schweren Verletzungen oder Kopfverletzungen auskennt. Wir behandeln unser Fieber oder Ausschläge, aber es gibt keinen richtigen Arzt. Sogar unsere gebärenden Frauen bringen ihre Babys ohne jegliche Hilfe zur Welt.«

Da schwieg Johannes. Er musste einen Arzt finden. Als er Powo bellen hörte, eilte er aus der Baracke. »Aneta, geh nicht hinein, es ist zu voll«, sagte er und baute sich schützend vor ihr auf.

»Ich habe gehört, dass Piotr in Gefahr ist«, rief Aneta atemlos. »Er ist hier drin. Lass mich durch! Vielleicht kann ich helfen.«

»Bitte, Aneta«, sagte Johannes und breitete seine starken Arme aus. »Es helfen schon sehr viele. Geh nicht hinein.«

Aneta hatte zu viel Schlimmes gesehen in ihrem jungen Leben. Ihre kleinen Zwillingsbrüder wurden von Soldaten getreten und ihre Schwester Olga vergewaltigt. Anton hatte ihm das alles gesagt, als sie sich unten an der Trave nachts zur Seelsorge getroffen hatten.

Johannes fühlte einen starken Beschützerinstinkt gegenüber Aneta. »Komm doch mit«, sagte er. »Ich möchte dir etwas zeigen. Hab keine Angst. Ich passe auf dich auf.« Er nahm sie mit ins Pfarrhaus und brühte einen Tee. Dekan Bültel war nicht zu Hause, da konnte er das Risiko eingehen.

»Zeit ein, Zeit aus«, sagte Aneta. Sie sprach mehr zu sich selbst. Powo lag zu ihren Füßen, knabberte an altem Brot und schnupperte an ihrem großen Zeh.

Johannes beobachtete sie. Er hatte die Vorhänge zugezogen. »Ich werde einen Arzt für Piotr suchen.«

»Wie willst du einen finden? Es ist doch verboten, uns zu versorgen. Das wussten die Schläger bestimmt. Ich dachte, ich wäre jung, aber ich bin es jetzt nicht mehr«, sagte sie und starrte auf den Tisch.

Sie war so schön.

Wie sollte er Anton mitteilen, dass er sie wirklich nicht verheiraten durfte? Es wäre ja nirgends anerkannt. Aber wenn Anetas Baby auf die Welt kam, dann sollte sie auch Hilfe bekommen. Er persönlich würde da sein, falls er keine Hebamme fand, die helfen wollte.

»Ich unterstütze dich«, sagte Johannes. »Und Gott macht alles Finstre hell!« Er stellte die heiße Tasse vor ihr hin und zog einen Stuhl mit seinen langen Beinen heran, ihr gegenüber.

»Wir Polen sind zu anders«, sagte Aneta. »Die Deutschen mögen das Anderssein nicht! Es macht ihnen Angst!«

»Es gibt überall die Möglichkeit des Andersseins«, sagte Johannes nach einer Weile.

Aneta schwieg. »Das Elend ist zu groß.«

»Unser Elend, es ist nie vergeudet«, antwortete Johannes. »Wir können unsere Ängste und was wir erlebt haben nie verschwenden, sondern daraus für andere lernen.«

»Ängste nie verschwenden? Was meinst du damit?«

»Was wir leiden, kann anderen zum Durchbruch verhelfen. Wir gehen in Vorleistung für andere und bereiten dadurch einen Weg für sie vor!«

»Einen freien Weg?«

»Ein Weg ist immer frei.«

»Aber wie denn?«

»Wir können unseren Schmerz anderen weitersagen, ohne Vorwurf. Ihn zeigen. Uns zeigen, wer wir wirklich sind, wie wir sind, mit unserem Elend. Uns trauen, es anderen zu zeigen. Zum Beispiel deinem Kind!«

Aneta schaute mit wilden Augen auf. »Meinem … Kind?« Sie berührte ihren Bauch. »Wird es überhaupt überleben? Es hat schon genug Schmerz erlebt in mir drin. Was für Gedanken und Gefühle habe ich oft, die sehr dunkel sind. Wir hätten warten sollen, Anton und ich, aber … wann könnten wir schon heiraten? Wir dürfen ja nicht. Es ist ja sinnlos. Ist es überhaupt jemals möglich für uns, normal und sicher zu leben? Heirat gehört für mich zu einem normalen Leben. Sie zwingen uns zu einem Leben ohne Rahmen und Sicherheit.«

»Ich werde euch helfen, einen Rahmen für eure Beziehung zu bekommen«, sagte Johannes. »Ich werde euch trauen, auch wenn es nicht offiziell anerkannt ist. Ich lasse mir etwas einfallen.«

Aneta fing an zu weinen. »Warum nur müssen wir so viel leiden? Was haben wir getan? Wo ist dieser Gott, von dem du immer sprichst, Johannes?«

»Er ist hier. Immanuel. Gottes Gesicht zeigt sich vor allem im Schmerz, da können wir merken und fühlen, dass er mit uns ist und dass es ohne Schmerz nicht geht, Gott nah zu kommen, sich selbst nah zu kommen, Gemeinschaft mit Gott zu haben. Schmerz ist nichts Böses. Schmerz zu erleben bedeutet nicht, nicht gesegnet zu sein. Ganz im Gegenteil. Gott kennt Schmerz.«

»Aber warum? Ich hasse Schmerzen«, sagte Aneta. »Ich will lieber glücklich sein und im *Glück* Gott fühlen.« Sie streichelte Powo. »Hat Gott Schmerz erfunden?«

»Ich glaube nicht, dass Gott Schmerz erfunden hat. Schmerz ist ganz von allein in diese Welt gekommen, weil wir unseren eigenen Weg gehen wollen – unabhängig von Gott. Deswegen ist Schmerz gekommen, als Konsequenz, weil wir uns allein nicht glücklich machen können. Aber Jesus hat für uns gelitten. Wir brauchen Gott, denn er hat uns gemacht. Ja, Gott selbst hat gelitten, für uns. So ist Liebe nun mal. Wir leben nicht in einem Märchen. Und selbst im Märchen gibt es Schmerz und Leid.«

Aneta trocknete sich die Tränen mit ihrem viel zu großen Handschuh, den sie ausgezogen hatte. »Wer hat sich das nur so ausgedacht? Wer hat Gott sich so ausgedacht? Und diese ganze Realität, die keiner haben will? Oder ist das alles wirklich wahr?«, fragte Aneta. »Gibt es ihn wirklich? Und wenn ja: Wie ist er? Wie ist Gott?«

Johannes wollte ihr die Tränen abwischen. »Er ist überwältigend gnädig und barmherzig. Er hat einen neuen Bund mit uns geschlossen in Jesus. Aneta, ich wünsche mir, dass du ihn persönlich erlebst.«

»Aber Gott duldet diesen Hitler. Wie kann er das? Am liebsten würde ich Hitler umbringen«, schrie Aneta. »Und es ist mir egal, wer es hört. Wieso gibt es so viel Schreckliches, warum macht Gott nichts dagegen? Warum verhindert er es nicht gleich von Anfang an? Ich würde Hitler quälen, so lange, bis er wimmert, so wie er uns quält. Er würde vor mir davonlaufen, aber ich würde ihm nachjagen, bis ich ihn eigenhändig erschlagen habe. Und ich würde Gott quälen, so wie er uns quält.«

»Jage nicht Hitler nach«, sagte Johannes. »Das ist Zeitverschwendung. Jage dem Frieden nach! Du darfst Gott nachjagen, er lässt sich von dir fangen. Er sehnt sich nach dir. Er möchte alle deine Fragen beantworten, nicht erst im Himmel, sondern jetzt schon. Wenn Gott alles von vorneherein verhindern würde, dann wären wir Marionetten und keine Menschen mehr. Dann wäre Gott ein Diktator, so wie Hitler.«

Aneta schwieg. Sie schaute mit traurigen Augen auf den Tisch.

»Wenn du möchtest, sag allen, dass ich Gesprächskreise bei mir zu Hause anbieten werde, wir zusammen, Eduard, Hermann und ich. An den Abenden, wenn ihr mit der Arbeit fertig seid, wenn ihr kommen könnt. Wir wollen über Nächstenliebe reden, darüber, wie Gott ist, darüber, wie er Hitler zulassen kann. Jeder ist eingeladen. Piotr und was sie mit ihm gemacht haben, hat mir noch mal bestätigt, dass ich dies tun soll. Euch zu mir einladen!«

»Bringst du dich nicht in Gefahr? Lade besser nur die Soldaten ein. Sie sollen hören, was du zu sagen hast!«, sagte Aneta.

»Weißt du, ich habe mich schon in Gefahr gebracht. Allein schon durch das Abhören der Auslandssender. Das wird schwer bestraft.« Johannes stand auf und zog eine Kiste Kartoffeln unter dem Küchenschrank hervor. »Für dich, Anton und das Kind. Frag mich nicht, woher ich es habe. Es sollte für Weihnachten sein. Aber ihr sollt satt und gesund bleiben. Und jetzt lass uns hoffen für Piotr!«

»Und du selbst?«

»Ich bin nur einer. Und Johanna, sie sorgt für uns. Glaub mir, Aneta: Gott hat Europa nicht vergessen. Es mag so aussehen. Aber ich glaube es nicht. Was nützt unserem Land der Gewinn der ganzen Welt, wenn wir unser Herz verlieren?«

»Was nützt eurem Land denn?«

»Das ist die Frage. Darüber muss ich nachdenken. Und jetzt werde ich einen Arzt suchen.«

Wenn Aneta ein Untermensch war, dann war er eine Kiste Kartoffeln.

12

Alle vier zusammen

»Das Wichtigste ist: dass wir unseren Weg zu Gott weitergehen.«

»Jetzt ist es so weit! In wenigen Stunden habe ich meinen Lebensweg vollendet! Der Herr über Leben und Tod, Christus, mein König, holt mich heim zu sich.«

17. Dezember 1941

Eduard, Hermann und Johannes saßen wieder im Wohnzimmer zusammen. Draußen wurde es dunkel. Hermann, ein Jahr jünger als die anderen beiden, saß wie stets ruhig und nachdenklich in seinem Sessel in der Ecke, die langen Beine übereinandergeschlagen. Johannes, stark und hochgewachsen, hatte es sich auf einem Klappstuhl bequem gemacht. Eduard stand am Tisch und sortierte Papier.

»Ich konnte keinen Arzt finden«, sagte Johannes traurig. »Ich bin fassungslos, dass keiner helfen will. Rafał sucht noch immer. Und bald ist vierter Advent.«

»Es ist ganz klar ein Angriff auf das Christentum«, sagte Hermann eindringlich. »Diese rätselhaften Gräueltaten um uns herum.«

»So rätselhaft sind die gar nicht mehr«, sagte Johannes mit seiner sonoren Bassstimme. »Die Juden und viele andere von den Nationalsozialisten als *lebensunwert* angesehenen Menschen werden verachtet. Gehasst. Verfolgt. Speziell Juden sollen umgebracht werden. Erinnert ihr euch an die Lieder, die die SA schon in den frühen Dreißigerjahren auf offener Straße gesungen hat? Sie haben einen Boden bereitet für Entrechtung und Verfolgung. Ermordung ist nicht mehr weit.«

»Ich verstehe diesen Rassenhass nicht. Ein jüdischer Arzt hat mein Augenlicht gerettet. Ich war drei Jahre alt. Damals meinte ein anderer Junge, mir einfach eine Handvoll Kalk ins Gesicht schütten zu müssen«, erzählte Hermann. »Ohne Dr. Sternberg wäre ich jetzt blind. Ich bin ihm dankbar, dass er mir geholfen und mich sofort behandelt hat. Wie könnte ich Juden verachten? Ich lehne diesen um sich greifenden Judenhass ab. Intelligente, gewissenhafte, künstlerische Menschen sind das! Das muss Neid sein. Hass ist Neid.«

»Wir werden also etwas unternehmen, jeder von uns auf seine Weise«, sagte Johannes. »Wir halten und arbeiten zusammen und sollten uns nicht darauf ausruhen, dass wir selbst ein sicheres Leben führen könnten, während andere verfolgt werden. Wie könnten wir schweigen? Wozu die prächtige Priesterweihe im Osnabrücker Dom, wenn wir uns jetzt um die eigene Sicherheit kümmern und nur um unser Wohlergehen bemüht sind? Wir leben hier in einem schönen großen Haus mit wunderschönem Garten, Terrasse, Balkon. Aber wozu sind wir Geistliche, wenn es uns jetzt um Bequemlichkeit, Bildung und die eigene Ehre geht anstatt um die Menschen um uns herum in dieser Stadt?«

»Es geht um Gottes Ehre. Es geht um das göttliche Vaterhaus!«, sagte Hermann. »Ich liebe meinen irdischen Vater sehr. Er vermittelt mir ein Bild von dem, wie Gott als Vater zu uns Menschen sein muss, wie liebevoll Jesus ist.«

»Vergiss nicht, du hast die Härten des Lebens bisher nicht wirklich am eigenen Leib erfahren«, sagte Eduard. »Du bist wohlbehütet aufgewachsen im Gegensatz zu Johannes und mir. Man kann Elend nicht erlesen, um zu verstehen. Man muss Not am eigenen Leib erfahren haben, um sie zu begreifen. Wie wirst du reagieren, wenn du auf dich alleine gestellt bist, der Gestapo komplett ausgeliefert? Wenn deine Eltern dich nicht trösten und schützen können, wenn man dich einen *Verräter des Vaterlandes und des Deutschen Reiches* nennt? Wenn dein Vater nicht bei dir ist? Ich weiß, dass mein Weg wohl ins KZ gehen wird, weil ich nicht schweigen werde. Ich bin bereit. Es geht um Christus, den König.«

»Ich schreibe zwar meinen Eltern regelmäßig Briefe, wie dankbar ich ihnen bin. Aber das heißt nicht, dass ich naiv bin und Hitler nachgeben werde, wenn es drauf ankommt. Ich weiß nicht genau, was die kirchliche Hierarchie über all das denkt. Ich bin unsicher. Aber die Gestapo kann mich ruhig verhaften und an die Front senden. Meinst du, ich werde tatenlos zusehen, wie der christusfeindliche Geist der Nationalsozialisten in unserem Land immer weiter um sich greift?«, rief Hermann. Er räusperte sich.

Alle schwiegen.

»Ich habe nachgedacht und werde soldatische Gruppenabende anbieten«, sagte Hermann. »Für die jungen Männer, die heimkehren, für verwundete und erschöpfte Soldaten.«

»Das klingt gut. Sei aber vorsichtig. Immer langsam. Lass nichts liegen. Vergiss nicht: Hausdurchsuchungen sind nicht ohne!«, warnte Eduard. »Ich erinnere mich noch gut, wie sie mich verhört haben!«

»Sicher nicht. Machst du dir Sorgen um mich? Ich bin doch kein Kind mehr. Und was werdet *ihr* tun?«

Es klingelte unten an der Tür. Johannes sprang auf und lief nach unten. Draußen stand Fritz Stellbrink, der evangelische Pfarrer der Lutherkirche.

»Komm rein, Fritz!«, rief Johannes erfreut. »Wie schön, dich zu sehen!«

»Störe ich nicht?«

»Im Gegenteil! Sei willkommen.« Johannes vertraute dem Pfarrer. Er sah in den Augen des siebzehn Jahre älteren Mannes eine tiefe Sehnsucht nach Frieden, dazu Ruhe und Gelassenheit.

Als sie ins Wohnzimmer traten, sagte Eduard gerade: »Wenn ich meine Vögel betrachte, genieße ich es, wie wenig sie von Politik und *deutscher Seele* sprechen.«

Hermann lachte. »Vögel sprechen gar nicht!«

»Sie machen Musik«, sagte Fritz Stellbrink. »Das ist ihre Sprache.«

»Richtig!« Eduard nickte und stand auf. »Eine Sprache voll Lob, eine ohne Verachtung und Häresie. Das brauche ich einfach mal zwischendurch.« Eduard klopfte dem evangelischen Pfarrer freundschaftlich und respektvoll auf die Schulter. »Wir sollten mal wieder etwas singen, Fritz ist hier. Johannes, hol deine Gitarre!«

»Ich wollte eigentlich mit euch darüber reden, was ich im Radio erfahren habe«, sagte Fritz.

»Und ja, ich würde wirklich gern mit euch singen und danach wieder ein paar Schallplatten anhören. Von diesem Grafen von Galen, der mich so beeindruckt hat das letzte Mal.«

»Du bist eben ein Künstler, Fritz. Ich habe deine schönen Zeichnungen von Vögeln und Pflanzen gesehen und bin mir ziemlich sicher, dass du Lieder komponierst«, sagte Eduard.

»Künstler? Ach was. Ich hätte gern Kunst und Malerei studiert, das stimmt. Ja, ich wäre beinahe auf die Kunstakademie in Düsseldorf gegangen. Aber mein Weg sollte ein anderer werden, warum auch immer. Und es wurde zunächst ein langer Weg voll Verirrungen und Verblendungen. Aber ich habe mich abgesetzt. Deswegen bin ich hier. Ich höre euch gern zu und denke neu nach. Ich muss meinen Geist füllen mit der Wahrheit. Ich habe lange genug Gift als Nahrung erhalten, eine Art völkisches Gift, vor allem in Spandau im Internat. Das Gift hat viel zu lange angehalten.«

»Du wirst noch gebraucht«, sagte Eduard. »Nun setz dich. Möchtest du Tee?«

Fritz nickte und ließ sich am Fenster in einen Sessel fallen. Er rieb sich erschöpft das Gesicht.

»Bist du müde? Was ist los?«, fragte Johannes. »Hast du Sorgen wegen der Kinder?«

»Nein, nein. Es ist nur: Zwei meiner Großen sind schon längere Zeit aus der HJ ausgetreten. Sie wollten einfach wieder evangelische Jugend leben. Dafür ließ die Hitlerjugend ja keine Zeit mehr. Für nichts anderes mehr. Außerdem wurden sie immer wieder verspottet. Unter anderem, weil ihr Vater Pfarrer ist und weil sie selbst ab und zu von Gott geredet haben. Es lässt sich eben doch nicht verbinden. Im Gegenteil. Christentum und Nationalsozialismus sind Gegensätze. Das habe ich nun verstanden. Ich habe nun nur etwas Sorge – was nun weiter geschieht … mit meinen Kindern, mit mir, mit meiner Familie.«

»Wir werden für deine Familie beten und sie segnen. Jetzt hier und jeden Abend. Wir alle drei«, sagte Johannes. »Verlass dich auf uns. Wir sind deine Freunde.« Seine großen Augen richteten sich auf Fritz. »Viele meiner Glaubensbrüder sind ins KZ gegangen. Jakob. Clemente. Karl Leisner. Ich bin bereit, denselben Weg zu gehen. Ja, ich für meinen Teil bin froh, kein Aushilfspriester mehr zu sein. Hier in Lübeck können wir nun wirklich etwas bewegen, wir alle vier. Hier sind wir endlich angekommen. Dieses Wir-Gefühl von Eduard hat auch mich durchdrungen.«

Eduard lachte.

»Das hier ist keine kurze Vertretung!«, fuhr Johannes fort. »In der Bibel habe ich heute Morgen gelesen: *Als Diener Christi soll man uns betrachten und als Verwalter von Geheim-*

nissen Gottes. Von Verwaltern aber verlangt man, dass sie sich treu erweisen. Und treu möchten wir doch sein. Unser Beruf ist unsere Berufung, kein Brotberuf.«

»1. Korinther 4«, sagte Hermann.

»Der Intellektuelle weiß es wie aus der Pistole geschossen«, meinte Eduard grinsend. »Ob du es glaubst oder nicht, Fritz, ich habe früher als Tischler gearbeitet und dann Arbeitslosigkeit erlebt. Mit Studieren war lange nichts bei mir. Ich könnte nicht alles mal eben so auswendig aus der Bibel zitieren.«

»Ich weiß es sogar noch genauer: 1. Korinther 4,1–2«, sagte Hermann lächelnd.

»Ruf es in die Welt hinaus«, antwortete Johannes.

»Unser Papst dagegen schweigt in letzter Zeit, aber die Platten mit seinen Predigten höre ich noch immer täglich«, murmelte Eduard.

»Es ist die ältere Generation, die ängstlicher ist, sich gegen Staat und Regierung zu stellen. Und was soll Papst Pius XII. genau machen? Mussolini und seine Faschisten umrunden den Vatikan. Ist der Papst lebensmüde? Mussolini ist ein Verbündeter Hitlers, war sogar dessen Vorbild, was die Errichtung einer Diktatur angeht und die faschistische Bewegung, was die ganze nationalsozialistische Bewegung betrifft. In der konkreten Judenverfolgung ist wiederum Hitler ein Vorbild für Mussolini«, sagte Johannes. »Mussolini verfolgt die Juden nach Hitlers Vorbild.«

»Woher weißt du das alles?«

»Ich höre die Auslandssender. Der Papst-Vorgänger Pius XI. konnte sich 1939 sicher noch nicht vorstellen, was wirklich passieren wird, als er im Sterben lag und der Krieg losging!«

»Doch, das konnte er, das glaube ich. Krieg ist für mich schon seit 1933, seit der Bücherverbrennung. Und sicher nicht nur für mich«, sagte Eduard. »Der Papst wacht hoffentlich noch auf aus seiner neutralen Rolle. Wie kann man heute neutral sein und schweigen? Er sieht doch, was mit den Juden und anderen Völkergruppen in seinem eigenen Land passiert!«

Johannes zog sich eine zweite Jacke über. Das Holz zum Heizen reichte nicht, um die große Stube warm zu halten. Lebensmittel und Brennmaterial wurden immer knapper.

»Ich möchte jedenfalls nicht ohnmächtig und klein zusehen!«, sagte Johannes.

»Klein auf jeden Fall nicht!«, meinte Fritz und grinste.

»Neulich war ein evangelischer Pastor bei uns im Pfarrhaus. Wie hieß er noch gleich? Fritz! Er hat die Platten mitgehört und war völlig begeistert. Von unserem Papst!«, sagte Johannes lachend und nickte dem Pfarrer zu.

Fritz nickte. »Das stimmt. Ich war begeistert und bin überrascht. Endlich sprach mir jemand aus der Seele!«

»Noch vor nicht allzu langer Zeit war dieser Fritz ziemlich angetan von der NSDAP.«

»Dieser Fritz ist im Wandel«, sagte Fritz.

Eduard sah ihn ernst an. »Ja, Fritz ist im Wandel. Wie sagt der Papst? Man entzieht der Jugend den segensreichen Einfluss der christlichen Familie, entfremdet sie der Kirche, erschwert und behindert die Seelsorge. So Pius XII. Ja, und unser Karl Friedrich hier sieht es genauso. Er nickte die ganze Zeit mit dem Kopf und sagte, in seiner Gemeinde sehe es ganz so aus.«

»So ist es auch. Bei euch ist die Kirche voll, aber bei mir? Die Jugend wird immer mehr abgeworben hin zur Hitlerjugend. Und obwohl ich für über 15 000 Seelen zuständig bin, was eine völlige Überforderung darstellt, wird die Kirche sonntags dennoch immer leerer.«

Die jungen Männer schwiegen eine Weile betroffen.

Fritz sagte: »Ich begreife nicht, was vor sich geht. Ich bin fast fünfzig und kann es dennoch nicht fassen. Es geht mir ja nicht um einen Widerstandskampf gegen Hitler. Aber wir müssen etwas tun. Ich interessiere mich für die Theologie, für die Geisteswissenschaft, für die Allgemeinbildung. Ich habe schon immer das Selbststudium geliebt und bin den Dingen auf den Grund gegangen. Bin ich ein Held? Nein. Meine linke Hand ist seit der Front im Ersten Weltkrieg verkrüppelt. Ich müsste eigentlich schon längst wissen, wie sinnlos Krieg ist. Krieg ist buchstäblich verstümmelnd. Ich bin ein solider Familienvater, kein Held. Und doch bin ich ja noch glimpflich davongekommen. Andere haben keine Beine mehr. Ich kann es nicht mehr mit ansehen, wie junge Männer an der Front fallen, kaum achtzehn Jahre alt und gerade ihr Abitur frisch in der Tasche, die Zukunft vor sich. Wie kann ich einem jungen Mann empfehlen, freiwillig in den Krieg zu gehen? Ich kann und werde das nicht mehr. Im Gegenteil. Ich werde jedem abraten, sich freiwillig zu melden. Die HJ erzählt den lieben langen Tag etwas anderes. Vor allem jetzt, wo verborgen Panikstimmung nach den militärischen Niederlagen aufzukommen scheint.«

»Du bist ein sehr begabter Prediger, habe ich gehört«, sagte Hermann. »Ich möchte dich gern predigen hören.«

»Komm einfach in die Lutherkirche«, sagte Fritz lächelnd.

»Ich werde es mir überlegen.«

Es klopfte und Dekan Albert Bültel steckte seinen Kopf durch die Tür. »Alles in Ordnung hier drinnen?« Er musterte Fritz Stellbrink neugierig.

»Kommen Sie herein!«, sagte Johannes sofort. »Mach Platz für unsern Dekan, Hermann!«

Albert Bültel wehrte ab. »Ich lass euch Jungen mal alleine«, sagte er.

Fritz lachte.

»Ich für meinen Teil verehre unseren verstorbenen Papst Pius XI. und seine wundervolle Botschaft *Mit brennender Sorge*«, sagte Hermann schließlich, als sie wieder alleine waren.

»Das sind doch auch deutliche Worte. Die waren wie ein Donnerschlag am Ende meines Studiums, das sag ich euch, das weiß ich noch. Sein Stellvertreter äußert sich nicht klar genug, wie ich finde. Er ist vom ängstlichen alten Schlag.«

»Obwohl ich nun schon lange nicht mehr an der Uni bin, habe ich gehört, dass mein Professor Schmidlin tatsächlich auch nie glücklich über das anhaltende Verstummen unseres Papstes und einiger Bischöfe war«, sagte Johannes.

»Ganz zu schweigen von der evangelischen deutschen Kirche«, sagte Fritz bedrückt. »Was da geglaubt und gesagt wird, ist doppelzüngig und schlicht feige.«

»Ganz Italien hat nicht begriffen. Sie denken, der Krieg dauere nur ein paar Monate. Aber seit 1933 sind viele Jahre vergangen. Sehr viele.« Hermann seufzte.

Fritz nickte. »Faschisten begreifen nicht. Genauso wenig wie unser eigenes Land begreift. Der Judenhass und alles, was damit in Zusammenhang steht, ist keine Ideologie, sondern ein Verbrechen. Die Spuren werden verwischt, wie es Verbrecher tun, die raffiniert vorgehen, weil sie ganz genau wissen, dass sie bestraft werden und dass sie Böses tun. Sie verschleiern, für den Fall, dass sie entlarvt werden. Dann will es keiner gewesen sein. Eklatante Kriegsverbrechen für die eigene Macht. Die Neuheiden stimmen Hitler zu. Sie lieben die antichristlichen Grundsätze und Begriffe! Immer mehr treten aus der Kirche aus.«

Hermann setzte seine Brille ab und wieder auf. »Wo ist die geistespolitische Auseinandersetzung mit dem Nationalsozialismus? Es gibt so viele Neuheiden! Sie schießen wie Pilze aus dem Boden! Wir können diese Menschen doch nicht alle in die Dunkelheit laufen lassen wie Schafe!«

»Wie wollen wir sie aufhalten? Mit abstrakten dogmatischen Predigten werden wir sie sicher nicht erreichen oder vom Diabolischen befreien können. Wir müssen sie von Gottes Liebe überzeugen, Hermann«, sagte Johannes.

»Hör mal, Johannes, meine Predigten sind weder dogmatisch noch abstrakt. Nicht allein durch mich haben wir jeden Sonntag ein volles Haus! Und überzeugen möchte ich niemanden! Die Juden stehen zu ihrem Glauben bis zum Schluss, wie auch wir zu unserem Glauben stehen sollten bis zum Schluss!«

»Schon gut, schon gut, Hermann. Du hast ja recht. Ich predige eben lieber aus dem Bauch heraus und bin nicht so belesen wie du. Dafür hast du für Hebräisch viel länger gebraucht als ich.«

Hermann grinste herzlich zurück. »Ja, Hebräisch habe ich wirklich sehr ungern gepaukt. Mein Bruder Paul ist viel besser. Ich bin stolz auf meinen kleinen Bruder. Er ist auf dem besten Weg, ein klügerer Priester zu werden als ich.«

»Kaum möglich«, brummte Johannes. »Besser, klüger als du? Mein kleiner Bruder heißt ja übrigens auch Paul. Er hat sich leider von der Kirche abgewandt; letztes Jahr habe ich seinen Sohn Peter noch taufen dürfen.«

Stellbrink stand auf. »Ich weiß es nun. Hitlers Ziel ist es, die Kirche auszurotten, den Glauben. Er ist nicht nur Atheist, sondern direkt gegen das Christentum. Er schwört auf Germanenkult. Wie lassen sich Germanentum und Christentum miteinander verbinden? Wie Kommunismus und Christentum? Gar nicht. Ich sehe es doch. Ich sehne mich in unserem Land wieder nach dem Einfluss der christlichen Kirche!«

Wieder schwiegen sie eine Weile. Jeder hing seinen eigenen Gedanken nach.

»Ich habe vieles aus Idealismus getan. Aus Leidenschaft. Mir sind nun die Augen aufgegangen, was es mit dem Führer auf sich hat. Mit aller Konsequenz muss ich meinen Weg und meinen Kurs ändern. Vielleicht hält man mich für fanatisch. Aber das ist mir egal!«, sagte Fritz.

»Du liebst die Wahrheit genauso wie wir. Es kann eben so nicht weitergehen. Wir werden nicht mitspielen bei diesem

Wahnsinn! Ich kann beinahe noch nicht fassen, dass niemand auf die Idee gekommen ist, Hitler aus dem Weg zu räumen«, sagte Johannes.

»Wir wissen nicht, ob und wie viele Attentate es bereits auf Hitler gab«, sagte Fritz. »Doch es sind sicher einige verübt worden, denn in unserem Land leben bestimmt mehr Mutige, als wir denken, die beinahe alles tun würden, um diesem Albtraum ein Ende zu bereiten!«

»Gott ist ein guter Vater, auch für Deutschland. Er weiß, was er tun wird. Und er wird tun, was getan werden muss«, sagte Hermann.

»Ich finde es schön, dass du einen guten Vater hast, Hermann«, sagte Eduard. »Fast beneide ich dich etwas darum. Und dass deine Eltern noch leben. Mein Vater war nur äußerlich gläubig. Er wurde ein Lebemann. Er hat meine Mutter und seine sieben Kinder einfach verlassen und sich in eine andere Frau verliebt. Du kannst dir vorstellen, wie schwierig unsere finanziellen Verhältnisse wurden, als er fortging, wie groß die wirtschaftliche Not. Und wie schlimm es für mich war, dass meine Familie auseinanderbrach. Trotzdem. Wenn man mich fragte, was ich werden wollte, wenn ich groß bin ... Ich wollte schon immer für und in der Kirche arbeiten. Auch wenn ich nicht heiraten darf als Priester, bin ich glücklich in meiner Berufung. Lange dachte ich, ich könne niemals Priester werden, weil wir so arm waren und ein Studium teuer ist. Deshalb wurde ich Tischlergeselle, drei Jahre lang. Danach habe ich als Tischler gearbeitet. Die Armut war nicht das Schlimmste, sondern dass ich keinen Vater hatte. Wenn Gott mir nicht als Vater begegnet wäre, ich hätte allen Lebensmut verloren.«

»Vergib ihm, Eduard«, sagte Johannes. »Er wird im Krieg seinen Glauben verloren haben. Oder während der Hungerjahre. Mein Vater hatte für meinen geistlichen Weg auch keinerlei Verständnis. Nur meine Mutter war mir ein Halt.« Johannes seufzte. »Wir lebten lange in desolaten Wohnungen. Meine Kindheit war nicht gerade glanzvoll. Überall massenhafte Arbeitslosigkeit. Deine Gabe für Handwerklichkeit, Eduard, dein praktisches Geschick und dein warmherziges Mitgefühl helfen dir nun und uns. Die Jugendlichen lieben dich. Du hast sogar den Kirchenkeller zu einem Jugendraum umgebaut und dafür einen schmutzigen Overall angezogen. Du gehst mit den Jungs schwimmen und zeigst ihnen, wie man fotografiert. Wer von uns hat da so eine Gabe wie du? Kontemplativ, gelassen und Leiter ohne autoritäre Gesten. Du bist ein Kamerad, ein Hirte, packst an und kennst die Sorgen der kleinen Leute. Können Hermann und ich das so gut wie du?«

Eduard lächelte verlegen. »Also Johannes, in Sachen Mitgefühl macht dir doch keiner was vor ...«

»Und du liebst jedes Geschöpf, auch die Tiere und Pflanzen. Vor allem die Vögel«, sagte Hermann. »Wann wird eigentlich deine Voliere auf der Anbauterrasse im zweiten Stock komplett fertig?«

»Sie ist doch schon längst fertig. Schon seit Sommer! Weißt du das nicht? Willst du mich ärgern? Sag mal, Hermann, findest du das nicht albern, dass ich es mag, Tiere zu pflegen und zu beobachten?«

»Albern? Wie könnte ich dich jemals albern finden? Du bist mein Vorbild in so vielen Bereichen. Du weißt, wie man mit geplagten Müttern spricht; ich musste mir Tonfall und Sprache in solchen Fällen erst mühsam aneignen. Du und Johannes, ihr habt das viel besser drauf. Du kannst zupacken und hast gleichzeitig ein Händchen für Familien in Not, Eduard. Dir vertraut man. Du bist populär. Mehr noch, geradlinig und freundlich. *Dich* wollen die Leiter der Hitlerjugend haben, nicht mich.«

»Du meinst den Besuch der HJ im Sommer und die Hausdurchsuchung. Das war schrecklich. Aber könnte ich nicht viel mehr tun?«, fragte Eduard. »Es treffen zwei Reiche in unserer Zeit aufeinander. Das Reich Gottes und ein dämonisches. Wie könnte ich mich für die Hitlerjugend abwerben lassen? Du hast Fritz doch gehört. So ist es, wie er es sagt. Da kann mir der HJ-Bannführer noch viel schreiben. Ich bleibe meinem Christus und meinem heiligen Beruf treu. Zwingen kann er mich nicht.«

»Vielleicht kann er dich zwingen«, murmelte Fritz.

»Ich werde mich weigern. Ich habe mit meiner Jugend noch viel vor. Ich möchte den Jugendlichen zeigen, was Freiheit und Güte ist. Mein eigener Vater war hart. Ich möchte ihnen einen liebevollen Vater zeigen.«

»Was war so hart an deinem Vater?«, fragte Fritz.

»Was soll ich dir sagen? Er war nie da. Unangenehm war es, dass ich für mein Studium seine Unterschrift brauchte. Er hat völlig gleichgültig unterschrieben, wollte nur sichergehen, dass keinerlei finanzielle Verpflichtung auf ihn zukam. Andere Menschen haben für mich gesorgt. Kaplan Schräder hat Wohltäter für mich gefunden. Er hat sich so für mich ins Zeug gelegt, Spender zu finden, und war doch nur elf Jahre älter als ich.«

»Auch mich hat ein lebendiger, energiegeladener Vikar gefördert«, erzählte Johannes. »Aloys Boecker. Er hatte starken Einfluss auf mich und mein Denken. Er wurde später von der Gestapo schikaniert, in Gottesdiensten randalierte und störte die Gestapo, weil er mit dem System der Diktatur nichts zu tun haben wollte und den gottlosen Hochmut der Nationalsozialisten öffentlich anprangerte. Später wurde er geschlagen und im Nachthemd durch die Stadt geführt. Das hat ihn völlig fertiggemacht. Er ist dieses Jahr verstorben. Ich muss so oft an ihn denken. Es tut mir so leid.«

»Du kannst gut mit den Jugendlichen sprechen, Johannes, spielst Gitarre, singst, reparierst ihre Räder, machst Sport mit ihnen, erzählst ihnen Witze mit deiner tiefen Bassstimme …«

»Alles nichts im Vergleich zu dir, Eduard!«

»Wollen wir wetteifern? Du bist ein beliebter Beichtvater und hörst auch den Frauen sanftmütig und gern zu. Ach, die Frauen. Und meine Volksschullehrerin, Maria Meures! Sie hat mich unterstützt, wo immer sie konnte, finanziell, materiell, und mich auch unterrichtet, um mir Jahre des Lernens zu ersparen. Sie hat mich unter ihre gelehrten Fittiche genommen mit Privatstunden in Latein, Griechisch, Mathematik«, sagte Eduard.

»Bei mir war es Anna Ostarek«, erklärte Johannes. »Eine resolute Freundin meiner Mutter. Sie nannte Hitler einen Blutsäufer. Ohne ihre enorme finanzielle Großzügigkeit hätte ich nie studieren können. Meine Mutter hat sich jedes Mal zu Tode erschrocken, wenn Anna Hitler als Massenmörder beschimpfte.«

Fritz nickte und sagte: »Ja, es sind die Frauen. Was wäre ich ohne meine Hildegard? Sie ist treu und liebevoll, eine gute Mutter und immer an meiner Seite. Und wie ging es bei dir weiter, Eduard?«

»Die Leidenschaft meiner Mutter, mir zu helfen, war ein Geschenk Gottes, ihr starker Rückhalt. Niemand hat die Gleichgültigkeit meines Vaters verstanden. Leider wurde er mit seinem Verhalten ein schlechtes Vorbild für meine großen Brüder. Sie sind dem Beispiel meines Vaters in ihrem Lebensstil gefolgt. Meine vier großen Geschwister traten aus der Kirche aus wie er. Ich habe meinen Vater besucht, aber er wollte vom Glauben und auch von mir nichts wissen.«

»Warum hast du dein Leben Gott gegeben, Eduard? Was hat dich motiviert?«

»Es gibt keine Zufälle. Bernhard Schräder und Maria Meures sind gerade dann in meine Stadt gekommen, als ich sie brauchte. Sie wurden geradezu dahingesetzt und dann meine Hauptförderer. Gott wollte scheinbar, dass ich meiner Berufung nachgehen kann, obwohl meine Familie zerbrach, worunter ich bis heute leide. Ich konnte aber das liebevolle Vorbild meiner Mutter nicht vergessen. Durch sie weiß ich, dass Gott existiert. Wie hätte ich ihn verleugnen können, trotz allem, was um mich herum zusammenbrach? Auch wenn die anderen Kinder aus der Schule über mich und unseren davongelaufenen Vater tuschelten. Auch wenn meiner Mutter nachgesagt wurde, sie sei selbst schuld, diesen Mann überhaupt geheiratet zu haben.« Eduard brach ab.

Auch Hermann fuhr sich über die Augen. Er hatte viel geredet für seine Verhältnisse und fühlte mit Eduard mit. Oft saß Hermann ruhig und nachdenklich dabei, wenn sie abends zusammensaßen, und sagte kein Wort.

»Ich war sechs Jahre alt, als ich Bischof Berning traf. Er hat sich meiner angekommen, dabei war er nur auf Besuch. Ihm war ich nicht egal, nicht peinlich«, sagte Eduard.

»Ja, der Bischof Berning war auch mir Vaterfigur und Vorbild«, sagte Hermann und nickte.

»Mir hat er die Erlaubnis zum Studium erteilt«, erzählte Johannes. »Ich habe ihn einfach darum gebeten. Das war 1931. Ich hoffe, er fand mich nicht zu frech.«

»Ach, du warst ein hervorragender Student, selbstbewusst, hast sogar Kirchenmusik belegt«, sagte Eduard.

»Als Neupriester schickte Berning mich an einen Ort hinter der Welt«, sagte Johannes und lachte. »Wittenburg. Wer kennt das schon? Die Gottesdienste fanden im Wirtshaussaal statt. Die Biertische wurden meine Kanzel. Es roch immer nach Alkohol. Ich musste die Kringel der letzten Biergläser vom Tisch wischen. Da lernt man Demut, das sag ich euch. Zu den letzten Ölungen fuhr ich mit einem klapprigen Rad.«

»Wurdest du nicht dort schon von der Gestapo beobachtet, Johannes?«

»Ja. Meine Predigten überschritten *das Erlaubte*. So hatte ich bald eine interessante Begegnung mit der Staatspolizei. Mein Tun und Treiben wurde wortwörtlich infrage gestellt.«

»Wolltest du deswegen fort aus Wittenburg, Johannes? Deine Schäfchen aber wollten dich doch gar nicht gehen lassen?«

»Ja, meine Schafe wollten mich für die Verständigung mit den ausländischen Arbeitern, wegen meinen Sprachkenntnissen. Ich wusste von den Autobahnlagern und den vielen Polen und Tschechen und Ungarn. Ich wollte für sie alle da sein. Aber Bischof Berning wusste auch, dass ich in Wittenburg litt. Ich wurde krank. Zwar hatte ich eine wunderbare Helferin, die junge Maria Esser. Aber der Widerstand war mir damals zu groß und die Seelsorge ging über meine Kräfte. Ich war völlig überfordert, erschöpft und ausgebrannt.«

»Nannten sie dich nicht in Wittenburg einen *Mann nach dem Herzen Gottes*?«

Johannes wurde rot. »Das mag sein. Ich bin auch dankbar. Aber genauso froh, jetzt hier in Lübeck zu sein.«

Es klopfte. Tante Johanna trat leise ein. Überrascht, aber freundlich blickte sie zu Fritz Stellbrink herüber. »Guten Abend, Kapläne, es ist spät. In der Küche habe ich noch etwas angerichtet. Ich gehe nun schlafen.«

»Gute Nacht, liebe Tante Hanna«, sagte Johannes, sprang auf und drückte ihr die Hand. »Wir gehen auch bald zu Bett. Vielen herzlichen Dank für alles.«

Leise schloss die Haushälterin die Tür.

»Hast du Hunger, Fritz? Nimm auch etwas für deine Kinder mit.«

»Warum wolltet ihr eigentlich Priester werden?«, fragte Johannes nach einer Weile.

»Mich haben die Ordensschwestern beeindruckt«, sagte Eduard. »Allen voran meine Kindergärtnerin Schwester Guda von den *Grauen Schwestern von der heiligen Elisabeth*, gegründet von Maria Merkert, hat mir einprägsam und unauslöschlich die Barmherzigkeit Gottes vor Augen geführt, ohne die ich vielleicht verbittert geworden wäre. Wie dankbar bin ich diesen Frauen! Wie dankbar bin ich Schwester Guda!«, sagte Eduard. »Ich spielte schon als Kind Gottesdienst mit den Nachbarskindern. Schwester Guda hat mich ermutigt und mir geholfen, meinen Lebenstraum zu verwirklichen. Ich schreibe ihr bis heute. Ich musste zwar erst einen Umweg über die Tischlerlehre machen, bis ich ans Studieren kam. Aber ich wusste, es geht um unseren großen König Jesus Christus. Ihm wollte ich gefallen, bis heute. Du, Hermann, schreibst deinem Vater Dankesbriefe, ich dagegen meiner Kindergärtnerin und meiner Lehrerin.«

»Du bist nicht nur Arbeiter. Du bist Künstler. Deine Fotos von deinen Reisen mit dem Fahrrad und per Autostopp in die Ferien sind wunderschön. Und die Fotos vom Bischofsjubiläum, von Bischof Keller und von deiner Begegnung mit Graf von Galen! Alles ergreifende Fotos. Ich habe sie gern immer und immer wieder gesehen«, sagte Johannes.

»Wir müssen die Schriften Graf von Galens weitergeben, notfalls unter der Hand«, sagte Eduard. »Aber übertreibe nicht, Johannes, Fotografieren ist mein Hobby, es macht mir Spaß. Alles genauestens sortiert, von Rom, Neapel, Jugoslawien, vom Bodensee, das wisst ihr ja. Habe ich euch nicht genötigt, alles anzusehen? War es nicht langweilig für euch? Wie sehr wollte ich die weite Welt sehen. Wie sehnsüchtig war ich danach. Ach, wie viele Helfer und Vorbilder ich schon auf meinem Lebensweg hatte, das fällt mir jetzt erst auf. Meine Mutter, meine Kindergärtnerin, meine Lehrerin, mein Bischof und Kaplan Schräder. Und mein Schwesterchen Lisbeth, die sich heute im Orden Schwester Eduarda nennt, aus Liebe zu mir, stellt euch das vor! *Schwester Eduarda*! Ich hoffe, sie kommt bald, mich zu sehen und uns zu besuchen. Sie nennt mich *Heldenbruder* und meint es völlig ernst. Ihr müsst sie unbedingt kennenlernen!« Eduard holte tief Luft. »Ja, und meine Mutter besuchte ich, so oft ich konnte, in den

Ferien, als sie noch lebte. Nun ist sie tot. Ich vermisse sie sehr. Und mein Vater? Auch er starb. Aber ... an der Beerdigung meines Vaters habe ich nicht teilgenommen, was ich nun sehr bereue. Ich war zu zornig. Eigentlich sind Vater und Mutter doch das nächste Familienmitglied, was man hat. Aber ich bin nicht hingegangen. Ich habe sehr unter seiner Ablehnung und unter unserer Armut seit seines Weggangs gelitten, müsst ihr wissen, das gebe ich nur euch gegenüber zu und würde es nie jemand anderem sagen. Seine Unterstützung hat mir so sehr gefehlt. Wie oft konnte ich im Studienheim Sankt Klemens das Schulgeld nicht bezahlen. Daher war ich oft enttäuscht von meinem Vater. Er hat sich nie gekümmert oder mir etwas geschenkt. Er war daran schuld, dass ich immer andere um Geld bitten musste. Meiner Mutter und meiner Lehrerin Maria konnte ich meine Not klagen. Schon das Allernötigste wie Zahnpasta und warme Schuhe haben mir gefehlt. Es ist mir bis heute peinlich, dass ich auf so viel Hilfe angewiesen war. Ich hatte gute Noten und war beliebt. Dennoch, ich erinnere mich nicht gern an das Studienheim, wegen meines Mangels, für den ich nichts konnte. Aber Gott hat mich niemals im Stich gelassen, nie vergessen, auch wenn es mein eigener Vater tat.«

Alle sahen Eduard freundlich an.

»Weswegen wurdest *du* eigentlich Priester, Hermann? War es nicht wegen deines Onkels, der in Bremen predigt?«, fragte Johannes.

»Ja. Ich bin sein Patenkind und wollte ihm nachfolgen, möchte es bis heute. Er ist hochgebildet und promoviert und gleichzeitig voller Liebe und Güte.«

»Du möchtest also im Dom predigen? Domprediger werden?«

»Ich glaube schon. Mein Onkel hat immer gern gelesen und gelernt, genauso wie ich. Er versprach mir seine Bibliothek!«

»Und wahrscheinlich die ganze Nachfolge, wenn er tot ist?«, fragte Johannes.

»Hast du nicht erzählt, es geht ihm zurzeit oft gesundheitlich nicht gut, er leidet unter der Zuckerkrankheit?«, fragte Fritz.

Hermann runzelte die Stirn. »Ich bin hier, wo ich jetzt bin, glücklich und spekuliere nicht, was noch alles wird und kommt. Und den Tod meines Onkels wünsche ich mir am allerwenigsten. Meine Kräfte in den Dienst einer wertvollen Sache stellen zu können, für Gott zu leben, darum geht es mir! Auch wenn ich nun mal reich und behütet aufgewachsen bin.«

»Wenn unser Weg ins KZ geht, gehen wir ihn«, sagte Eduard. »Soll die Gestapo kommen! Sind nicht schon andere Priester dort, die sich nicht beugen wollten?«

»So sollten wir lieber nicht reden«, sagte Fritz.

»Viele Menschen sehen nicht, was um uns herum passiert!«, meinte Hermann. »Mein bester Freund Mattes, Matthias Kurp, ist gerade vor Leningrad gefallen! Er hat die weiter andauernde Blockade der Heeresgruppe nicht überlebt. Er hinterlässt seine Frau, drei kleine Töchter und ein drei Monate altes Baby!«

Eduard seufzte. »Ich weiß, wie es ist, ohne Vater aufzuwachsen. Die arme Mutter der Kinder!«

Keiner wusste mehr, wie er die Not in Worte fassen sollte.

»Was ist mit dir, Johannes? Warum wolltest du Priester werden?«, fragte Fritz schließlich.

»Ich weiß nicht. Ich wollte es schon immer. Menschen wie mein Professor Schmidlin an der Uni in Münster haben mir gezeigt, was Glaube eigentlich bedeutet. Er bot dem Hitlerstaat schon damals die Stirn. Die Kirche liebt das deutsche Vaterland und will nicht, dass es untergeht. Sie will diesem diabolischen Mythos eines Führers die Wahrheit entgegenhalten!«

»So wollen wir unser Land nicht im Stich lassen«, sagte Fritz.

»Aber die Propaganda läuft weiter«, rief Johannes. »Jemand muss diesen verrückten Feldzug stoppen.«

»Also Gruppenabende«, sagte Eduard.

»Du hast ja deine Dias und Fotos, Eduard, das ist sehr gut. Du kannst alle deine Gesellenabende als Diaabende tarnen, was du ja auch tust.«

»Ja, seit Sommer«, antwortete Eduard. »Die jungen Leute dürfen mich alles fragen. Und ich darf ihnen alles sagen.«

»Alles sagen? Druckereien werden ohne Entschädigung enteignet, wenn sie etwas anderes drucken, als Hitler will. Predigten, die mit brillanter Feder geschrieben wurden, sind vernichtet worden, Bücher verbrannt. Diese Aktionen *wider den undeutschen Geist* haben sich von Büchern auf Menschenleben verlagert. Menschen werden getötet und verbrannt. Das war abzusehen, findet ihr nicht? Niemand sollte überrascht sein. Oppositionelle werden einfach erniedrigt und ausradiert. Was Adolf Hitler unlieb ist, wird entfernt«, sagte Eduard.

»Mein Vater schrieb, dass ein Freund meines Onkels, Franz Moschner, einfach verhaftet wurde!«, rief Hermann.

»Ich beginne mit den Gruppenabenden zuerst, da ich der Älteste bin. Ich möchte testen, wie gefährlich es wird!« Johannes stand auf.

»Ich bin der Älteste«, sagte Fritz.

Hermann nickte und holte ein Buch.

Johannes schlug sich gegen die Stirn. »Willst du uns etwa wieder ein Gedicht vorlesen, mein lieber Hermann? Meinst du, Lyrik wird Hitler stoppen?«

»Macht Hitler nicht selbst viele Worte, plärrt, schimpft und keift? Ich verstehe nicht, dass die Menschen fahnenschwenkend hinter ihm herlaufen und kreischen! Was ist nur in unser Land gefahren?«, fragte Fritz.

»Hitler macht sich Sorgen um Worte. Sonst würde er ja nicht so viele Bücher und Schriften verbrennen beziehungsweise verbrennen lassen. Und fürchten und verbieten, zum Beispiel *Mit brennender Sorge* und Briefe von Pius XI. und Bischof Graf von Galen«, murmelte Hermann gedankenverloren. Dann las er laut vor: »Du, Vater, du rate. Lenke du und wende. Herr, dir in die Hände sei Anfang und Ende, sei alles gelegt.« Hermann klappte das Buch wieder zu. »Mörike.«

»Und er zitiert noch einen evangelischen Pfarrer und Dichter«, sagte Eduard und lachte fröhlich. »Wie passend!«

Gemeinsam gingen sie hinunter in die Küche und lobten Johanna Rechtien, die für alle eine warme Suppe gekocht hatte. Vor dem Schlafengehen würden sie wieder Radio hören, den deutschsprachigen Sender aus London, der streng verboten war.

Was wollte uns Fritz eigentlich sagen? Er habe etwas aus dem Radio erfahren?, dachte Johannes noch vor dem Einschlafen.

13

Untermenschen

»Darf ich euch bitten, mir zu verzeihen, wenn ich euch bisweilen wehgetan habe?«

»Hier geht alles so ohne alle Schönheit und Poesie zu, so wenig, wie es schön ist, dass vor meinem Fenster die dicken Eisenstäbe in ihrer nüchternen, gewaltsamen Realität sich vor das Stückchen Himmel schieben.«

18. Dezember 1941

Piotr Blaskowicz starb in der Nacht.

Johannes und seine polnischen Freunde beerdigten ihn sehr früh am Morgen. Sie mussten vorsichtig sein, dass niemand sie sah. Das christliche Bestatten von polnischen Zwangsarbeitern war streng verboten. Die Leiche sollte den Behörden übergeben werden. Jakub, Rafał und Igor wollten das aber nicht.

»Warum soll Piotr *den* Menschen ausgehändigt werden, die ihn umgebracht haben?«, rief Igor. »Was werden sie als Nächstes mit ihm tun?«

»Er ist doch schon tot«, sagte Aneta.

Also wurde Piotr heimlich im Wald beerdigt. Geistlichen Beistand durfte Johannes offiziell nicht leisten. Doch er tat den ganzen Morgen nichts anderes. Aneta, Anton, Rafał, Igor, Jakub und die anderen weinten, als der kleine Piotr ohne Sarg in die Erde gelegt wurde. Frauen sangen polnische Lieder. Johannes betete und hielt eine kleine Rede auf Polnisch. Er erzählte, wie er Piotr kennengelernt hatte. Er beruhigte, segnete und ermutigte alle, so gut er konnte.

Besonders Igor brauchte Seelsorge. »Ich bringe diese Männer um! Ich habe mir diesen Dicken gemerkt, der Piotr besonders gehasst hat, ich bringe ihn um!«, zischte er unentwegt.

»Glaubst du, Piotr würde das wollen, dass du andere umbringst?«, fragte Johannes.

»Ich habe mich schon entschieden. Das ist der Augenblick der Wahrheit!«

»Will Piotr, dass du neben ihm in der Erde liegst?«

»Willst du damit sagen, ich habe keine Chance?« Igor rieb sich die Augen. »Du leistest dir eine Menge Liebe, Johannes. Ich kann mir das nicht leisten! Ich kann nicht mal mehr glauben. Warum lässt Gott zu, dass der unschuldige Piotr, noch ein Kind, von deutschen Feiglingen zu Tode geprügelt wird?«

Piotr wurde gegen fünf Uhr früh auf der kleinen Wiese außerhalb der Baracke im Wald zurückgelassen. Jakub und Anton hatten die ganze Nacht geschaufelt, bevor sie Johannes holten.

Vernichtung, dachte Johannes unaufhörlich. Piotr war schon vernichtet worden. Ganz ohne Aufsehen.

Zusammen mit Igor hatte er das Grab fertig ausgehoben und später wieder zugeschüttet. Jetzt steckte Johannes ein kleines Holzkreuz in die Erde. Die kleine Gruppe verließ die Stätte mit gesenktem Kopf.

Hoffentlich würde niemand Falsches die Stelle finden. Er wollte niemanden mit in die Sache hineinziehen, weder Hermann noch Eduard. Es sollte verborgen bleiben, auch wenn es ein Skandal war, der unbedingt aufgedeckt werden sollte. Doch es wurde sehr gefährlich, sich gegen die Nationalsozialisten zu stellen. Wer hätte ihnen geglaubt? Und Johannes konnte auch nichts beweisen. Außerdem würde dann seine Arbeit unter den Zwangsarbeitern auffliegen und er wäre gezwungen, sofort damit aufzuhören.

»Diese Polen sind doch Schweine, keine Menschen, fast so wie die Juden!« Johannes hörte immer noch die Worte des Nachbarn Karl in seinem Kopf. »Sie sollten froh sein, überhaupt für uns arbeiten zu dürfen.«

»Warum sollten sie froh sein, für uns arbeiten zu dürfen?«, hatte Johannes erwidert.

»Für uns, für die Herrenrasse, für das Tausendjährige Reich!«, hatte Karl geantwortet. »Haben Sie nicht auch gehört, was man auf der Straße singt? Wenn's Judenblut vom Messer spritzt, dann geht's noch mal so gut!«

Ja, Johannes hatte diese Lieder gehört. Wie in Trance ging Johannes an diesem Morgen zum Pfarrhaus zurück. Es dämmerte bereits. Alles tat ihm weh, vom Schaufeln, vom Tragen, vom Weinen, von der Not.

Die kleine Frau Huber stand vor der Tür mit einer Schüssel Suppe. Sie sah besorgt und zerbrechlich aus. Johannes war dankbar für die heiße Mahlzeit, ahnte aber, dass das Essen nur Vorwand war, um mit ihm sprechen zu können.

»Suppe zum Frühstück«, sagte er. »Vielen Dank! Das kann ich jetzt gut gebrauchen.«

»Ich wollte gerade wieder gehen, Herr Kaplan. Was sind Sie schon um sieben Uhr früh unterwegs?«, fragte Frau Huber. »Ich habe geklopft, aber niemand machte auf. Wo waren Sie denn?«

Johannes schwieg und öffnete die Haustür. »Kommen Sie doch für einen Becher Kaffee herein. Es wird vielleicht der letzte sein«, sagte er schließlich. »Die Lebensmittelmarken werden knapp.«

»Weil Sie alles verschenken«, sagte Frau Huber streng. »Übrigens, der junge Lüers war ebenfalls da und wollte mit Ihnen sprechen.«

Sie kamen in die große gelbe Küche.

»Sagen Sie Johannes zu mir, Lisa«, sagte Johannes.

Frau Huber errötete. »Ich wollte Sie nur warnen. Jemand hat Sie auf der Untertrave gesehen, zusammen mit den polnischen jungen Männern. Es war auch ein Mädchen dabei. Es wird getuschelt.«

Johannes stellte die großen Tassen auf den Tisch und sagte nichts. Wut stieg in ihm auf.

Tante Johanna tänzelte in diesem Augenblick mit runden weichen Schritten in die Küche. »Guten Morgen!« Überrascht blickte sie auf Frau Huber. »So früh ein Stelldichein? Ich wollte gerade mal sehen, was ich noch zum Frühstück zubereiten kann.« Mit einem Seitenblick auf Johannes öffnete sie die Küchenschränke.

»Nun übertreiben Sie aber, liebe Tante Hanna. Es ist ja nicht so, dass ich die ganze Küche verschenkt habe!«, sagte Johannes.

»Na, so weit käme es noch. Glücklicherweise bin *ich* ja noch da, um nach dem Rechten zu sehen!«, sagte Tante Johanna.

Lisa Huber räusperte sich. »Es spricht sich herum, dass Sie Soldatenabende anbieten wollen, Johannes! Hier, im Pfarrhaus.«

Tante Johanna hielt in ihren Bewegungen inne. »Bitte, Johannes, tun Sie das nicht. Denken Sie an Frau Böhm und diesen Karl, der Polen als Schweine bezeichnet. Für die wird es ein gefundenes Fressen sein, etwas gegen Sie in der Hand zu haben, um Sie an die Gestapo zu verraten. Wollen Sie wieder unter Beobachtung stehen? Fanden Sie das in Wittenburg etwa angenehm? Wenn Sie offen Kritik gegen den Führer äußern, dann …«

»Noch brauchen sie mich ja, warum sollten sie mich denunzieren? Wo bekommen sie sonst einen neuen Geistlichen her, der unterrichtet und ihnen zuhört?«

»Gibt es denn keinen anderen Weg? Sie haben doch so viele Pflichten. Wer soll diese denn ausführen, wenn Sie nicht mehr da sind?« Tante Johanna brach ab.

»Ich bin ja da. Doch unser Leben ist nur eine Zwischenstation«, sagte Johannes. »Es geht mir nicht darum, unbeschadet aus diesem Krieg zu kommen. Es gibt einen wahren Schatz im Himmel. Wir kämpfen ebenfalls an der Front, auch hier in Lübeck.«

»Gott bewahre«, sagte Tante Johanna.

»Passiv zu bleiben, würde ich mir nie verzeihen. Nicht nach Piotr!«

»Was ist mit Piotr?«, fragte Frau Huber.

»Sie haben ihn umgebracht«, antwortete Johannes.

Der Teller fiel aus Tante Johannas Hand und krachte auf den Boden.

Johannes bückte sich nach den Scherben. »Ich wollte es Ihnen eigentlich gar nicht erzählen.«

Frau Huber starrte vor sich hin. »So weit ist es also gekommen«, murmelte sie. »Und das kurz vor Weihnachten!«

»Warum wählen Sie vor unseren Augen einen Leidensweg?«, rief Tante Johanna. »Ich kümmere mich so gerne um Sie. Doch wenn Sie Soldaten etwas anderes erzählen und raten, als Hitler und Göring es möchten, begeben Sie sich und uns in große Gefahr!«

»Das bezweifle ich nicht. Doch ich muss meinem Gewissen folgen. Seien Sie nicht entsetzt oder getröstet von mir und meinem Glauben, seien Sie durch Ihren eigenen Glauben inspiriert! Von Gott! Ich tue, was auf meinem Herzen liegt und was meine Pflicht ist!«

»Was sagt denn Bischof Berning dazu? Findet er das richtig? Ich weiß, dass er große Stücke auf Sie hält.«

»Er hilft bedrängten Menschen und will sicher nichts mit dieser fatalistischen Rassenhygiene zu tun haben, die täglich propagiert wird!«, antwortete Johannes.

»Aber er ruft zu Ehrfurcht und zum Gehorsam auf und bejaht in vieler Hinsicht das System!«, sagte Frau Huber.

»Er hat vielleicht nicht die Verfolgung junger ausländischer Menschen so hautnah mitbekommen wie ich.«

»Das hat er bestimmt«, sagte Johanna leise. »Die Gestapo versucht alles, Sie zu vernichten, wenn Sie nicht kooperieren. Frauengeschichten und Affären werden sie Ihnen andichten. Ihren Ruf ruinieren, Sie diffamieren. Es geht jetzt schon los; man konnte Ihnen nur noch nichts nachweisen.«

»Was soll man mir denn nachweisen?«

»Ja, ich träume nachts schlecht wegen Ihnen. Ich stelle mir vor, dass Sie verbotene Auslandssender hören. Ich weiß, dass Sie Bischof Graf von Galen bewundern und seine regierungskritischen Briefe verteilen. Angeblich sollen Sie mit einem jungen Mädchen regelmäßig ausgehen, ich höre Getuschel und Gerüchte im Kirchenvolk ...«

»Vielleicht sagt man mir auch nach, dass ich mit Ihnen beiden regelmäßig ausgehe«, sagte Johannes und lächelte.

Lisa Huber errötete erneut.

»Bitte keine Witze!«, sagte Tante Johanna. »Mit uns Alten gehen Sie sicher nicht aus. Das mit den Frauen ist Unsinn. Aber es ist doch wahr mit den Schwarzsendern, den Briefen und den Zwangsarbeitern. Wenn das ans Licht kommt ...«

»Soll ich deswegen keine Seelsorge mehr betreiben, nur weil manche meinen, Polen seien keine Menschen?«

»Menschen schon, aber Untermenschen«, sagte Frau Huber. »Jedenfalls in den Augen der ...«

»Oder weil man nicht mehr den Radiosender hören darf, den man möchte? Weil man nicht mehr lesen darf? Weil man keine eigene Meinung mehr vertreten kann?«, rief Johannes.

»Halten Sie sich lieber von den Frauen fern. Sie sind ein charismatischer, sinnlicher, gut aussehender, lebensfroher junger Mann. Das soll Ihnen nicht zum Verhängnis werden! Sie sind Priester! Und die Männer der meisten Frauen sind im Krieg. Die Frauen sind einsam im Krieg und suchen Zuwendung.«

»Die Zwangsarbeiterinnen und Zwangsarbeiter brauchen mich. Es ist Notstand. In den Baracken kommen Hunderte von Kindern zur Welt, die kaum eine Überlebenschance haben. Was interessieren mich da Meinungen und Gerüchte in der Gemeinde?«, brauste Johannes auf. »Wer soll solch einen Unfug glauben, was hier über angebliche *Untermenschen* verbreitet wird?«

»Ach, Stichwort verbreiten – die Polen verbreiten sich wie die Tiere!«, sagte Frau Huber angewidert. »Unanständig!«

»Sie würden sich sicher gern anständiger verhalten, wenn sie dürften, liebe Lisa. Aber man lässt sie nicht. Sie dürfen nicht einmal heiraten, nicht in einem Krankenhaus hygienisch ihre Kinder zur Welt bringen. Behandelt werden sie auch nicht, wenn sie krank sind. Und wie sollen sie Ungeziefer fernhalten bei all dem Schmutz und der Not? Ich bin sehr erschüttert über das, was in unserem Land vor sich geht. Nächste Woche werde ich zu einem Abend bei uns im Pfarrhaus einladen, zu dem alle kommen dürfen. Alle, die Fragen haben, wie sie buchstäblich weiterleben können in diesen Zeiten! Davon wird mich keiner abhalten! Und ab nächsten Freitag finden die Soldatenabende statt, entweder im Gesellenhaus oder im Heizungskeller der Kirche. Versuchen Sie bitte nicht, mir das auszureden. Es wird Ihnen nicht gelingen!« Johannes brauchte dringend frische Luft und Ruhe. Er nickte den Damen zu und ging in den Garten, um mit Gott allein zu sein.

14
Aufruhr

»Zu Ihm, dem wir als Priester gedient haben.«

»In mir ist die große Freude der Hoffnung!«

23. Dezember 1941

Es waren viele gekommen zum ersten Gruppenabend am Dienstag der nächsten Woche; das hatten Johannes, Eduard und Hermann bei ihrem Gespräch über die Möglichkeit eines solcher Veranstaltung kaum zu hoffen gewagt. Küche, Gang, Gebetsraum, alles war voller Menschen; die meisten standen. Johannes stellte sich auf die Treppe. Er genoss, dass Deutsche, Polen und Menschen anderer Nationalitäten, ohne dass die meisten voneinander wussten, sich friedlich im Pfarrhaus befanden. Alle schienen gespannt und neugierig. Johannes ahnte: Es konnten hier auch Menschen dabei sein, die Zeugen sein wollten, um ihn zu verraten. Spitzel. Doch Johannes hatte nur Augen für Igor, Rafał, Jakub, Anton und Aneta. Er hatte sie und zwei weitere polnische Freunde in der geräumigen Abstellkammer an der Treppe verborgen; die Tür stand leicht angelehnt.

»Warum müssen wir hier in der Abstellkammer bleiben?«, hatte Aneta gefragt.

»Falls ein Spitzel hier ist, möchte ich nicht, dass er sieht, dass ihr hier seid«, hatte Johannes geantwortet. »Es ist doch verboten, dass ihr hier mit uns in einem deutschen Haus Gemeinschaft habt. Noch dazu in einem Pfarrhaus. Ich möchte nicht, dass euch etwas passiert oder ihr bestraft werdet.«

Igor konnte gut genug Deutsch, um alles zu verstehen und den anderen zu übersetzen. Andere Zwangsarbeiter hatten sich verkleidet und ganz hinten in die Küche gestellt. Frau Huber stand bei den durch dicke Vorhänge abgeschotteten Fenstern und sah immer wieder durch einen Spalt wachsam nach draußen. Hermann und Eduard bewachten den Ausgang. Es flackerten nur ein paar Kerzen am Adventskranz. Tante Johanna hatte die dunklen Vorhänge vor ein paar Tagen genäht. Besorgt blickte sie auf die Tür zur Abstellkammer. Es war ganz ruhig; man hätte eine Stecknadel fallen hören können.

»Herzlich willkommen! Ich grüße euch alle. Mein Reden zu euch mag heute dringlicher als sonst klingen«, begann Johannes. »Es geht um unsere Zukunft!« Er sprach nicht laut, aber mit Ruhe und Bestimmtheit. »Nicht nur um die deutsche Zukunft geht es, aber auch. Viele fragen sich, was los ist. Ob es besser oder schlimmer wird. Was ich erfahren habe und was sich durch den Tod eines unschuldigen jungen Mannes bestätigt hat, zeigt mir, dass die Situation viel schlimmer ist, als wir alle dachten!« Johannes holte tief Luft.

»Aber warum, warum?«, fragte eine ältere Frau laut und erschrocken dazwischen.

»Hitler tötet auf vielerlei Weise. Einmal durch systematische, perfide *Sterbehilfe*. Alles, was nicht in seine Rasse, nicht in seinen *Apparat* passt, wird ausgelöscht. Euthanasie. Ihr wisst doch alle davon. Wer protestiert dagegen? Schweigen alle? Habt ihr die Schriften des Bischofs Graf von Galen nicht gelesen? Wir, Hermann, Eduard und ich, haben seine Predigten vervielfältigt und an euch verteilt. Doch Hitler tötet nicht nur mit Giftspritzen. Er *plant* Mord. Systematische Massenvernichtung, in speziellen Lagern jenseits der deutschen

Grenze. Dazu Gewalt und Ausbeutung in über Zehntausenden von Arbeitslagern, Orten sämtlicher gräulicher Art!«

Ein Raunen ging durch die Zimmer.

Johannes wartete, bis es wieder ruhig war. »Falls wir den arglosen Glauben hatten, dass Adolf Hitler ein guter Politiker, gar ein Führer unseres Landes sei, so sollte dies nun endgültig ausgeträumt und ausgeglaubt sein. Wir wurden bewusst getäuscht. Wir haben es hier mit wahnsinniger Aggression zu tun.«

»Woher wissen Sie das alles?«, fragte eine vierzehnjährige Schülerin aus der höheren Klasse, die Johannes unterrichtete.

»Das ist doch grotesk«, sagte ein älterer Mann. Er schien der Großvater der Schülerin zu sein. »Was haben Sie denn für Indizien?«

»Das wird sich doch sicher alles noch regeln, Herr Kaplan«, sagte eine Frau. »Wir brauchen nur Zuversicht. Mein Sohn kämpft an der Front!«

»Zuversicht, um der Ermordung unzähliger Menschen tatenlos zuzusehen?«, rief Johannes. »Ich habe von den systematischen Rassenmorden erfahren. Menschen sollen ganz bewusst *ausgerottet* werden. Juden, Kranke, politische Gegner, sie werden deportiert und vernichtet.«

Betroffenes Schweigen drang bis in die Abstellkammer.

»Warum jenseits der deutschen Grenze?«, fragte eine Frau.

»Weil die Deutschen ein zärtliches Gemüt haben, die mögen so was nicht im eigenen Land«, sagte ein anderer spöttisch. Es war Alexander, einer von Johannes' Schülern.

»Das ist jetzt alles Deutsches Reich«, sagte Hans Lüers, der seit einiger Zeit im Pfarrhaus ein und aus ging. »Auch Polen. Wir haben es 1939 einverleibt.«

»Das ist deutsch besetztes Polen, nicht *Deutsches Reich*!«, rief Igor aus der Abstellkammer. Johannes klatschte schnell und laut in die Hände, um die Aufmerksamkeit auf sich und weg von Igor zu lenken.

Hans Lüers verließ den Raum.

»Und wie wird vernichtet?«, fragte eine Schülerin.

Wieder ein noch größeres Raunen.

»Hitler ist ein guter Führer! Das sagt man uns doch ständig! Man wird uns schon nicht anlügen!«, behauptete ein älterer Mann. Er klang nicht sehr überzeugt.

»Ja, Hitler hat ganz nette Züge: Er hat einen *sehr* netten Bart«, sagte Alexander. Ein paar lachten.

»Aber was sollen wir denn tun? An einen Aufstand ist doch nicht zu denken. Es geht doch auch um unser Leben! Wir sind doch keine Widerstandskämpfer oder so etwas, so wie andere – die es ja auch nicht geschafft haben!«, rief eine junge Frau. Ihre Tochter saß bei ihr. Auch diese wurde von Johannes unterrichtet. Es war Marie. Sie war zehn Jahre alt, weiß im Gesicht und zog ihre Mutter flehend am Rock, sie solle doch bitte schweigen.

»Es geht um Verantwortung. Um unsere Verantwortung!« Johannes sah die Menschen eindringlich an. Er suchte die Augen von jedem. »Wir haben noch viel Ungewissheit, was wirklich in den von Hitler gebauten Lagern vor sich geht. Aber es werden immer mehr. Jahrelange Zwangsarbeit, Elend, Ungeziefer, Hunger und Krankheit ... Wollen wir denn so tun, als hätten wir das alles nicht gewusst, wenn es irgendwann vorbei ist?«

»Wird es denn irgendwann vorbei sein?«

»Davon bin ich fest überzeugt. Hitlers Macht hat keine Zukunft. Wenn wir jetzt nichts tun, was wollen wir unseren Nachkommen erzählen?«

Tante Johanna sah ihn beschwörend an. Ihr Gesichtsausdruck sagte: »Nicht so laut. Nicht so direkt. Bitte nicht übertreiben!«

Johannes stemmte die Hände in die Seiten. »Menschen

werden anhand von Tagesordnungszetteln enteignet, eingeschüchtert und erniedrigt. Wir haben Millionen Inhaftierte durch politisches Kalkül und Propaganda. Wertvolles Leben in Europa wird als nicht lebenswert bezeichnet. Wollen wir Völkermord akzeptieren?«

Seine Zuhörer sahen erschüttert aus.

»Wer vorsichtig Kritik äußerst, stellt die Prinzipien des Führers, den Führer selbst infrage«, sagte Johannes. »Stück für Stück werden wir immer mehr entmachtet, ganz taktisch, ganz hingegeben, und wer aus der Reihe tanzt, wird eingesperrt. Sogenannte Nichtreinrassige transportiert die Gestapo ab, verfolgt und verschleppt sie von der Straße weg, auch Kinder und Frauen. Wie Tiere in Lastautos gepfercht, in Sonderlager, Stammlager und Nebenlager gebracht, zu anstrengender, teils mörderischer Arbeit gezwungen. Kriegsgefangene lässt man bewusst zu Tausenden verhungern. Juden und andere *Fremdrassige* werden entführt, gefoltert und bestohlen. Sie bekommen kaum zu essen und werden nicht ärztlich versorgt, sondern abgesondert in Judenlagern und Außenlagern, all den mannigfaltigen KZs. Die Nationalsozialisten sind sehr kreativ. Es gibt keine beheizten Räume, keine Toiletten, keine Waschmöglichkeit. Ist das Normalität? Ist das unsere Welt? Wo sind wir als Christen?«

Unsichere und abwehrende Blicke erntete Johannes, als er in die Runde sah.

Hans Lüers war zurückgekehrt. Er lächelte.

»Ich frage noch mal: Wollen wir das?«, rief Johannes.

»Nein«, wurde von überall her gerufen.

»Nein«, rief Frau Huber laut.

Es wurde durcheinandergeredet.

»Für viele mag dies alles neu sein oder eine Hiobsbotschaft. Andere wissen oder ahnen es schon längst, ohne es wirklich an sich herangelassen zu haben. Es ist ein Albtraum, ich weiß, gespenstisch, doch wir haben Hoffnung. Wir haben

Gott. Wir dürfen ihn in alledem nicht vergessen. Er weiß doch auch Bescheid!«

Benjamin, einer seiner zwölfjährigen Schüler, den auch Tante Johanna besonders mochte, sagte: »Herr Kaplan, ich weiß nicht, was wir tun können. Was nützt uns das Wissen, wenn wir damit nicht weiterkommen? Wird die Gestapo ein Einsehen haben? Wird die KZ-Verwaltung zur Besinnung kommen? Nein. Was wird Ihre Ansprache uns nützen? Hitler wird nie kapitulieren, und wir Kinder müssen weiterhin in die verhasste Hitlerjugend gehen! Die Wahrheit wird an diesem System abprallen.«

»Benjamin, diese Dinge *müssen* laut ausgesprochen werden. Unter uns wird gefoltert, bewacht, exekutiert. Es ist unbequem, das zu erfahren, schlimm, das zu wissen. Doch jeder sollte über diese Machenschaften aufgeklärt werden, auch wenn die Übermacht groß ist.«

»Aber was sollen wir denn nun unter Ihrer Anleitung tun?«, fragte Marie.

»Unter meiner Anleitung?« Johannes war perplex. Damit hatte er nicht gerechnet. »Gut, ich habe tatsächlich einen Vorschlag. Er wird nicht ganz leicht sein. Doch zu wissen, bringt Bewegung und ist wirkungsvoll. Überlegt bitte erst, ob ich genug Glaubwürdigkeit bei euch gefunden habe. Ob ich in euren Augen vertrauenswürdig bin, ja, ob ihr mir vertrauen *wollt*. Die Brisanz unserer Zeit sollte von uns allen erkannt werden. Der Nationalsozialismus nimmt immer brutalere Züge an. Es heißt, dass unsere Herrenrasse *gereinigt* sei, wenn kranke Menschen vor unseren Augen entfernt werden, die als nicht vorzeigbar für unsere Rasse gelten. Ein behindertes Kind wird per Gesetz von der Mutter weggerissen und mit Giftspritzen getötet. Es werden auf offener Straße Mordlieder gegen Juden gesungen. Sie fliehen!« Johannes hob die Hände. »Und ich möchte euch warnen. Es ist nicht ungefährlich, zu denken, zu erkennen und wachsam zu sein.

Entscheidet richtig. Der Sicherheitsdienst der SS unterdrückt Millionen von Menschen. Das sollten wir nie vergessen.«

»Hitler ist wahnsinnig und verrückt. Er ist doch nicht zu stoppen!«, sagte Alexander.

»Böse sein bedeutet nicht, krank oder verrückt zu sein«, sagte ein anderer.

»Wir wollen doch frei und friedlich leben ohne Angst!«, rief Maries Mutter. »Hört das Böse denn nie auf?«

»Die Nationalsozialisten halten auch Gläubige für minderbemittelt und damit für erlaubt ausrottbar«, rief Benjamin.

»Erlaubt ausrottbar?«, sagte Alexander. »Was soll das bitte heißen?«

»Ich glaube, das soll heißen, dass der Führer und Goebbels meinen, der natürlichen Selektion nachhelfen zu müssen, indem sie alles Schwache und Kranke liquidieren«, erklärte Marie.

»Nenn ihn bitte nicht Führer«, zischte ihre Mutter. »Hitler reicht.«

»Dieser Hitler reicht wirklich!«, schrie Alexander.

»Jesus ist für die Schwachen gekommen!«, rief Tante Johanna.

»Was bedeutet das?«, fragte Hans Lüers. »Ich verstehe diesen Glauben nicht.«

»Was ist Ihr Vorschlag, Herr Kaplan? Wir wollen ihn jetzt schon hören!«, sagte Hans Blumenberg, ein besonders intelligenter Junge aus seinem Unterricht.

»Wir sollten für Adolf Hitler und unser Land beten«, sagte Johannes. »*Das* ist mein Vorschlag!«

Nun rief alles laut durcheinander.

»Was? Das kannst du hübsch alleine tun«, schrie Aneta auf Polnisch aus ihrem Versteck.

»Für dieses Schwein beten?«, brüllte einer. »Niemals! Nun hat unser Kaplan wirklich den Verstand verloren!«

»Das kann auch nur einem Priester einfallen«, sagte eine junge Frau empört.

Johannes sah, dass Tante Johanna energisch mit den Händen fuchtelte. Es sollte wohl eine Warnung sein. Sie wurden alle viel zu laut.

Johannes wartete geduldig ab. »Ich hoffe, ich bin nicht zu weit gegangen mit meinem Vorschlag«, sagte er, als etwas Ruhe eingekehrt war. »Ich wollte euch nicht überfordern oder verärgern. Lasst uns einfach bis zum nächsten Mal darüber nachdenken. Wenn ihr ein nächstes Mal überhaupt wollt. Wenn wir freie Menschen sein wollen, so beginnt das mit unseren Gedanken. Und wenn wir nicht mal frei darüber nachdenken können, jeder Einzelne von uns, ob wir für Adolf Hitler beten wollen oder nicht, so sind wir nicht frei.«

»Wir sollten immer frei genug sein, Gutes tun zu wollen!«, sagte Tante Johanna.

»Ich kann das nicht«, sagte Maries Mutter.

»Habe ich zu viel von euch verlangt? Denkt darüber nach. Nächsten Mittwoch hier bei mir um dieselbe Zeit?«

Wieder schwiegen alle.

»Wer ein nächstes Mal möchte, der hebe bitte die Hand!«, sagte Tante Johanna.

Alle hoben ihre Hände. Auch die Freunde in der Abstellkammer.

15

Seelsorge

»An Ihn habe ich geglaubt und gerade heute glaube ich fester an Ihn und werde nicht zuschanden werden.«

»Wahrlich: Keiner kann seines Lebens Grenze bestimmen.«

27. Dezember 1941

Es schlug neunzehn Uhr in der Küche im Pfarrhaus. Regen und Wind ließen den kleinen, gelb gekachelten Raum gemütlich wirken. Das Wuseln und Treiben der Menschen und Soldaten auf den Straßen ebbte ab.

Ich laufe dem Weg in die Arme, dachte Johannes.

»Aprilwetter«, sagte der dicke Mann. »Und das im Dezember! Und eiskalt.«

Das deutsche Ehepaar Herrmann schien sich auswendig zu kennen und kannte sich doch auch gar nicht mehr. Der korpulente, wohlernährte Karl wollte wohl Autorität ausstrahlen, aber es gelang ihm nicht recht. Seine Ehefrau Rose war ihm hoffnungslos überlegen. Die im Vergleich zu ihm viel jünger wirkende Frau sah selbstbewusst, etwas genervt und doch mild auf ihren Mann. Sie sagte nicht viel.

Johannes segnete beide, nachdem er ihre ehelichen Probleme angehört hatte. Seine Gedanken wanderten zu Piotr, den Karl als »Schwein« bezeichnet hatte.

Der dicke Mann redete ununterbrochen und sagte gerade: »Schade, dass man bei Ihnen nicht rauchen darf, Herr Kaplan! Dabei war doch gerade Weihnachten!«

Johannes nahm sich mit aller Kraft zusammen. »Es sind schwere Zeiten, jedoch im Vergleich zu anderen geht es uns noch gut, Karl. Das dürfen wir nie vergessen!«

»Was meinen Sie damit, *es geht uns gut*?«, brummte der Mann. Seine großen dunklen Augen waren aufgesperrt wie Fischmäuler. »Rose und mir fehlen Zucker, Schokolade, Zigaretten.«

»Wurde uns der Besitz weggenommen? Sie wissen wohl, dass es anderen viel schlechter geht? Oder wollen Sie das Elend unserer Mitmenschen damit begründen, dass wir eine *Herrenrasse* seien?«, antwortete Johannes langsam.

»Warum sollte man uns unseren Besitz wegnehmen?« Karl schien ernsthaft erstaunt.

»Hier in meinem Haus gehen täglich Menschen ein und aus, denen ihr Besitz weggenommen wurde und deren Leben bedroht oder eingeschränkt ist«, sagte Johannes mit ruhiger Stimme.

»Was für Menschen sollen das bitte sein?«

»Karl!«, sagte seine Frau.

»Menschen, von denen die meisten aus ihrer Heimat in unser Land verschleppt wurden, um für uns zu arbeiten«, antwortete Johannes.

»Recht so. Sie sollen für uns arbeiten, diese Untermenschen. Krieg ist bekanntlich teuer!« Karl nestelte an den Knöpfen seines am Bauch spannenden Hemdes. »Und ich bin ja nun zu krank, wie man sieht, um zu kämpfen, sonst wäre ich schon lange und gern an der Front!«

Seine Frau Rose verzog verächtlich den Mund.

»Kriegswirtschaft. Und Sie sind natürlich zu heilig, um zu kämpfen, nicht wahr, Herr Kaplan?«, geiferte Karl.

Rose wagte vor Scham nicht, aufzusehen.

Johannes wusste nicht, was er sagen sollte, doch Karl hatte bereits wieder das Wort ergriffen.

»Sie wollen also damit andeuten, dass Zwangsarbeiter hier ein und aus gehen, dieses räudige Polenpack, hier in diesem Haus?«

»Polen war bis September 1939 ein eigenständiger Staat. Wie komme Sie dazu, so zu reden?«

»Wir haben 1941! Haben Sie vergessen? Die *Niederlage Polens*? Deswegen rede ich so! Wir haben sie einverleibt!« Der schwammige Mann wurde rot im Gesicht.

Seine Ehefrau schien sich nicht vor Karl zu fürchten, sondern stand auf und stellte sich, obwohl klein und zierlich, vor ihn hin. »Wir müssen jetzt gehen, Herr Prassek, vielen Dank, dass Sie so viel von Ihrer kostbaren Zeit an uns verschwendet haben. Sie haben sicher noch anderes zu tun! Komm jetzt bitte, Karl!«

»Johannes Prassek, erklären Sie mir: Wie kommen diese Polen in unser Pfarrhaus?«, rief der Ehemann, immer noch aggressiv im Ton. »Wurden Sie von denen bedroht oder überfallen?«

»Keineswegs. Und es ist auch nicht Ihr Pfarrhaus. Sie wissen doch, ich bin als Seelsorger für diese Region zuständig. Sonst wären Sie ja ebenfalls nicht gekommen! Oder sind Sie nicht freiwillig hier?«

»Seelsorge für Zwangsarbeiter ist ja nun gänzlich umsonst!« Karl lachte hässlich. »Die bleiben doch nicht lange genug am Leben. Ich dulde kein polnisches Treiben hier in unserer unmittelbaren Nachbarschaft.«

Johannes holte tief Luft. »Ich halte diese Einstellung für menschenverachtend.«

»Ach ja? Für uns zu arbeiten ist das Einzige, wozu diese Untermenschen existieren. Unser Führer weiß schon, was er tut. Wollen Sie sich etwa gegen ihn stellen?«

»Karl, du redest ja, als wärest du selbst der Führer«, sagte

Rose. »Wir wollen mal auf dem Teppich bleiben und nicht König spielen. Was der Herr Kaplan macht, ist ganz allein seine Sache! Wir mischen uns da nicht ein!«

»Rose, wer unseren Führer kritisiert, wird gemeldet!«

»Ich kritisiere Hitler doch täglich. Willst du mich auch melden?«

»Ach, Rose, du weißt ja gar nicht, um was es geht!«

»Oh ja, ich kritisiere unsere Regierung, da haben Sie recht!«, sagte Johannes. »Unsere Stadt besteht nun zu etwa zehn Prozent aus deportierten Menschen, die unter unmenschlichen Bedingungen arbeiten müssen. Und es werden immer mehr. Wer kann dieses Vorgehen nicht verurteilen?«

»So ist es!«, rief Rose.

»Du bist ja nicht ernst zu nehmen, liebe Frau. Du weißt ja nicht, was du redest. Aber dieser Kaplan hier, Prassek … den nehme ich ernst! Sie planen also eine Verschwörung? Haben Sie den Widerstandsgeist?« Plötzlich wurden die irritierend großen Fischaugen des Mannes argwöhnisch klein. »Was haben Sie vor? Ein Komplott gegen unseren Führer? Gegen das Deutsche Reich? Sind Sie ein Vaterlandsverräter?«

»Karl, bitte, nun hör doch auf! *Natürlich* ist er das nicht!«

»Ich frage Sie noch mal, Hochwürden. Warum helfen Sie diesen Polacken? Denken Sie daran, diese Parasiten vermehren sich wie die Fliegen, wenn wir sie nicht im Zaum halten! Genauso wie die Juden. Hat nicht unser Führer genauestens für uns einfaches Volk aufgeschrieben, wie die Juden Deutschland knechten und die Weltherrschaft erlangen wollen?«

Johannes schüttelte den Kopf. Er war sprachlos. Schließlich richtete er sich auf. »Ich verbitte mir diese Beschimpfungen in meinem Haus. Die meisten Lübecker scheinen aus Furcht blind geworden zu sein. Was ist los mit Ihnen, Karl? Aufklärung ist das Mindeste, was ich leisten kann. Die Dinge um uns herum geschehen schleichend. Es mag aussehen, als wäre alles in Ordnung oder auch als hätten wir keine Chance. Haben Sie Angst? Auch Sie sind herzlich eingeladen: Unser nächster Gesprächsabend findet in der ersten Januarwoche statt.«

Das Ehepaar Herrmann starrte ihn an. Zum ersten Mal sah Johannes Furcht in den Augen von Rose.

»Vielen Dank für Ihr Angebot, jetzt müssen wir aber wirklich gehen!«, sagte sie eilig. »Karl, kommst du? Ich muss noch die Rüben von Hannelore und Helga holen! Gesegnete Weihnachten, Herr Kaplan!«

Karl ließ sich von seiner Frau nun willig abführen. Er wirkte so geschockt, als wäre die Einladung von Johannes zu einem Gruppenabend das Letzte, womit er heute gerechnet hatte. »Sie haben für unsere Soldaten da zu sein, für unsere Witwen, nicht für ... für ... Parasiten! Heil Hitler!«, brachte er noch hervor, dann verschwanden sie beide aus der Küche.

Johannes lehnte sich gegen die Wand neben der Küchentür, die laut ins Schloss gefallen war. Er wollte seine Gäste nicht zur Haustür begleiten. Sein Herz schlug hart, er schwitzte. Warum hatte er diesen Mann zum Gesprächsabend eingeladen? War er von allen guten Geistern verlassen? Was würde nun passieren? Gut, dass er nichts von den Soldatenabenden gesagt hatte, die er einführen wollte.

Wohin wird dieser Weg mich führen, den ich gehen soll? Johannes schloss die Augen. Hatte er nicht die Kontrolle verloren? *Ich laufe dem Weg in die Arme*, dachte er.

Er sammelte seine müden Gedanken. Sicher, er wollte nicht versteckt operieren, er wollte in seinen Handlungen und Worten offen und frei sein. Aber wie hoch würde der Preis der Freiheit für ihn werden? Lebte er nicht in einer Zeit, in der Menschen für ihre Freiheit mit dem Leben bezahlten?

Doch trotz seiner Furcht wurde sein Herz wieder fest. Das, was Piotr passiert war, hatte den Ausschlag gegeben, dass er mehr tun wollte als zuvor. Piotr hatte im Koma gelegen und durfte nicht einmal in ein Krankenhaus gebracht werden. Seine Kopfverletzungen waren so schwer, dass er daran gestorben war. Johannes fühlte Ohrmacht und einen scharfen Zorn in sich hochsteigen, einen, den er nur überwinden konnte, wenn er sein Vorhaben, die Menschen aufzuklären und ihre Fragen zu beantworten, tatsächlich umsetzte.

Was kann ich dafür, dass mir diese Frauen und Männer, die völlig mittellos unter uns leben müssen, ans Herz gewachsen sind? Er ging zum Tisch, kniete sich hin und legte seinen Kopf auf die Tischplatte. Was sollte er tun, wenn noch mehr junge Männer wie Piotr angegriffen wurden und starben? Wäre es nicht seine Schuld? Hatte er nicht versagt?

Johannes war erschöpft. Es war schon mittags ein langer Tag voller Not gewesen. Igor hatte ihm am frühen Vormittag ein junges Pärchen geschickt. Damit sie allein sein konnten, hatte Hermann Dekan Bültel abgelenkt und ihn in die Stadt geführt.

»Dziękuję bardzo, Panie Prassek«, sagte Igor. »Vielen Dank!«

Warum fragten alle ihn, wieso ausgerechnet ihn, ob er sie auf eine Ehe vorbereiten könne? Durfte er selbst heiraten? Hatten seine Eltern eine gute Ehe geführt? Nein.

»Dzień dobry, Panie Prassek«, sagte das Mädchen schüchtern.

»Ich möchte gut zu ihr sein«, sagte ihr Verlobter.

Johannes lächelte. Er glaubte ihm. Er hatte sie beide, so gut er es vermochte, geistlich auf die Ehe vorbereitet und mit ihnen das Abendmahl gefeiert. Johannes legte dem Mädchen segnend die Hände auf und ermahnte den Jungen, ein verantwortungsbewusster und schützender Ehemann zu sein.

Als Nächstes kam Hans Lüers vorbei. Seine Stimme klang wie immer außer Atem und leicht heiser. Er atmete mit dem Mund, nicht mit der Nase, als wäre er täglich erkältet. Beim Sprechen pustete er Johannes an.

»Wie geht es dir, Hans? Ist alles in Ordnung?«, fragte Johannes.

Hans wich seinem Blick aus. Sein bleiches Gesicht war mager und unrasiert. »Ich wollte nur wissen, wann deine Soldatenabende stattfinden«, sagte Hans und pustete ihn warm an.

»Das werden wir sehen. Aber du weißt, du bist jederzeit willkommen. Unser nächster Bibelkreis ist morgen!«

»Hast du noch den letzten Hirtenbrief von Bischof Graf von Galen? Ich wollte ihn bei uns in der Nachbarschaft verteilen und kann zwanzig Stück gebrauchen.«

Johannes lächelte. »Natürlich! Das finde ich prima. Du bist mutig und sehr hingegeben. Wären alle so wie du!«

Mittags dann kam der junge Mann, den Johannes nie mehr vergessen würde. Rudy. Er war schmal und vielleicht fünfundzwanzig, sprach schnelles Polnisch; Johannes hatte große Mühe, ihn zu verstehen. Sie saßen in seinem Gebetsraum. Johannes zog den rötlichen, dicken Vorhang vor das Kippfenster. Rudy mit dem bleichen Gesicht und dem verwuschelten roten Haar erzählte von einem Aufstand unter den jungen Zwangsarbeitern in der Nähe von Dresden.

»Ich heiße Pawel Łukjanik und werde Rudy genannt. Sie sehen ja, ich habe rote Haare.« Er versuchte eine Grimasse, was ihm misslang.

Johannes bot dem jungen Mann einen Tee an, den er dankbar annahm. Auf die Frage, wie er Weihnachten verbracht habe, antwortete Rudy nicht. Er sah traurig aus. Selbst sein Lächeln war nur ein Ausdruck von Trauer. Johannes konnte sich dennoch vorstellen, wie er wohl war und aussah, wenn er nicht in Leid und Elend versank wie jetzt – wahrscheinlich ein äußerst humorvoller junger Mann. Nun war er schmutzig und abgearbeitet.

»Ich brauche Hilfe wegen zwei Mädchen und meinem Bruder.« Rudy konnte nicht ruhig sitzen und lief im Zimmer hin und her.

»Was ist passiert?«, fragte Johannes und setzte sich auf einen der beiden Stühle.

»Ich bin schon Ende 1938 nach Deutschland gekommen, ein Jahr vor Kriegsausbruch. Freiwillig. Ich habe einen guten Job gesucht und dann in den Berggruben im Ruhrgebiet gearbeitet. Die Grenze war noch offen. Ich hatte keine Ahnung, dass Krieg ausbrechen würde. Es kam für mich völlig unerwartet.«

Wie gut sein Deutsch war!

»Die Arbeit in den Bergwerken war hart. Ich überlegte damals, im nächsten Sommer nach Hause zurückzukehren, wenn ich genügend Geld hätte. Dann wurde mein Bruder im August 1939 plötzlich eingezogen. Alle sagten: Komm zurück. Meine Mutter schrieb. Meine Familie versuchte, mich zu kontaktieren, weil sie mich warnen wollte. Aber es war zu spät. Ich konnte nicht mehr nach Hause. Die Grenze war zu.« Er suchte etwas in seiner Tasche, holte eine Zigarette heraus, vorsichtig und langsam, und steckte sie wieder ein, genauso vorsichtig und langsam.

»Möchten Sie etwas essen?«, fragte Johannes sofort.

»Ihre Haushälterin hat mich schon gut mit Suppe versorgt«, sagte der Junge lächelnd. »Aber Zigaretten hätte ich gern. Die werden Sie wohl kaum im Pfarrhaus haben?«

Johannes lachte kopfschüttelnd.

»Die Mobilmachung in Polen kam sehr spät«, erzählte Rudy weiter. »Am 23. August erhielt mein Bruder den Bescheid. Und zehn Tage später war er schon im Krieg. Polen wurde sofort besiegt, in einem Handstreich, in einem Atemzug. Anfang Oktober war alles vorbei. Gespenstisch. Und ich wurde plötzlich ein Zwangsarbeiter. Ein Gefangener Deutschlands.« Rudy spielte mit seinen Händen. Sie waren mager und dreckig. Es war ihm anzusehen, wie groß seine Not war.

»Rauch ruhig«, sagte Johannes. Er wusste nicht, ob er ihn weiter siezen oder duzen sollte.

»Ich habe nur noch eine«, sagte er. »Die ist für heute Abend.«

»Ich besorge dir neue Zigaretten«, sagte Johannes.

»Wirklich?«

»Ja. Rauch ruhig«, sagte Johannes erneut.

Und Rudy rauchte. »Freiwillig bin ich gekommen und nun ein Mensch zweiter Klasse geworden. Wie dumm bin ich! Und alles Geld nahm man mir fort, das ich so hart erarbeitet hatte.« Rudy schluckte. »Wäre ich doch nur zu Hause geblieben.«

»Dann wärst du Soldat geworden und vielleicht erschossen worden.«

Rudy zuckte mit den Schultern. »Na und? Mein Vater wurde im Krieg getötet. Ich habe es von anderen gehört. Was helfe ich hier meinem Land? Ich helfe im Gegenteil gerade dem Land, das meines besetzt hält, mit meiner Arbeitskraft!«

»Du bleibst am Leben«, antwortete Johannes. »Darauf kommt es an. Der Krieg wird nicht ewig dauern. Halte durch!«

»Das versuche ich, meiner Familie zuliebe. Ich musste zuerst in der Landwirtschaft arbeiten. Ich habe auf dem Hof übernachtet. Die Post ging nicht mehr raus an uns Zwangsarbeiter, keine Briefe mehr von zu Hause. Nichts wurde mehr ausgeliefert. Wir saßen fest, keine Lektüre für uns. Wir Polen wurden überall verteilt, wo man uns gebraucht hat. Ich wurde als Krankheitserreger beschimpft. Wenigstens musste ich nicht in einem Arbeitslager wohnen. Ich sprach zu gut Deutsch, das konnte wohl immer von Nutzen sein. Es war auch noch ein Franzose auf dem Hof. Wir schliefen im Stroh bei den Pferden. Es gab sehr viele Pferde.« Wieder das freche Grinsen, während Tränen in seinen Augen standen. Rudy verfiel immer wieder ins Polnische. Vielleicht weil er von seiner Not sprach. Oder weil er wusste, dass Johannes ihn verstand. Oder weil er seine geliebte Sprache sprechen wollte und Heimweh hatte.

»Abends haben wir uns dann manchmal mit den anderen Arbeitern aus dem Viertel getroffen, wenn es ging. Die Deutschen fürchteten Unruhen und haben uns alle getrennt, vor zwei Monaten, in alle Winde zerstreut.« Der junge Mann rieb sich immer wieder über das Gesicht. Seinen Tee hatte er kaum angerührt. Er war also hier gelandet, in Lübeck. »Ich bin nun schon über zwei Jahre in Deutschland«, sagte Rudy. »Ich möchte endlich heim. Mein großer Bruder Tomasz ist wohl in einem Stamm- oder Nebenlager für Kriegsgefangene gelandet, habe ich gehört. In so einem Stalag, in Dresden. Er ist sechsundzwanzig. Ich hoffe, er ist nicht tot. Er hat gekämpft bis zum Schluss. Plötzlich war alles vorbei. Im August wurde er Soldat, im Oktober war alles aus. So schnell kann es gehen. Und nun? Gefangen, schon seit vielen Monaten. Ich weiß nicht, wie es ihm geht. Wir haben ja fast 1942. Wie lang wird es noch gehen? Wie lang müssen wir durchhalten? Meine Freunde wurden inzwischen als Zwangsarbeiter nach Deutschland verschleppt. Die gefangenen Soldaten und die Frauen und Männer kamen mit Zügen in die deutschen Lager. In Güterwaggons, wie Sardinen zusammengepfercht und gestapelt.« Er schnippte zornig die Asche der Zigarette in den Tee.

»Du hast von Frauen gesprochen, die Hilfe brauchen«, sagte Johannes.

»Die Mädchen wollten mir unbedingt folgen, sie haben mich gesucht. Meine Schwester Marta und Agnes, meine Freundin. Sie sind schon im Frühjahr 1939 gekommen. Davongelaufen von zu Hause. Unsere Mutter war verzweifelt. Deswegen schrieb sie so oft. Sie wollte, dass ich die Mädchen wieder sicher zurückbringe. Nach Hause. Hätte ich es doch nur getan. Hätte ich auf meine Mutter gehört. Das Herz muss ihr zerrissen sein, als sie alles verlor, mich, die Mädchen, Tomasz und unseren Vater.« Rudy schniefte leise. »Jetzt ist sie ganz allein in Polen oder dem, was von Polen übrig ist. Aber die Mädchen wollten bei mir bleiben. Sie haben anfangs in der Schule ausgeholfen. Es hat ihnen Spaß gemacht, denn sie wollten Lehrerinnen werden und waren in Polen kurz vor der Ausbildung. Und als der Krieg ausbrach, wurden sie zur Zwangsarbeit verdonnert wie ich. Marta hat auf dem Nachbarhof gearbeitet. Da haben beide auch geschlafen, Gott sei Dank, und Agnes arbeitete in einer Fabrik in der Nähe. Dort wurde genäht, an Maschinen! Sie hatte oft blutige Hände.« Er weinte jetzt richtig.

»Wo sind sie jetzt?«, fragte Johannes.

»Sie sind verschwunden, beide, als die Arbeiter alle im Februar zerstreut wurden. Die beiden Mädchen sind sicher zusammen losgezogen, Tomasz zu suchen.« Rudy rauchte hastiger. »Unterwegs wurden sie vielleicht getrennt. Aber *mich* haben sie damals doch in Deutschland auch gefunden, diese schlauen Katzen, im Frühjahr 1939, als noch kein Krieg war. So finden sie Tomasz jetzt hoffentlich auch.«

Johannes sah zu, wie Rudy am Rest der Zigarette zog.

»Tomasz war schon immer ängstlicher als ich. Ich war der Radikale. *Er* wurde Soldat!« Rudy ließ den Kopf hängen, und Johannes hatte große Mühe, sich zurückzuhalten und ihm nicht tröstend über das struppige Haar zu streichen.

»Man kann gefangen genommen werden, auch wenn man mutig ist«, sagte Johannes.

»Hoffentlich sitzt er nicht in einem der großen Stammlager fest. Die sind noch viel brutaler als die Nebenlager, habe ich erfahren. Ob das alles so stimmt? Ich habe so viel Entsetzliches gehört und bin ganz unsicher. Und ich mache mir auch große Sorgen um die beiden Mädchen! Ich bin doch an allem schuld!«

»Bist du am Krieg schuld? Nein. Ich hoffe, dass Tomasz noch lebt«, sagte Johannes. »Er wurde gefangen genommen, aber nicht erschossen.«

Der junge Mann weinte noch mehr. »Und die Mädchen? Wie soll ich sie finden? Sie hätten gar nicht mit nach Deutschland kommen dürfen. Aber sie wollten mich nicht allein lassen. Ich habe ein schrecklich schlechtes Gewissen!«

»Sie verstecken sich sicher gut«, sagte Johannes. »Frauen sind klug.«

»Meine Agnes, sie kann sich vielleicht nicht einmal … waschen, wenn sie bei bösen Menschen gelandet ist. Ausgerechnet Agnes. Aber sie liebt meine Schwester Marta und wollte bei ihr sein. Die beiden kennen sich seit ihrer Kindheit und sind beste Freundinnen. Wie wollen sie meinen Bruder finden? Wo liegen diese Lager überhaupt und wie viele gibt es? Ich habe gehört, sie haben wieder ein neues Stammlager gebaut in Hohnstein-Bad Schandau bei Dresden. Wenn Tomasz wirklich dort ist, muss er hungern und härter arbeiten als wir. Seitdem Krieg ist, sind wir Polen Menschen ohne Wert. Überall, wo wir hinkommen, sind wir nichts wert.« Er stöhnte und raufte sich das Haar, hatte aber aufgehört zu weinen. »Den Mädchen ist … Hygiene doch so wichtig. Immer. Gibt es dort Flöhe? Oder Typhus? Sie sind doch keine Verbrecher, womit haben sie das verdient, auf der Flucht zu sein? Auch Marta ist so tüchtig. Ich bin so stolz auf die beiden.«

Johannes sah ihn unentwegt an. Er hoffte sehr, dass sein Gesicht Trost und Hoffnung ausstrahlen würde, so wie das Gesicht seiner Mutter ihm Trost gespendet hatte, wenn er als Kind in Not war.

Die Zigarette war ausgeraucht bis zum letzten Millimeter. Rudy sah aus, als würde er das Endstück am liebsten in den

Mund stecken und zerkauen. »Ob die Mädchen krank sind? Gibt es dort, wo sie sich aufhalten, Medikamente? Wo denke ich hin! Es gibt doch nichts für uns. Ich sehe sie schon krank – vor meinem inneren Auge! Und Tomasz, ob auch er krank ist?«

»Du hast viel Fantasie. Mal dir keine Schreckensbilder aus«, sagte Johannes.

»Die Schwester des Rhythmus ist die Wahrheit, behauptete meine Mutter immer. Tomasz ist so dünn. Und dünnhäutig, obwohl er mein *großer* Bruder ist. Ich kann ihn mir gar nicht als Soldat vorstellen, wie sehr ich es auch versuche. Er wollte Richter werden, war fast fertig. Dabei hat er sich schon immer vor jedem kleinen Verbrecher gefürchtet, der ein bisschen ruppiger aussah. Und doch wurde er ein mutiger Soldat!« Rudy weinte wieder.

»Ich werde beten, dass es Tomasz gut geht in der Gefangenschaft. Es wird schon nichts passiert sein, Rudy. Und keine Angst um die Mädchen. Es gibt kein Stammlager für Frauen. Frauen sind ja keine Soldaten!« Johannes legte einen Arm um den Jungen und wiegte den Traumatisierten sanft hin und her, um ihn zu beruhigen und zu wärmen.

»Aber es gibt doch KZs? Und Arbeitslager für Frauen. Haben sie nicht in Arbeitslagern Abteilungen für Frauen?«

»Extra Lager für Frauen gibt es sicher nicht«, sagte Johannes, war sich dessen aber nicht sicher. Er hasste es, dass er selbst zu wenig wusste.

»Aber Marta und Agnes kommen doch nicht in ein Konzentrationslager, falls sie auf ihrer Flucht oder ihrer Suche gefangen, irgendwo aufgelesen oder entdeckt werden?« Der Junge löste sich verzweifelt aus der Umarmung. »Wann wird es sich bessern? Wird es besser, Johannes?«

Johannes blickte auf den Boden. Er befürchtete, dass es noch viel schlimmer werden würde. »Ich habe noch nicht viel gehört von Stalags oder KZs oder Arbeitslagern«, sagte er leise. »Im Alltag sprechen die Menschen nicht über Lager. Auch nicht über die massenhafte Ermordung von Menschen, die Hitler als lebensunwert erachtet. Solange Hitler siegt, ist für die meisten alles in Ordnung. Deswegen hoffe ich, dass die Siege bald aufhören. Erst dann wachen die Menschen auf. Ich weiß, ich sollte besser informiert sein. Ich schäme mich, dass ich so wenig sagen kann. Ich verspreche, ich werde es nachholen.«

Rudy nickte und Johannes seufzte. »Natürlich wissen alle, dass es Kriegsgefangenenlager für die besiegten, gefangen genommenen Soldaten gibt. Aber was es mit den Arbeitslagern und Konzentrationslagern genau auf sich hat, das wird geheim gehalten«, sagte Johannes. Dann überlegte er, wo er Zigaretten her bekäme. Konnte er Tante Johanna bitten, welche zu besorgen? »Möchtest du ein Glas Schnaps?«, fragte er.

Rudy wirkte tief in Gedanken versunken. »Meine Agnes hat immer in der Kirche gearbeitet. Sie hat ein so fleißiges, liebes Wesen. Und jetzt weiß ich nicht, wie es ihr geht. Wann werde ich sie wiedersehen? Wir sind alle verflucht.«

Johannes konnte es nicht mehr ertragen. »Ihr seid ein geliebtes Volk, genauso wie das unsere, wie jedes Volk auf dieser Erde!«, rief er gequält.

»Eures? Das deutsche? Ihr seid ein geliebtes Volk? Ein Mördervolk seid ihr«, schrie der junge Mann zurück. Dass er im Gebetsraum schreien durfte, schien dem Jungen gutzutun. Nach einer Weile beruhigte er sich, und seine Tränen versiegten. Vielleicht war er auch zu müde, um weiterzutoben. »Hätten wir doch nicht solch einen Stolz«, flüsterte Rudy. »Diesen Nationalstolz, mit dem meine Freunde und ich manchmal dachten, wir könnten vielleicht doch am Ende in einer Verschwörung die Deutschen besiegen. Wir waren so dumm. Niemand kann sie besiegen.«

»Wir Deutschen sind nicht alle gleich«, sagte Johannes. »Und jedes Volk kann besiegt werden!« Gab es eine klopfende Hilfe in ihm oder war dies sein verzweifeltes Herz? Er musste daran denken, dass, während Rudy litt, sich Nachbarn wie zum Beispiel der wohlernährte Karl Herrmann bei ihm beschwerten, das Eheweib wolle sich nicht in allen Dingen unterordnen. Wie unterschiedlich seine Seelsorge doch war!

»Ich sehe meine Agnes jede Nacht in meinen Träumen, eingepfercht mit anderen Frauen«, sagte der junge Pole. »Sie muss bei jedem Wetter auf dem Feld arbeiten. Erschöpft ist sie. Sie hat kaum geschlafen, hat Augenringe. Ihre Hände sind eiskalt, Hunger quält sie. Letzten Winter war sie zweimal krank. Was werden sie nur mit ihr machen?«

»Sei tapfer. Ich werde mich erkundigen, Rudy. Ich frage nach. Schon morgen Abend werde ich mehr wissen, ich verspreche es«, sagte Johannes. »Komm morgen Abend zu mir. Ich werde herausfinden, wo sich das Lager bei Dresden befindet und ob Tomasz wirklich dort ist. Und ich versuche, etwas über die Frauen herauszufinden. Ich weiß nicht wie, aber ich schwöre es dir, ich werde alles tun, was ich kann.«

»Agnes Bielecka. Sie heißt Agnes Bielecka.« Rudy stand auf und drückte sein Gesicht in den Vorhang. Der rote Stoff war alt und modrig. »Ich habe gehört, dass kranke Menschen zweiter Klasse den Hunden zum Fraß vorgeworfen werden!«, sagte er kaum hörbar. »Sie werden nicht verarztet.«

»Das glaube ich nicht. Ist denn ein Volk besser als das andere? Heiliger? Reiner?«, fragte Johannes. »Welche Menschen sind erste Klasse und welche zweite? Wer bestimmt das?«

Rudy schüttelte den Kopf. »Die Deutschen bestimmen es.«

Johannes spürte, wie Angst ihm die Kehle zuschnürte.

»Wie willst du das machen, Johannes, meine Agnes finden?«

»Gott weiß, wo sie ist, Rudy. Mit Gottes Hilfe werden wir Marta, Tomasz und Agnes finden!«

Es schien Rudy zu beruhigen, dass Johannes sich Gedanken machte. Er wandte sich zum Gehen, langsam und ausgelaugt vom vielen Sprechen.

»Noch etwas, Rudy, ich habe ein Fahrrad für dich. Ich werde es dir morgen bringen.«

»Ein Fahrrad ohne Eisenschein?«

»Ja. Du bekommst meins.«

»Dziękuję bardzo, Panie Prassek«, hatte Rudy zum Abschied gesagt. »Vielen Dank!« Und er hatte trotz seiner Augenringe und seinem Haar, das aussah, als hätte er sich Büschel ausgerissen, entlastet gewirkt, als er fortging – wohin? Zu seiner Baracke zurück? Für Rudy war es sicherlich nicht so, als ginge er nach Hause, dachte Johannes.

Und der junge Pole sähe es vermutlich erst recht so.

16
Aussonderung

»Gott schaut auf die Gesinnung, auf den guten Willen, auf die Bereitschaft! Warum verzagen? Wenn doch Christus selbst in mir lebt und wohnt!«

»Manchmal war das alles nicht leicht zu tragen, manchmal wollte lieber ein zorniges, trotziges Lachen der Bitternis und der Verachtung sich auf die Lippen legen.«

27. Dezember 1941

Johannes schrieb am Nachmittag sofort nach Dresden. Es würde wohl sehr schwierig werden, etwas über Tomasz Łukjanik herauszufinden. Er sollte am besten gleich telefonieren. Und das tat er. Er ließ den Brief liegen und telefonierte den ganzen Nachmittag. Er wollte so viel wie möglich über Soldaten und Zivile in Stamm- und Nebenlager, Arbeitslager und KZs in Erfahrung bringen. Er musste eruieren, wo sich Tomasz und Agnes befanden, das hatte er Rudy versprochen. Dazu würde er schlau vorgehen. Dass er Priester in Lübeck war, könnte ihm sicher von Vorteil sein. Darauf baute er.

Bis zum Oberbürgermeister in Erfurt wurde er durchgeschaltet. Johannes ging so weit, dass er berichtete, er hätte von flüchtigen Gefangenen und zivilen Rebellen in Erfurt und Dresden gehört und wolle sich nun über die Sicherheit der Lager erkundigen.

Am anderen Ende saß ein Mann, der blutjung und eifrig-übermütig klang. »Heil Hitler, Herr Prassek. Hier Schmitz. Ich grüße Lübeck! Ich bin der Assistent des Oberbürgermeisters, und ich bin Kreisleiter der NSDAP. Deshalb kann ich Ihnen versichern: Bald werden wir Tausende, ach, was sag ich, Zehntausende von Kriegsgefangenen- und Tausende von Konzentrationslagern haben! Keine Sorge!«

»Ach«, sagte Johannes. Er stand im Gang und lehnte sich gegen die Wand.

Der Mann lachte. »Das klingt beeindruckend, ich weiß. Sie müssen sich über die Sicherheit keine Gedanken machen. Alles wird von uns reichsweit perfekt organisiert und durchstrukturiert. Keiner geht verloren, auch nicht eines unserer Schäfchen!« Der Fremde lachte wieder.

Johannes hielt den Hörer weg. Eine Gänsehaut des Ekels fuhr ihm über die Kopfhaut. Sicher wusste dieser junge Mann nicht, was vor sich ging. Millionen von Menschen wurden gefangen gehalten, Männer, Frauen, verschleppte Kinder und Jugendliche, ganz Europa in zugigen, überfüllten Baracken und Fabrikhallen. Ein Bild des Grauens und des Jammers tauchte vor seinem inneren Auge auf. Dennoch tat ihm dieser Schmitz leid. »Wenn niemand verloren geht und man das mal prüfen wollen würde – einfach so … Wenn man also einen bestimmten Menschen sucht, einen bestimmten Namen …«, begann Johannes.

»Namen? Es sind *Nummern*, Herr Kaplan. Wissen Sie, man kann diese fremdrassigen Namen nicht *Namen* nennen. Doch unsere Nummern, die wir ihnen geben, sind vollkommen geordnet und werden dokumentarisch festgehalten. Es gibt ein System, wissen Sie, neuartig und unübertroffen.«

»Das glaube ich Ihnen gern!« Johannes dachte an das ausgeklügelte System von Mangel, Unterernährung und Grausamkeit. Ein Lagersystem wäre sicher noch perfider als die vielen kleinen banalen Grausamkeiten im Alltag von Menschen »zweiter Klasse«. »Sie haben sicher einen besonders schönen Namen. Wie war Ihr werter Name noch mal?«, fragte Johannes.

»Mein Name ist Schmitz. Heinz Schmitz.«

»Wie geht es Ihnen, Herr Schmitz?«

»Wie es mir geht?« Eine Zeit lang wirkte Herr Schmitz recht unbeholfen und suchte nach Worten. »Nun, ich – ich habe letzte Woche geheiratet.«

»Ich gratuliere Ihnen, Herr Schmitz!«

Der fremde Mann zögerte. »Und was wünschen Sie? Ich helfe Ihnen gerne weiter.«

»Wenn man nun einen Namen, mit *Nummer* natürlich, suchen würde, Herr Schmitz, sagen wir … sagen wir … Agnes Bielecka. Oder … oder Tomasz Łukjanik …«

»Ja, was sind denn das für abscheuliche Namen, mein Guter?« Der Erfurter behielt den süßlich-vergnügten Tonfall unverdrossen bei. Johannes schien ihn tatsächlich zu belustigen, als wäre dieser ein naives Kind, das man tadeln müsste mit einem »Na, na, na« und erhobenem Zeigefinger.

»Erfundene Namen natürlich«, beeilte sich Johannes zu sagen.

»Können Sie Polnisch, mein Bester?«

»Ein wenig«, nuschelte Johannes und bekam einen Hustenanfall.

»Wen wollen Sie denn suchen?«, fragte der Erfurter. Sein Tonfall hatte sich verändert, wurde ernst.

»Niemanden, ich …«

»Einen gewissen Tomasz Łukjanik?«

»Ja!«

»Unsere Wehrmacht und unsere Sicherheitspolizei behalten stets den Durchblick. Wissen Sie das nicht? Vertrauen Sie! Das kann ich Ihnen nur raten. Herrn Kießling besonders, unserem tadellosen Oberbürgermeister. Er kommt gleich nach unserem Führer. Da brauchen sich *Zivilisten* und *Laien* wie Sie keinen Kopf zu zerbrechen. Vertrauen Sie unserem Sicherheitsdienst und unseren Wehrmachtsberichten nicht?«

Johannes räusperte sich. Herr Schmitz klang sehr überzeugt von dem, was er sagte. »Vertrauen ist ein großes Wort. Meinen Sie nicht, dass einiges in unserem Land aus dem Lot geraten ist?«

»Aus dem Lot? Unsere Arbeitskommandos zur Dienstverpflichtung und unsere Macht sind bestens verteilt! Machen Sie sich keine Sorgen über Unreine, Asoziale und Häftlinge!«, sagte Heinz Schmitz. »Wir sind jederzeit für Sie da. Ich persönlich habe gar nichts gegen die katholische Kirche. Ich hoffe, Ihre Kirche ist genauso ordentlich organisiert wie unser Staat.«

Er gerät ins Prahlen, dachte Johannes. *Wer hat ihm das alles beigebracht? Aber seine Gesprächigkeit ist meine Chance, mehr zu erfahren*. Laut fragte er: »Was geschieht in diesen Lagern? Geht es hier um Profit für die deutsche Industrie?«

Herr Schmitz schwieg.

»Immer mehr Männer kämpfen im Krieg. Jemand muss im Alltag für sie einspringen«, sagte Johannes.

Der andere erwiderte immer noch nichts.

»Was das für Lager sind, will ich wissen!«, rief Johannes.

»Welche Lager?«, fragte Herr Schmitz endlich. Nun war seine Stimme kalt.

»Sie wollen behaupten, dass es keine Lager gibt, Herr Schmitz?«

»Unsinn! Eben verschiedene: Kriegsgefangenenlager, Zivilarbeiterlager, Konzentrationslager, Gettos in Polen und Ungarn und so weiter«, antwortete Herr Schmitz.

Es gibt also mehr als drei unterschiedliche nationalsozialistische Lager, dachte Johannes und kam sich verwirrt und dumm vor.

»Orte für *Häftlinge* und *Fremdrassige*«, fuhr Herr Schmitz fort. In seinen Worten sprang Verachtung hin und her wie ein Ball.

Johannes hatte das Gefühl, die Verachtung auffangen zu müssen, und sagte: »Es sind Menschen. Politische Gegner, Herr Schmitz. Können Sie sich nicht vorstellen, auch mal ein politischer Gegner zu sein? Sie sind es ja schon. Aber was passiert in den Konzentrationslagern? Ebenfalls Zwangsarbeit?«

»Ach, auch das wissen Sie nicht, Herr Kaplan?«

»Das wird vor uns Bürgern doch verheimlicht!«

»Mein Bester, in den KZs wird registriert, abgesondert und inhaftiert. Meldestellen. Zwischenstationen. Natürlich wird auch hier gearbeitet. Überall wird gearbeitet. Von unserer Seite auch. Wir müssen die Häftlinge immerhin bewachen, während sie arbeiten. Große Fabriken werden in den Lagern eingerichtet, Lager in die Fabriken gebaut. Wir werden sehen, was wir noch alles bauen werden. Unser Führer hat riesige Pläne.«

Johannes angelte sich mit seinen langen Beinen einen Stuhl heran. Er war froh, dass weder Tante Johanna noch Dekan Albert Bültel im Haus waren. Hermann und Eduard waren mit den Jugendlichen schwimmen gegangen. »Aber ich begreife noch immer nicht: Was ist der *Sinn* dieser Konzentrationslager? Umerziehung, damit alle in das System passen?«

»Haben Sie schon einmal von Juden gehört?«

»Natürlich. Sie sind doch in aller Munde. Oft waren es angesehene, reiche Kaufleute. Dieser Hass auf Juden ist mir unbegreiflich. Stigmatisierung von Menschen lehne ich grundsätzlich ab. Sämtliche Juden werden in den Osten umgesiedelt, habe ich gehört. Ist das korrekt? Wohin? Warum? Sind die KZs Zwischenstationen für den Osten? Polnisches Gebiet?«

Herr Schmitz seufzte. »Ich weiß auch nicht alles. Aber so kann man es sicher sagen. Sogar sehr gut sagen. Osten. Ja, da sollen sie hin, die Juden. Sie werden in Ihrer Bibel sicher finden, dass Juden verabscheuungswürdige Kreaturen sind.«

»Das ist das Dümmste, was ich je gehört habe.«

»Wie bitte?«

»Damit ich das richtig verstehe: Konzentrationslager also haben den Zweck von …?«

»… sind Fabriken für die Aussonderung.«

»Aussonderung?«

»Wir reden hier von Millionen Juden. Das habe ich gehört, und ich höre viel, weil man mir vertraut. Und deswegen werde ich auch an die Spitze kommen, das habe ich schließlich verdient, verstehen Sie? Ganz nach oben. Sicher wie Sie. Also, für die Juden brauchen wir etwas, das schnell geht und anonym ist. Ohne viel Geschrei. Das wird in ein paar Monaten entschieden werden. Ja, ohne Aufsehen zu erregen. In Polen organisieren wir spezielle Orte. Im damaligen Polen. Das gehört ja jetzt alles uns! Ist das nicht schön? Einmalige Idee unseres Führers. Aussonderung und Freiheit durch Arbeit. Aber das reicht hier nicht mehr aus, wissen Sie, Unterernährung, das dauert viel zu lange, selbst mit System. Die speziellen Lager werden gerade von uns geplant und in Angriff genommen. Bald haben wir eine wichtige Konferenz, in spätestens einem Jahr, was rede ich, wohl eher halbem Jahr!«

»Was soll schnell und anonym gehen?«

»Ich wünsche Ihnen einen guten Tag, Herr Kaplan Johannes Prassek! Heil Hitler!« Der Mann betonte Johannes' Namen langsam, als wolle er ihn sich genau einprägen.

»Moment!«, rief Johannes. »Tomasz Łukjanik …«

Herr Schmitz hatte aufgelegt.

Aussonderung in fabrikmäßiger Dimension, dachte Johannes. *Was ist mit Aussonderung gemeint?*

17
Die Männer der Gestapo

»Ich habe aber sehr stark den Wunsch, in soweit Christ zu sein oder zu werden, dass ich aus ganzer voller Seele und ohne alle Nebengedanken und Abstriche noch einmal sagen kann: Dein Wille geschehe.«

»Eben habe ich den letzten schönen Apfel gegessen und meine Beinwunde ist dank der Salbe auch bald geheilt. Lebt wohl!«

Januar bis Ende Februar 1942

Im Januar wurde Moskau endgültig aufgegeben. Nach monatelangen Kämpfen konnte die Stadt nicht eingenommen werden. Die Stimmung war auch in Lübeck angespannt. Man sprach von der ersten großen Niederlage. Man hörte immer wieder Sirenen heulen.

Die ersten Versammlungen mit Soldaten im Pfarrhaus verliefen ruhig und friedlich. Es wurde Frühjahr 1942. Frau Rechtien befürchtete zwar jeden Augenblick die SS, die Prügelgarde, wie Johannes sie nannte. Aber sie wurden in Ruhe gelassen.

Johannes war beinahe glücklich. Die Gebete in den Versammlungen veränderten das Leben aller um ihn herum; die Menschen wurden freundlicher, gelassener, weniger misstrauisch.

Die Wochen vergingen. Johannes schrieb und las viel in dieser Zeit, sprach mit etlichen, erkundigte sich. Er wollte so genau wie möglich wissen, an welchem Punkt der Krieg stand und wie viele Juden und andere verschwunden waren. Die Zwangsarbeiter versorgte er täglich.

Sogar ein junger Soldat war zum Glauben gekommen: Hans Lüers. Er hatte eine junge Frau, die schwanger war mit dem zweiten Kind, und er kam regelmäßig zu den Soldatenabenden.

Die Gottesdienste waren bis zum Bersten gefüllt. Johannes ließ sich dazu überreden, die Haupttreffen aus Sicherheitsgründen nur einmal alle vier Wochen durchzuführen und ausschließlich Männer zuzulassen, denn es sollte den Frauen und Mädchen nichts passieren, falls die Gestapo die Treffen kontrollieren würde.

»Und die SS?«, fragte Johanna Rechtien an einem späten Samstagnachmittag Ende Februar.

»Was soll das bitte für eine *Schutzstaffel* sein? Zu wessen Schutz und Sicherheit? Hitler ist der Einzige, der hier geschützt wird. Es wundert mich, dass der sogenannte Führer noch nicht abgesetzt wurde. Sind die KZs nicht Grund genug?«

»Reden Sie nicht so, Johannes, Sie klingen in den Ohren von Menschen wie Karl Herrmann wie ein Spion.«

»Aber was ist das für eine Organisation! Schutz? Die SS ist ein Instrument des Grauens, des Terrors und der Kontrolle über die Polizei! Militärisch verbrecherisch!« Er schüttelte den Kopf und heftete Gedanken zu seiner neuen Predigt in einem Ordner ab.

Eduard saß mit ihm am Küchentisch.

»Ich bitte Sie, wenn Sie jemand hört!«, warnte Johanna.

Johannes lachte.

»Ihnen wird das Lachen noch vergehen«, rief Frau Huber,

die gerade aus dem Garten in die Küche kam. »Dieser Winter ist so kalt, dass ich mich frage, wie noch etwas blühen soll.«

»Die Schädlinge sind alle erfroren«, sagte Tante Johanna.

»Aber die Rosen auch«, sagte Eduard.

»Es wird Sommer werden. Die Rosen treiben wieder neu aus«, sagte Johannes. »Viele Rosen werden blühen und das Abgestorbene weggeschnitten.«

»Genau. Wer denkt ernsthaft, dass Hitler siegen wird oder jemals konnte?«, fragte Eduard.

»Sie haben recht. Was würde denn ein solcher Sieg bedeuten? Das wäre doch kein Sieg, sondern eine Katastrophe!«, sagte Tante Johanna.

»Haben wir eigentlich noch Kartoffeln? Einer muss sich doch ums Essen kümmern«, sagte Frau Huber. »Johanna und ich zaubern ein Samstagabendessen aus dem wenigen, was noch da ist. Sie sollen doch morgen gestärkt in Ihre Predigt gehen, Johannes. Wo ist Hermann eigentlich?«

»Die Jugendlichen sind wieder da, bei den Vögeln auf dem Balkon. Hermann hat auch Feuer gefangen!«, erklärte Eduard lächelnd.

»Unser Eduard wird noch zum Stadtgespräch mit seinen Tieren!«, sagte Johannes.

Frau Huber ging Tante Johanna zur Hand.

Johannes wusste, dass die einundsiebzigjährige Dame einsam war. Mann und Sohn hatte sie früh im Krieg verloren. Sie war eine recht betuchte Frau, aber allein.

»Seit Sie hier sind, ist unsere Kirche aufgeblüht, Johannes«, sagte Lisa Huber. »Sie und die anderen beiden jungen Kapläne bringen frischen Wind in alle Räume bis in den Garten und auf den Balkon. Wann waren jemals schon Hunderte von Menschen regelmäßig im Gottesdienst? Ich lebe hier schon mein ganzes Leben lang und habe das, was hier passiert, noch nie zuvor erlebt. Man könnte noch richtig an Gott glauben!«

»Sehen Sie nach draußen, was für ein roter Frühling! Wenn man jetzt Gott nicht erkennen kann!«, sagte Johannes.

»Im Frühling sind die Blumen doch weiß und gelb«, sagte Eduard.

Hermann kam in die Küche.

»Sie müssen auch etwas essen, Hermann«, sagte Lisa wie sooft. »Bleiben Sie gleich hier. Nicht wieder verschwinden!«

»Du siehst glücklich aus, Hannes«, sagte Hermann.

»Ja, es ist seltsam. Das Haus ist voller lieber Menschen. Es wird sogar für Hitler gebetet. Es kommt mir vor wie die Ruhe vor dem Sturm. Es ist zu schön, um wahr zu sein.«

»Ich kann noch immer nicht fassen, was die Menschen am zweiten Abend gebetet haben«, sagte Tante Johanna. »Das werde ich nie vergessen.«

»Ich kann nur hoffen, dass der Krieg bald vorbei ist«, sagte Eduard. »Bei solchen Gebeten kann er nicht mehr lange dauern!«

»So etwas habe ich noch nie erlebt. Diese Gebete. Wunderschön.« Johannes lächelte.

»Fanden Sie?«, fragte Frau Huber.

Da klingelte das Telefon. Johannes stieg die Treppe nach oben in den zweiten Stock. »Pfarrhaus Parade 4!«

»Sie suchen nach einem gewissen Tomasz Łukjanik?« Es war Heinz Schmitz.

Johannes erinnerte sich sofort an ihn, obwohl Wochen vergangen waren. Die Stimme des Erfurters klang noch immer jung, vergnügt und kalt. Johannes fühlte wieder diese hässliche Angst. Es musste die Mischung aus Vergnügtheit und Kälte in der Stimme des Fremden sein, die ihm das Herz abdrückte. Dieser unverdrossene Übermut.

»Einen Tomasz Łukjanik haben Sie gesucht, Herr Prassek?«

»Ja.«

»Wir haben ihn gefunden.«

Johannes schwieg überrascht und von unbestimmter Furcht befallen.

»Oh ja. Wir haben Sie nicht vergessen. Die Akte liegt hier vor mir auf dem Tisch. Wir waren nur sehr beschäftigt, wissen Sie. Der Osten. Moskau. Stalingrad. Unsere nächsten Ziele.«

»Und Tomasz Łukjanik?«

»Er ist tot«, hörte Johannes den Fremden sagen. In seiner Fantasie.

»Es geht ihm gut«, sagte Herr Schmitz.

Johannes wusste nicht, was er sagen sollte.

»Er lebt. Momentan nicht ganz so gut, muss ich zugeben. Aber er kann noch viel arbeiten. Hoffe ich für ihn. Deswegen ist er in einem unserer großen neuen Stammlager in Dresden.«

»Er ist tatsächlich in Dresden?«

»Noch ist er da.«

Johannes lehnte sich gegen die Wand. *Herr, du hilfst*, dachte er. »Wie lange wird er noch da bleiben müssen?«, fragte er laut. Er bereute dies sofort.

»Bis er fertig ist.«

»Bis er fertig ist? Mit was?«

»Mit Arbeiten natürlich. In den Steinbrüchen. Dann kommt er in den Untertagebau. Es gibt Stollen und Bergwerke in der Nähe von Dresden. Und viele Untertagebaustellen im ganzen Reich. An den Wochenenden ist er in der Rüstungsarbeit und im Bombensuchdienst beschäftigt!«

»Bombensuchdienst? Soll das ein Scherz sein?« Doch er glaubte nicht an einen Scherz. »Könnten Sie ihn nicht uns zur Verfügung stellen? Wir brauchen dringend Hilfe im Pfarrhaus!«

Herr Schmitz lachte. »Er wird von uns noch *benötigt*!«

Johannes hatte auf seinen Erkundigungen erfahren, dass

solche Aufgaben wie Untertagebau und Rüstungsarbeit mörderisch waren.

»Und nun zu Ihnen, Johannes Prassek. Wer hat sich nach diesem Polen erkundigt?«

»Wie bitte?«

»Wer hat bei Ihnen angefragt?«

»Vielen Dank für Ihre Mühe, Tomasz zu finden. Damit hat es sich erledigt«, sagte Johannes.

»War es sein Bruder?«

»Ich bin Ihnen wirklich dankbar, Herr Schmitz. Es war bestimmt nicht leicht, unter all diesen Millionen von Nummern den *einen Namen*, den es sicher mehrfach gibt ...«

»Spielen Sie kein Spiel mit mir. Wir haben vom Bruder dieses Polacken erfahren. Er wollte nicht gleich sprechen, da mussten wir ein klein wenig nachhelfen.«

»Was haben Sie ihm angetan? Wurde Tomasz gefoltert?« Johannes lehnte sich an die Tür seines Arbeitszimmers. Seine Knie wollten nachgeben.

»*Tomasz*? So, so. Wie dickste Freunde. Sind diese ... Polen im Allgemeinen Ihre Freunde, Herr Prassek?«

»Ja, das sind sie. Ich liebe sie!«

Nun schien Herr Schmitz sprachlos zu sein. »Lassen Sie sich warnen von mir, Herr Kaplan. Wir reden hier von Gefangenen!«, sagte er schließlich.

»Sie sind meine Freunde!«

»Nun, als Freund, als dickster Freund ... Denken Sie nicht, die beiden Brüder sollten vereint werden?«

»Was wollen Sie von den beiden?« Johannes wagte nicht, nach Agnes und Marta zu fragen. Er wollte nicht, dass den Mädchen etwas geschah aufgrund seiner Erkundigungen.

»Habe ich nicht gerade von den vielen Untertagebaustellen im Reich gesprochen? Bombenreparaturkommandos sind unsere ganz neuen Stellen. Haben Sie nicht auch daran Interesse? Denn die Frage lautet doch eher: Was wollen *Sie* mit den beiden, Herr Prassek? Warum sind Ihnen diese Männer so wichtig?«

»Ich bin Priester, Herr Schmitz. Natürlich sind mir Menschen wichtig.«

»Rein beruflich, meinen Sie also?«

»Menschenleben zu vernichten, ist ein Verbrechen, auch und sogar erst recht, wenn dieses Töten verstaatlicht wird. Schematisches, instrumentalisiertes oder gar industriell durchgeführtes Töten muss ich verabscheuen.«

»Rein beruflich?«

»Und Sie? Töten und hassen Sie rein beruflich? Oder sind Sie auch privat der Meinung, dass die staatlich propagierten Rassengesetze die Wahrheit sind?«

»Ich warne Sie, Herr Prassek. Legen Sie sich nicht mit uns an. Noch sehen wir Sie als kleinen Moralapostel im Kirchenkreis. Sie verteilen ja nicht gerade Flugblätter, vervielfältigen Hetzpredigten oder rufen zum Aufstand auf, mein Bester!«

Johannes hielt kurz die Luft an.

»Und in Ihrer Umgebung funktioniert ja alles tadellos, habe ich gehört. Aber Achtung, mit Gott und Gebet und so. Gott gibt es ja gar nicht. Sie sitzen nicht gerade in einem Wespennest. Das kann sich aber ganz schnell ändern.«

Johannes wollte am liebsten losschreien. Konnte er seine Menschenfurcht gekoppelt mit Wut nicht endlich loswerden? »Herr Schmitz, Sie und Ihre Männer machen das Volk glauben, gefangene Soldaten würden menschlich behandelt und Juden nur nach Osten umgesiedelt. Alles Lüge! Was passiert in Wirklichkeit? Wird nicht mit tödlicher Effizienz, mit Raffinesse geradezu ordentlich aussortiert?«

»Das Volk würde ohnehin nichts verstehen, Herr Prassek, das wissen Sie genauso gut wie ich. *Sie* verstehen es, als gebildeter Mann und Akademiker!«

»Was soll ich verstehen?«

»Ich habe mich über Sie erkundigt, Johannes. Sie sind aus armem Elternhaus. Sie wollen doch nicht alles verlieren, was Sie sich mühsam aufgebaut haben? Die Zwangsarbeiter in Lübeck haben Ihnen nicht wichtig zu sein. Keine Łukjaniks und auch sonst niemand. Werden Sie sich nicht daran halten, statten wir Ihnen einen Besuch ab. Früher, als Ihnen lieb ist. Den werden sie nicht vergessen. *Lassen Sie sich warnen*! Heil Hitler!« Und wieder hatte Heinz Schmitz einfach aufgelegt.

Johannes stieg langsam die Treppe hinunter. Vor der Küchentür blieb er lange stehen.

»Wer war das?«, fragte Tante Johanna ängstlich, als er endlich in die Küche kam.

»Erfurt. Das Amt. Ein Herr Schmitz. Nicht wichtig.«

»Was will denn der hier bei uns in Lübeck?«, fragte sie.

»Ich habe ihn wohl auf mich aufmerksam gemacht.«

Frau Huber ließ sich an den Tisch fallen. »Jetzt sind sie schon aus anderen Städten hinter Ihnen her.«

»Ich bin doch nur ein kleiner Fisch, ganz uninteressant. Was für einen Einfluss habe ich denn schon? Die werden sich sicher nicht hierher bemühen.«

»In Lübeck gibt es genügend Beamte, die sich ins Pfarrhaus bemühen, glauben Sie mir«, sagte Tante Johanna bedrückt. »Die ganze Stadt spricht und rumort, weil Sie mit Ihren Gruppenabenden die jungen Leute aufgeschreckt haben. Das kann ja einigen nicht recht sein …«

Johannes zuckte müde mit den Schultern. »Ich möchte nur wissen, wie dieser Herr Schmitz aussieht.«

Frau Huber starrte ihn an. »Was? Das ist alles, was Sie interessiert?«

»Und Hunger habe ich! Sie nicht auch? Her mit den Kartoffeln, Lisa!«, sagte er gespielt fröhlich, um Frau Hubers Nervosität zu mildern. »Und wo ist unser lieber Albert Bültel? Will er nicht zum Essen kommen?«

Langsam stand Johanna Rechtien auf und verteilte die Kartoffeln mit etwas Salz und Brot auf sechs Teller.

Eduard und Hermann betrachteten Johannes.

»Vielen Dank! Und nicht so viel Kummer und Hoffnungslosigkeit auf den Tisch, wenn ich bitten darf«, sagte Johannes und zwinkerte.

Während sie schweigend aßen, dachte Johannes unentwegt an Tomasz, den er noch nie gesehen hatte. Und an Rudy.

18
Die Predigt

»Trauert nicht um mich!«

»In der Gesinnung völliger Hingabe an Ihn.«

Ende Februar 1942

Sofort nach dem Essen suchte Johannes Rudy, aber konnte ihn nicht finden. Doch Aneta fand er. Sie kauerte in der Nähe der Baracke, in der Piotr gelegen hatte. Powo war nicht bei ihr. Johannes setzte sich neben sie und gab ihr einige gekochte Kartoffeln in einer Tüte. Sie waren noch warm. Es war seine Portion.

Langsam berichtete er auf Polnisch, was er von Heinz Schmitz erfahren hatte. »Aneta, warne Rudy, er soll fliehen. Sie sind hinter ihm her, und es ist meine Schuld«, sagte er.

»Sie sind schon gekommen«, antwortete Aneta leise.

»Was? Wer?«

»Die Gestapo. Sie haben Rudy mitgenommen. Sie kamen schon heute früh.«

Johannes konnte es nicht fassen. »Da habe ich an meiner Predigt gesessen.«

»Es ist nicht deine Schuld. Du hast versucht zu helfen. Du konntest es nicht wissen.«

»Aneta, was soll ich nur tun? Wohin haben sie ihn gebracht?« Aber er wusste es schon. Nach Dresden. »Warum habe ich das nicht geahnt? Ich war so leichtsinnig! Ich hätte es *wissen müssen*!«, rief er verzweifelt. »Bitte vergib mir!«

Er dachte an die wiederholten Warnungen von Heinz Schmitz. Warum hatte er ihn nicht ernst genug genommen? »Wieso verschleppen sie einen Polen, nur weil ich den Bruder suche? Wollen sie ein Exempel statuieren? Mir Angst machen? Oder haben sie etwas zu verbergen? Was wollen sie von Rudy?«

»Vielleicht ist es nicht so schlimm, Johannes. Dann sieht Rudy seinen Tomasz endlich wieder. Und vielleicht auch die Mädchen, wenn sie dort in der Nähe sind«, sagte Aneta. Es klang tröstend.

Der Sonntag kam. Johannes predigte. Er wusste, es würde etwas ganz anderes aus seinem Mund kommen als das, was er den ganzen gestrigen Samstagvormittag vorbereitet hatte. Die Morgensonne strahlte durch die bunten Kirchenfenster. »Herz Jesu« war wie schon seit den letzten Monaten bis auf den letzten Platz gefüllt. Trotzdem wusste Johannes, dass Tante Johanna fehlte. Das kam so gut wie nie vor. Sie hatte ihm doch noch Frühstück gemacht. Warum war sie nicht im Gottesdienst? Irgendetwas stimmte nicht. War sie krank?

»Guten Morgen, liebe Lübecker Christenheit! Heute möchte ich über das Gewissen sprechen. Das christliche Gewissen.« Dann begann er, über seine eigene Ruhe erstaunt, von Piotr und Rudy zu erzählen. Tränen traten in seine Augen, während er von seinen geliebten Freunden berichtete, die er wohl nie mehr wiedersehen würde.

Er kam nicht weit. Plötzlich lichteten sich die Reihen, und vier Männer in schwarzen Mänteln schritten langsam nach vorn.

Johannes stockte mitten im Reden, doch der erste Mann nickte ihm zu und gab ihm mit Handzeichen zu verstehen, er solle weiterreden – bis sie unter seiner Kanzel standen.

Johannes räusperte sich. Sein Herz schlug hart. »An wen sollen wir glauben?«, rief er. Seine Stimme kam ihm unnatürlich hell vor. »An jemanden, der von einem Tausendjährigen Reich besessen ist und von einer Überlegenheit von sogenannten *Ariern,* oder an Jesus Christus?« Er wartete, und es lag eine Stille von Trompeten in der Luft, ja, von Trompeten, die Stille bliesen, keine Töne. »Es mag kein offizielles Schriftstück geben, dass Polen und andere Fremdrassige nicht lebenswert seien. Doch Töten wird als Nebeneffekt in Kauf genommen oder gar geplant. Dies macht einen Sieg sehr zweifelhaft.« Wieder machte Johannes eine Pause und erschrak selbst vor der klingenden Stille.

»Fahren Sie doch fort«, sagte der erste Mann unter der Kanzel.

»Was soll ich noch sagen? Es ist nun offenbar, dass Ungerechtigkeit unser Land überflutet!«

Der erste Mann unter der Kanzel wandte sich an die voll besetzte Kirche. Mit großen Augen saßen die Menschen da und blickten ihn an. »Heil Hitler! Dieser arme Priester hier leidet unter Paranoia und Wahnvorstellungen. Und wer sich diesen kranken Unsinn nicht länger anhören möchte, sollte lieber *schnell* gehen!«

Da gab es ein großes Räumen und Rutschen, und die verängstigen Kirchenbesucher verließen schweigend einer nach dem anderen das große Gebäude. Manche hasteten hinaus, andere drehten sich immer wieder um. Kinder mussten hinausgezerrt werden. Ein paar weinten.

Als es still wurde und die Kirche leer war, sagte der erste Mann: »Entschuldigen Sie die Störung, Herr Kaplan. Fahren Sie doch bitte fort! Wir vier hören ganz genau zu.«

Johannes schwieg.

»Sie wissen nicht, wo Sie stehen geblieben sind? Ich kann es Ihnen sagen«, sagte der erste Mann. »Unser Führer ist besessen, haben Sie gesagt, so war es doch?«

»Ja, das ist er. Er treibt unser Land bewusst in den Untergang«, sagte Johannes.

Die Männer lachten lange und laut. Es hallte von den Steinwänden wider.

»Sie leiden unter einem heftigen Wahn, Herr Prassek, genau, wie man uns gesagt hat. Sie reden, als ob der Krieg verloren wäre. Wir aber stehen kurz davor, Moskau einzunehmen!«

»Das wird nicht gelingen«, sagte Johannes. »Und es gibt keine Arier, geschweige denn deren Überlegenheit. Das ist fanatisch. Das ist Wahn. *Fremdrassig*, *Säuberung* – was sind das für Worte? Wie viele Menschen sollen denn noch sterben?«

»Der Nächste, der sterben wird, sind Sie!«, sagte der erste Mann unter der Kanzel.

»Schade, den Endsieg werden Sie nicht mehr erleben!«, erklärte der zweite Mann.

»Den Endsieg? An mehreren Fronten gleichzeitig zu kämpfen ist aussichtslos!«, antwortete Johannes. »Schon ein Zweifrontenkrieg ist katastrophal!«

Wieder lachten die Männer.

»Der Kriegsexperte spricht. Nun kommen Sie schon herunter, Priester. Wir beißen nicht. Oder haben Sie Angst vor uns und müssen sich deswegen auf Ihrer Kanzel verstecken? Ich habe gehört, Sie sind ein großer Mann?«

Langsam kam Johannes herunter. Er zögerte nicht, ging nur sehr langsam. Hatten diese Männer Waffen?

Kaum war er unten angelangt, landete eine Faust in seinem Magen und eine auf seinem Genick. Er keuchte, ging aber nicht zu Boden. Dann kam der zweite Mann. Er trat ihm gegen die Knie, und Johannes stürzte vor die Kanzel. Seine Stirn knallte auf die Kacheln, er spürte sein warmes Blut. Der dritte Mann trat gegen seinen Kopf. Johannes schrie, und die große Kirche schrie mit ihm.

»Ich hoffe, das reicht fürs Erste für Ihren Wahn«, sagte der erste Mann. »Das nächste Mal bringen wir Sie um!«

»Ich sage die Wahrheit«, rief Johannes, richtete sich auf und wischte sich das Blut vom Gesicht.

»Er lernt sehr schwer«, sagte der zweite Mann.

Die vier Männer prügelten auf ihn ein, still, gesittet, mühelos. Ihre luftigen Mäntel knatterten dabei.

19
Lübeck, Parade 4

»Bitte sehen Sie darin kein Wort der Verzweiflung, sondern eines, worum ich mich mühe, um Gott auch hierzu ein bereitwilliges Ja zu sagen, wenn es so sein Wille ist.«

»Es gibt auch das andere: wie Gott es will!«

Ende Februar bis Anfang März 1942

Aneta hatte Wasser abgekocht. Tante Johanna rührte eine Salbe an.

»Natürlich war es Frau Huber gewesen«, sagte Aneta. »Ich konnte sie von Anfang an nicht leiden. Hast du endlich saubere Tücher gefunden, Anton?«

Johannes stöhnte.

»Ruhig, ruhig«, flüsterte Aneta in einem Tonfall, als würde sie mit Powo sprechen.

Johannes spürte, dass er auf dem Rücken lag. Schmerzen zogen wie dicke Stränge Richtung Kehle. »Was macht ihr hier?«, ächzte er, aber seine Stimme rasselte. Er konnte kaum den Kopf heben. Er war wohl auf dem Boden der Küche gebettet. Bettzeug, Kissen und eine Decke fühlte er unter sich. Jemand hatte ihn beinahe ausgezogen. Draußen war es dunkel.

»Wir haben es nicht mehr bis zum Schlafzimmer geschafft, Aneta und ich«, entschuldigte sich Anton. »Zu schwer.«

»Wo sind die Tücher?«, rief Aneta ungeduldig.

Anton hob hilflos die Schultern. Alle Schränke standen auf, Gegenstände fielen heraus, aber er schien eher ein Durcheinander angerichtet zu haben, als Aneta eine Hilfe zu sein.

Johanna Rechtien ließ schließlich alles stehen und liegen und eilte in den zweiten Stock, um frische Tücher aus dem Badezimmer zu holen.

»Wenn die Männer euch hier finden … Vielleicht sind sie noch da!«, flüsterte Johannes. Obwohl ihm schwindlig war, fiel es ihm seltsamerweise nicht schwer, polnisch zu reden. Es war, als wäre diese Sprache endlich in sein Blut gesickert – falls noch welches übrig war.

»Sie sind weg. Sie sind nicht mehr da, und selbst wenn – wir lassen dich doch nicht einfach hier liegen!«, sagte Aneta.

»Es tut mir so leid, Johannes!« Tante Johanna weinte. »Diese Männer haben solch drohende Bemerkungen gemacht, hier vor der Tür, als ich kurz ins Pfarrhaus zurückging, um meine Bibel zu holen. Ja, sie haben mir gedroht. Ich konnte Sie nicht mehr warnen. Und ich traute mich auch nicht, wieder in den Gottesdienst zu gehen. Ich habe mich in mein Zimmer eingeschlossen.«

»Das macht nichts. Wo sind Hermann und Eduard? Geht es ihnen gut? Haben sie sie auch zusammengeschlagen?«

»Nein, es geht ihnen gut, keine Sorge, sie holen gerade einen Arzt. Zuvor waren diese Männer im Pfarrhaus und haben alles durchsucht. Jedes Zimmer haben sie auf den Kopf gestellt, nur Küche und Bad haben sie unberührt gelassen. Es war wirklich sehr schrecklich. Gefunden haben sie aber nichts, glaube ich, Albert Bültel hat alle Hirtenbriefe entfernt. Doch eine Menge Briefe und Notizen haben sie beschlagnahmt und mitgenommen.«

»Ach, Tante Johanna, diese Briefe und Notizen sind doch nicht *nichts*«, stöhnte Johannes. »Ich hoffe, niemand wird durch meine Papiere belastet oder kommt dadurch zu Schaden.«

»Waren Sie denn nicht vorsichtig?«, fragte Tante Johanna entsetzt. »Wir haben doch darüber gesprochen, aus Sicherheitsgründen nichts aufzuschreiben!«

»Na, das wird mich ja wohl nicht gleich den Kopf kosten. Was ist mit Fritz? Haben sie ihn und seine Familie belästigt?«

»Soweit ich weiß, nicht«, sagte Johanna. »Fritz hat schon mehrmals hier angerufen und sich nach Ihnen erkundigt.«

»Lisa – holt Lisa«, sagte Johannes erschöpft.

»Frau Huber? Sie hat nicht ein einziges Mal vorbeigeschaut!« Aneta säuberte mit einem Küchentuch, das sie ins heiße Wasser getaucht hatte, zärtlich seine Wunden im Gesicht und am Kopf.

Johannes schloss die Augen. Der Schmerz schien Seitenränder zu haben, die nun in alle Richtungen zuckten. Dennoch taten ihm ihre Berührungen gut und dämpften das Weh der Schläge, lenkten ihn ab von der Erinnerung. Leider hatte er erst spät das Bewusstsein verloren. Vielleicht wussten diese Schläger genau, wie lange sie einen Menschen gezielt quälen konnten, bevor das Opfer ohnmächtig wurde, professionelle Schläger, Routineschläger. Wo mochten sie jetzt sein? Er hatte Angst um seine Freunde und bezweifelte, dass diese Art Menschen Anton und Aneta am Leben lassen würden. Gut, dass die Schläger Hermann und Eduard nicht gefunden hatten. Die waren am Morgen mit den Jugendlichen zu einem Tagesausflug aufgebrochen, um Vögel zu beobachten, des schönen Wetters wegen.

»Aneta, versteckt euch!«, versuchte Johannes es wieder. Der Schmerz schien über sein ganzes Gesicht zu zucken und zu zacken wie ein Stern.

»Sie waren hinter *dir* her, nicht hinter uns. Keine Sorge, wir verarzten dich jetzt und verstecken uns später«, sagte Anton und setzte sich zu ihm im Schneidersitz auf den Boden, Aneta und Tante Johanna saßen in der Hocke bei Johannes' Gesicht. Einen Kissenbezug hatte Anton gefunden und ein Leinentuch aus einem der oberen Schlafzimmer geholt. Tante Johanna strich Salbe auf Johannes' Gesicht.

»Müsst ihr denn nicht arbeiten?«, fragte der Kaplan.

»Doch. Aber es ist Nacht.«

»Nacht? Wie lange war ich denn bewusstlos?«

»Viele Stunden. Du lagst lange bewusstlos in der Kirche. Da die Männer stundenlang draußen standen und rauchten, hat sich keiner hineingetraut, dir zu helfen.«

»Dann haben sie also doch auf euch gewartet«, sagte Johannes. Sein Kopf schien Schatten zu werfen, in denen es pulsierte und dröhnte. Die Männer hatten Stiefel getragen.

»Jetzt sind sie weg, Johannes, wir haben sie wegfahren sehen. Wir haben von Maries Kinderzimmer aus die Kirche im Blick behalten!«, sagte Aneta.

Wie mutig von Maries Mutter, dachte Johannes. Er war sehr beeindruckt von seiner Gemeinde.

»Die anderen waren ja alle zu feige, Johannes, die anderen Pfarrer und Priester, sie sind in ihre Häuser zurück, Tür zu, Läden nach unten, so ungefähr!«, sagte Aneta.

»Sie hatten Angst, Aneta, auch um ihre Kinder!« Johannes redete leise. Er versuchte innerlich, die Schmerzen zu zählen, um Kontrolle über sie zu bekommen, aber sein Körper kam ihm vor wie ein einziger, großer Rahmen für schreiende Muskeln und blaue Haut. Er wusste, die älteren Generationen der Bischöfe schimpften heimlich über den Staat, trauten sich aber in der Öffentlichkeit nicht, den Mund aufzumachen.

»Und Eduard Müller und Hermann Lange haben viel zu spät erfahren, was mit dir passiert ist. Zuerst schwebten sie selbst in großer Gefahr«, erzählte Anton. »Ihr haltet ja zusammen wie Pech und Schwefel und hört alle drei den englischen Rundfunk, der verboten ist.«

Johannes konnte alle Sehnen und Knochen spüren. »Ich hoffe, sie haben nicht die Briefe des Bischofs von Galen in unseren Zimmern gefunden«, sagte er.

»Albert Bültel hat doch alles noch schnell entfernen können«, erwiderte Tante Johanna.

»Er ist übrigens zum Bischof Berning gefahren!«

»Zum Bischof? Warum?«

»Der muss doch für euch sprechen, Partei ergreifen. So geht es ja nicht weiter. Diese Männer können doch nicht jede Woche kommen. So ungefähr haben sie sich aber ausgedrückt!«

»Die sollen nie mehr wiederkommen!« Aneta schüttelte ihre Fäuste.

»Ich mache mir Sorgen um Lisa«, raunte Johannes. »Könnt ihr nicht bitte nach ihr sehen? Ich hoffe, sie haben ihr nichts angetan.«

»Sie soll sich mal lieber etwas selbst angetan haben, diese Verräterin!«, murmelte Anton.

»Verräterin?«

»Von wem sollte es sonst kommen, dass du Wahnvorstellungen hast, wenn nicht von ihr?«, fragte Aneta.

»Ach, das haben die Schläger erfunden. Es war nur eine Methode, das Volk aus der Kirche zu treiben!«

»Man könnte Lisa Huber von außen als Kirchenangestellte sehen, und genau das haben diese Männer doch gesagt. Dass sie es von *Kirchenangestellten* wüssten, dass du im Grunde verrückt seist. Dabei ist die alte Lisa doch keineswegs angestellt, richtig? Diese kleine Hexe!«, rief Anton.

»Nein. Aber das glaube ich nicht. Und selbst wenn: Damit wollte sie mich nur schützen.«

»Ich verzeihe ihr nicht«, sagte Aneta. Sie legte die Tücher weg, saß noch immer in der Hocke.

»Wenn du nicht mal ihr vergeben kannst, wie willst du Adolf Hitler vergeben?«

Aneta zuckte zurück und stieß einen Schrei aus. »*Hitler vergeben*? Zuerst sollen wir für ihn beten und jetzt sollen wir ihm auch noch vergeben. Was fällt dir als Nächstes ein?«

»Beruhige dich«, keuchte Johannes. »Aber Lisa wirst du doch vergeben können. Bitte vergiss nicht, dass sie Sohn und Mann im Krieg verloren hat.«

»Und was habe *ich* nicht alles verloren?« Aneta trommelte gegen den Boden. »Es wird wohl kaum jemand so viel verloren haben durch diesen Krieg wie wir! Wie alle Zwangsarbeiter!«

Johannes schloss die Augen. »Ich möchte nicht, dass durch diese Sache Unfrieden und Streit entstehen. Ich will, dass die Liebe größer wird, nicht kleiner. Man kann nicht vergleichen, wer in diesem Krieg mehr leidet! Lass uns mit diesem Vergleichen aufhören.«

»Die Bischöfe aber haben ein gutes Leben. Es sind ja nicht alle in Not«, sagte Tante Johanna leise.

Aneta wusch Johannes' Hände, seine Schultern und seinen Rücken. Er unterdrückte Klagelaute.

»Sie haben dich ganz schön zugerichtet«, seufzte Aneta. »Es tut mir so leid. Es hat ja doch mit uns zu tun, dass sie dich quälen. Aber Gott sei Dank ist nichts gebrochen.«

»Gott sei Dank«, sagte Johannes.

»Wie wird es jetzt weitergehen?«, fragte Anton.

»Also, ich werde fortfahren mit allem wie bisher. Und sollte ich auf Knien zur Kanzel kriechen«, sagte Johannes und dachte an Aloys Boecker, der nach seiner Erniedrigung nie mehr predigen wollte.

»Und mit den Treffen abends? Geht das auch weiter?«

»Nun bedränge ihn nicht so«, sagte Aneta. »Erst muss er gesund werden.«

»Ich werde sehen, was die Menschen wollen«, sagte Johannes. »Wenn sie nicht zu viel Angst haben nach diesem Tag heute, werde ich gerne wieder Gruppenabende anbieten.«

»Bitte, Johannes, bleiben Sie jetzt ganz brav im Hintergrund«, rief Tante Johanna. »Wenn Sie sich ihr Zimmer ansehen, werden Sie wissen, warum. Alles ist durcheinander. Diese Halunken haben jede Schublade, jedes Buch, jedes Kissen umgedreht. Ich verstehe nicht, nach was sie suchen. Sie sind doch kein Verbrecher!«

»Wer war nur der Verräter?«, fragte Aneta.

»Ja, es muss wohl einen Spitzel geben«, sagte Johannes. »Aber ich kann mir nicht vorstellen, wer.«

»Was ist mit diesem Neuen da?«, fragte Johanna. »Diesem jungen Soldaten, der durch Ihre Predigten zum Glauben gekommen sein soll, wie er selbst sagt?«

»Hans? Hans Lüers? Unmöglich. Er ist ein aufrechter Mensch, der mir vertraut. Er hat so viele Fragen und ist der eifrigste bei den Soldatenabenden. Er ist noch ein Baby im Glauben, ich muss ihn beschützen.«

»Aber was macht er überhaupt hier? Er ist doch Obergefreiter und müsste aktiv im Krieg sein.«

»Ja, vielleicht ist er ja anderweitig aktiv im Krieg«, sagte Johannes.

Es dauerte zwei Wochen, bis Johannes wiederhergestellt war. Langsam begann er, zu unterrichten und zu predigen. Die große Kirche war leer. *Muss ich bei null anfangen?*, dachte er seufzend. Und er bemühte sich redlich, keine Wurzel der Bitterkeit in seinem Herzen zuzulassen. Aber es gelang ihm nicht ganz.

Die Ersten, die ihn besuchen kamen, waren Hans Lüers und Maries Mutter. Alle anderen schienen große Angst zu haben. Johannes schrieb seinem Bruder Paul alles, was passiert war. Albert Bültel übernahm viele Aufgaben, konnte aber noch nichts Aufschlussreiches mitteilen, was Bischof Berning zu all dem zu sagen hatte.

Als Johannes wieder einigermaßen ohne Schmerzen laufen konnte, ging er zunächst zu Lisa Huber. Sie war wohl völlig eingeschüchtert worden, jedenfalls wollte sie nicht mit ihm sprechen.

»Was ist vorgefallen, Lisa?«, rief er vor ihrer verschlossenen Tür. »Was haben sie mit Ihnen gemacht?«

Sie sah ihn durch das Fenster so entsetzt an, dass er ging und sie in Ruhe ließ. *Niemand will so zusammengetreten werden wie ich*, dachte er. *Ich verstehe das.*

Er versorgte die Zwangsarbeiter und Witwen, so gut er konnte; heimlich kamen viele Menschen und suchten Rat, Gespräch und Seelsorge. Er war viel bei seinen polnischen Freunden. Es war ein harter Winter gewesen; der kälteste, an den er sich erinnern konnte.

Die Gesprächsrunden wandelte Johannes zunächst um in Vieraugengespräche. Auf diese Weise konnte er auf Fragen ganz persönlich eingehen, was ihm Freude machte. Und die Jugendlichen hatten ihn sehr vermisst und überschütteten ihn mit Trost. Immer wieder traf er sich mit Fritz und betete mit ihm.

Manchmal blieb sein Gehalt einfach aus.

»Seltsam, ich werde doch nicht vom Staat bezahlt«, sagte er zu Tante Johanna.

Am 1. März kam Lisa Huber mit einem kleinen Geschenk vorbei. Sie weinte. »Sie haben mir gesagt, sie werden meinen toten Sohn und meinen toten Mann ins Lächerliche ziehen und als Deserteure auf die Liste setzen, obwohl sie ihr Leben gaben … wenn ich nicht gegen Sie aussage! Ich sollte sagen, dass Sie unzurechnungsfähig seien.« Wie eine Maus sah sie ihn an.

»Ich bin ja auch ein klein wenig verrückt«, sagte Johannes lächelnd. »Die Gestapo braucht doch keinen Grund, mich festzunehmen. Meine Kritik ist offen und für jedermann zugänglich, der fragt!« Warum wollten diese Schläger diese arme kleine Frau verunsichern und halb um den Verstand bringen?

»Natürlich weiß ich, dass Sie nicht verrückt sind! Und dann habe ich mich immer erinnert, was Sie mir einmal gesagt haben. Dass jeder selbst entscheiden muss, das Richtige zu tun. Und da wusste ich plötzlich eines Tages, ich habe das Falsche getan. Denn Sie leben, und mein Mann und mein Sohn sind tot.«

»Sie leben auch, Lisa. Doch wissen Sie: *Verrückte* werden in diesem Krieg besonders schnell getötet«, sagte Johannes. »Es hilft nicht, verrückt zu sein. Es hilft nur, Nationalsozialist zu sein. Wollen wir das sein?«

Lisa schüttelte den Kopf.

Nicht nur der Winter 1941/42 war kalt gewesen, auch das Jahr 1942 war kalt. Lisa kochte beinahe jeden Tag Suppe für Johannes und die anderen beiden Kapläne. Er war dankbar, denn sie hatten meist kein Essen mehr im Haus, da auch die Zwangsarbeiter versorgt werden wollten.

»Die Bäckereien und Metzgereien werden immer teurer«, murmelte er.

Immer blickte Lisa Huber Johannes scheu an. Wenn er auch nur das kleinste bisschen körperliche Unbehagen äußerte, schien sie es direkt auf seine Verprügelung zurückzuführen und brach in Tränen aus.

»Wir bekommen die Kirche wieder voll, egal, was die Nationalsozialisten tun«, sagte Johannes. »Es wird diesen Schlägern nicht gelingen, das Christentum aufzuhalten.«

20
Hitlers Buch

»Was mich erwartet, ist Freude und Glück.«

»Gott ist so gut, dass er mich noch einige schöne Jahre als Priester hat arbeiten lassen.«

März 1942

»Heil Hitler, Herr Kaplan!«, sagte Karl, als er mit seiner Frau Rose wieder im Pfarrhaus vorbeischaute. »Was heißt hier schon *Niederlage vor Moskau.* Völliger Unsinn! Es ist eben ein abscheulich kalter Winter dieses Jahr. Da kommt jeder Krieg ins Stocken! Herr Kaplan, Rose ist übrigens schon viel gehorsamer geworden, ich bin richtig stolz auf sie!«

Johannes wusste, dass Karl gern über Politik diskutierte, das war sein Hobby. Sie saßen im Wohnzimmer. Johannes hatte am selben Tag von erneuter Ermordung der »behinderten« Menschen durch Giftspritzen gehört. Es ging ihm gar nicht gut.

»Wer gewinnt schon bei Eis und Schnee? Wir probieren es einfach im Sommer wieder mit diesem Moskau!«, sagte Karl. »Das wird dann eine ordentliche Schlacht. Wir lassen uns doch von diesen Moskauern nicht die Laune verderben in unserer altehrwürdigen Hansestadt!« Er hob seinen Becher

Tee. »Auf unsere Wehrmacht!« Dann trank er. »Immer dieser dünne Tee!«, brummte er. »Wie gern hätte ich jetzt ein schönes Glas Rotwein!«

Johannes schwieg.

Seine Frau Rose begann zu husten vor unterdrückter Wut. »Wie geht es Ihnen, Johannes? Wir haben von diesem Überfall gehört. Hans Lüers hat es uns erzählt. Wer ist das eigentlich?«

»Genau, Überfall!«, unterbrach Karl sie. »1939 haben wir im Blitzkrieg Polen, dann 1940 Holland, Dänemark, Norwegen, Belgien und Frankreich eingenommen, da wird uns der Osten schon auch noch vor die Füße fallen. Wie sagt unser Führer so schön: Die Deutschen brauchen mehr Platz. Der Osten gehört uns!«

»Das hat Hitler gesagt?«, fragte seine Frau und hob die Augenbrauen. »Sei doch nicht so großspurig! Er ist wohl dein persönlicher Busenfreund geworden?«

»Nein, nein, nein, das bist du. Aber wie steht es nicht so klar im Buch des Führers: neuer Lebensraum Osten!«, sagte Karl.

»Dass du überhaupt lesen kannst«, murmelte seine Frau.

Der kleine dicke Mann betrachtete sie böse.

»Wie wäre es, wenn Sie mal die Bibel lesen würden?«, fragte Johannes. »Sie kennen sich im *Buch des Führers* offensichtlich besser aus als in der Heiligen Schrift.«

»Wo steht bei Ihnen eigentlich *Mein Kampf,* Herr Prassek?«, fragte Karl und blickte sich um. »Es ist so ein spannendes Werk!«

»Ich habe es nicht mehr«, sagte Johannes, doch Rose bekam einen erneuten lauten Hustenanfall und verdeckte damit zur Hälfte seine Worte.

»Ist der erste Band nicht unglaublich, in dem der Führer über sein Leben berichtet?«, schwärmte Karl. »Man liest es wie einen Krimi.«

»Es ist ein antisemitisches Buch«, sagte Johannes. »Und das meiste aus seinem Leben ist wahrscheinlich erfunden.«

Rose hustete noch mehr.

»Hast du dich verschluckt, Rose?«, sagte Karl. »Nun, Herr Kaplan, es geht im Buch des Führers um unseren Rassenkampf, um Volksgemeinschaft und Frieden! Daher ist es so wichtig, dass jeder Deutsche dieses Buch gelesen hat.«

»Mit seinem Programm und seinem Buch hat Hitler viel verdient«, sagte Johannes. »Bestsellerauflage. Mit einem Programm, das Stalin nicht mal ernst genommen hat, dabei hat Hitler immer klar und deutlich gesagt, was er vorhat. Die Menschen waren nur blind.«

»Ja, Hitler verkauft mit seinem Buch seine Idee«, sagte Rose. »Er will alles einverleiben und einen eigenen germanischen Bereich, eine Hemisphäre schaffen, wo er Germanien mit monströsen Bauten feiert, Bauten, in denen sich der Petersdom dreimal verstecken könnte. Eine Scheinwelt. Hitler kann offensichtlich mit der Realität nicht umgehen.«

»Ein Künstler eben, Rose. Gerade *du* solltest das doch verstehen! Du malst doch auch und denkst in Bildern.«

»Glaubst du etwa, Hitler *malt*?«

»Oh ja. Er hat doch Kunst studiert, sagt man ...«

»Wir sollten uns lieber vorbereiten, anstatt solche Diskussionen zu führen. Die Sirenen heulen Tag und Nacht. Unsere Stadt könnte bald angegriffen werden!«, sagte Johannes.

»Angegriffen?«

»Ja, Bomben! Wissen Sie, was Bomben sind?«

»Auf Lübeck?«, fragte Karl ungläubig.

»Willst du aus dem letzten Loch pfeifen, während die Lübecker Orgeln niederbrennen?«, fragte Rose.

»Meine Frau ist heute besonders gehässig«, murmelte Karl. »Wahrscheinlich, weil es schon so lange keine Schokolade mehr gibt. Aber wie soll es im Krieg auch Schokolade geben? Das kann man dem Führer nicht verübeln. Er bereitet eben den Führerstaat vor. Da wird er auch selbst keine Schokolade essen, Rose. Das wird sich ändern, wenn wir erst den Osten ganz eingenommen haben. Große Führer werden wohl kaum lange für einen Endsieg brauchen. Große Führer werden keine gravierenden Fehleinschätzungen machen. Sonst wären sie keine großen Führer. Beziehungsweise *der* Führer. Habe ich nicht recht?«

»Dir ist nicht mehr zu helfen, Karl!«, sagte Rose.

Johannes bewunderte sie. Sie schien ihren Mann wirklich zu lieben und die Ehe ernst zu nehmen, sonst wäre sie wohl kaum noch an seiner Seite. Oder spielten wirtschaftliche Gründe eine Rolle?

»Nachdem wir Russland – nach dem Sieg über Polen 1939 – betrogen und den Pakt gebrochen haben, indem alle Städte entlang der gemeinsamen Grenze im Juni 1941 in einem Totalangriff von uns hinterhältig angegriffen wurden, lassen uns die Russen sicher nicht einfach einmarschieren!«, rief Rose. »Oder was meinst du damit, dass wir den Osten schnell einnehmen werden?«

»Das verstehen Frauen nicht. Es ist eben deutsch-sowjetischer Krieg! Die Rote Armee hat zurückzustecken. Was kümmert uns der Feind? Laut Radio und Hitler ist der Feind am Ende seiner Kraft!«, erklärte Karl.

»Ich bitte Sie, Karl, denken Sie nach. Wir stehen kurz vor einem Wendepunkt in diesem Krieg!«, sagte Johannes.

»So oder so, wir brauchen Platz zum Leben. Der Deutsche ist unterdrückt!«, behauptete Karl.

»Warum sollte der Deutsche unterdrückt sein? Warum haben wir nicht genügend Platz zum Leben?«, fragte Johannes.

»Man schaue sich mal an, was alles britisch ist in dieser Welt: Indien, Australien, ganze Teile von Afrika. Großbritannien ist viel größer als wir! Das kann doch so nicht bleiben!«, rief Karl.

»Hitler hat Großbritannien unterschätzt«, antwortete Rose. »England war seine erste große Niederlage, nicht Moskau. Danach hätte jeder vernünftige Mensch Schluss machen müssen.«

»Jetzt geht es doch erst so richtig los. Ich denke, die Briten sollen sich mal nicht so haben, Rose. Wir haben sie ja kaum richtig angegriffen.«

»*Wir*?«

»Das bisschen Luftkrieg da. Die paar Bomben. Hitler will doch eigentlich in den Osten! *Da* ist viel Platz!«

»Da kannst du ja gern hinziehen, Karl. Ich bleibe hier.«

»Hitler hat alle eingeschüchtert«, sagte Johannes. »Alle haben Angst vor Krieg. Außer er. Doch die Briten möchten keinen Frieden mit Deutschland. Da gibt keiner klein bei oder hält sich heraus!«

»Eben ganz schön wagemutig, das kleine Großbritannien«, spottete Karl. »Sich auf die Seite der Russen zu stellen. War doch nur ein dummes, kleines Missgeschick, dass wir Moskau nicht gleich einnehmen konnten. Keine Katastrophe. Die Briten haben eben nichts verstanden. Haben bis heute nicht dazugelernt.«

»Ich glaube eher, du hast nicht dazugelernt!«, sagte Rose.

»Wie soll England Frieden mit uns haben wollen, wenn wir London bombardieren?«, sagte Johannes.

»Adolf Hitler meint sicher, auch der komplette Himmel gehöre ihm, wenn er da mit seinen Bombern anfliegt«, murmelte Rose.

»Das nennt man Luftkrieg, Rose. Unser Führer scheint eben eine Schwäche für die Briten zu haben. Obwohl die ja nicht mitmachen wollen, diese Sturzknopse«, sagte Karl.

»Wenn andere nicht mitmachen wollen, sollte man aufhören, zu glauben, die Welt einnehmen zu können, oder nicht?«, erwiderte seine Frau. »Wie gedenkt Hitler, das riesige Russland *alleine* zu erobern, ohne die reichen Briten?«

»Nun gut, ich gebe zu, es würde alles viel schneller gehen,

wenn wir diese Briten nicht auch noch im Nacken hätten. Aber, ach was – wir schaffen das alles auch sehr gut ohne England! Sollen die doch sehen, wo sie bleiben.«

»Die Weltherrschaft erlangen, ist das das gewünschte Ziel? Obwohl die Briten von uns völlig überrumpelt wurden, konnte Deutschland sie dennoch nicht besiegen!«

»Wir haben es doch noch gar nicht richtig versucht. War ein großer Fehler, das mag sein. Wir hätten sie richtig fertigmachen sollen, diese hochmütigen Engländer!«

»Man könnte eigentlich meinen, Adolf Hitler wisse, wie schlimm Krieg ist. Er hat im Ersten Weltkrieg an der Front gekämpft«, sagte Johannes und schüttelte den Kopf.

»Ach, das wird alles auch ein Blitzkrieg werden, wir bombardieren Russland schön und dann ist in ein paar Wochen Schluss. Europa gehört uns und wird vereint. Und den Osten gibt's kostenlos obendrauf!«, sagte Karl. »Und dann tausendjährigen Frieden. Das hat der Führer versprochen.«

»Du glaubst aber auch alles, Karl!«, sagte Rose. »So lange lebt Hitler doch gar nicht, um noch was davon zu haben. Und wir auch nicht, um zu prüfen, ob es stimmt. Und meinst du, der Erste Weltkrieg wäre ein Blitzkrieg gewesen?«

»Sie haben seit Oktober versucht, Moskau einzunehmen, und es ist ihnen bis jetzt nicht gelungen!«, sagte Johannes.

»Diese Briten haben wohl ein bisschen interveniert und die Russen mit Waffen ausgerüstet. Mal schnell einen heimlichen Pakt geschlossen, oder wie? Wir wissen doch alle, wie schnell so ein Abkommen wieder zu lösen ist!«

»Du meinst, weil Hitler sich an kein Abkommen hält?«

Karl stand auf und lief im Zimmer herum. »Diese russischen Städte gehören uns. Stalingrad, der Kaukasus, alles. Das Radio sagt zwar nichts von neu definierten Kriegszielen. Aber her mit den Ölfeldern!«

»Russland wird auch von den USA mit Waffen unterstützt, nicht nur von den Briten. Genauso auch England. Wie kann man den USA, einem fremden, riesigen Kontinent, den Krieg erklären?«, fragte Johannes. »Vermessen und verheerend!«

»Hitler war eben noch nie in den USA!«, sagte Karl. »Aber was soll Hitler auch in den USA?«

»Ich stelle ihn mir da gerade vor!«, sagte Rose. »Lustig!«

»Warst doch selbst noch nie da!«, brummte Karl.

»Ich wünschte, ich würde das alles nicht miterleben müssen!« Johannes seufzte leise. Langsam stand auch er auf.

»Wir beide, wir müssen ja nicht kämpfen«, rief Karl fröhlich und versuchte, Johannes auf die Schulter zu klopfen, was ihm aber misslang, denn er war nicht groß genug. Sein Bauch stieß gegen Johannes' Hüfte.

»Raffiniert greift Hitler tatsächlich gezielt einzelne Völker an und will sie versklaven oder ausrotten! Welcher Diktator hat so was schon in diesem Ausmaß jemals zuvor getan?«, fragte Johannes. »Und wir dürfen die USA dabei tatsächlich nicht vergessen. Es gibt viele Juden dort, die sicher nicht tatenlos zusehen werden bei dem, was hier los ist.«

»Ach, die Amerikaner. Was kümmern mich die? Zumindest Japan hat verstanden. Der Pazifische Ozean ist gesichert, so heißt es im Radio. Ich wundere mich nur, warum der Führer sich nach Russland wendet, bevor er Großbritannien eingenommen hat!«, sagte Karl. »Wenn es nicht der Führer wäre, würde ich denken: Das kann doch nicht ganz richtig gewesen sein. Das war doch etwas übereilt. Na ja, auch Götter machen Fehler!« Karl ließ sich wieder schwer auf seinen Stuhl fallen.

»Hitler ist ja kein intellektueller Kämpfer, sondern ein steinharter Knochen. Nicht nur Populist mit diesem Buch von 1925, das ja nun in fast jedem Haushalt liegt, ob man will oder nicht, und mit dem er steinreich geworden ist«, sagte Rose nachdenklich. »Wie gesagt, er ist ein steinharter Knochen, der an der Front gekämpft hat.«

»Haben Sie schon mal den deutschsprachigen Dienst des englischen Rundfunks gehört?«, fragte Johannes.

»Das ist doch verboten!«

»Sie sollten das mal tun! Da hört sich der Krieg ganz anders an.«

Rose sah Johannes flehentlich an. »Wir müssen jetzt nach Hause«, sagte sie schnell, als wolle sie das Thema Radio vor den Ohren ihres Mannes eliminieren.

Karl machte keinerlei Anstalten zu gehen. »Haben Sie eigentlich Bier im Haus? Rose und ich, wir haben nicht mehr viel, im Allgemeinen nicht. Kaum noch Kleider- und Fleischkarten. Ich muss mich mal wieder um Bezugsscheine und Lebensmittelkarten kümmern. Es wird doch Sonderrationen für uns geben, nicht wahr, besonders für Brot, nach diesem kalten Winter! Für solch treue Bürger wie Rose und mich!«

Johannes schüttelte den Kopf. Er dachte an das Elend der Zwangsarbeiter.

Rose stöhnte.

»Sonderzuteilungen soll es doch bald geben, Herr Prassek, habe ich im Radio gehört. Und Zucker!«, sagte Karl.

»Ich glaube eher, dass alles gekürzt werden wird«, sagte Johannes. »Dieses Jahr wird es wohl zu drastischen Einschnitten kommen, weil Moskau nicht eingenommen werden konnte.«

Karl starrte ihn entsetzt an. »Wir haben doch schon jetzt nichts mehr. Was soll denn da noch gekürzt werden?«

»Wir sollten lieber weiter an unserem Keller arbeiten«, sagte Rose. »Oder willst du in einem Bombenhagel dein letztes Bier trinken, falls du noch eines findest? Rauchen ist ja nun selbst dir zu teuer geworden. Und dein *kleines Großbritannien*, wie du es nennst, also das Vereinigte Königreich, plant, unser Land zu bombardieren, falls du das noch nicht mitbekommen hast.«

»Aber doch nicht Lübeck, unsere Hansestadt«, rief Karl. »Was haben wir getan? Das ist doch lächerlich. Hier gibt es doch Kunst in jeder Ecke.«

»Eben deswegen!«

»Wilhelmshaven, Duisburg und Berlin wurden schon bombardiert. Die Alliierten schlafen nicht. Leider gibt es in Lübeck nicht besonders viele Hochbunker zum Schutz der Menschen, geschweige denn ausreichend Flaktürme«, sagte Johannes. »So ist nur ein kleiner Teil der Bevölkerung vor den Bomben sicher!«

»Als ob wir unseren eigenen Luftschutzkeller buddeln müssten!«, brummte Karl. »Der Führer bezahlt doch alles. Der Staat. Wir warten, bis er bei uns einen einrichten lässt. Ich buddle nicht selbst, Rose!« Er lehnte sich trotzig zurück.

Sie schwiegen.

»Ich möchte ja nicht wissen, wie teuer diese vielen Hochbunker und Luftschutzkeller waren!«, sagte Karl.

»Genügend Sklaven hatte Hitler ja dafür«, murmelte Johannes und dachte an Anton, Igor und Rudy.

»Und die Materialkosten, Herr Kaplan? Ich sage Ihnen, in diese Bunker und Türme hat man viel zu viel Geld hineingesteckt. Es sollte lieber mehr zu essen geben. Der Fliegeralarm hat doch gar nichts zu bedeuten. Wann soll hier bitte ein Luftangriff über uns losgehen? Schon gar nicht in der Altstadt. In der Innenstadt. Hier lebt die Zivilbevölkerung. Hier wohnen *wir*!«

»Na und? Glaubst du, die Bomben interessiert, dass du hier wohnst, Karl?«, fragte Rose.

»Das wagen die Engländer nicht. Das wäre ja noch schöner!«

»Du kannst ja während der Bombardierung Hitlers Buch lesen. Dann hast du wenigstens was zu tun und bist ruhig!«

Karl sah Rose böse an. »Bisher wurden wir immer verschont! Ist hier irgendetwas zerstört? Nein. Und diese Sirenen. Daran habe ich mich schon gewöhnt. Die Sirenen heulen doch dauernd. Kannst du es dir noch ohne sie vorstellen, Rose?«

21
Die Bombennacht

»Schenken kann ich euch äußerlich ja nichts, seit ich selbst ganz arm geworden bin, sodass ich nicht einmal mehr über meine Frechheit verfüge.«

»Jedenfalls ist die schöne Zeit, wo ich einmal Kaplan in Lübeck war, vorüber. Na ja, Gott will es so.«

29. März 1942

Alles ging flächendeckend in Flammen auf, zu denen Sirenen ihre eintönige Musik spielten. Die Bomber kamen aus dem Westen, es waren Hunderte. Johannes rannte, um die Menschen in Sicherheit zu bringen. Pausenlos wurde Tod abgeworfen.

Johannes sah auch Eduard und Hermann, wie sie nach allen Seiten liefen, um Menschen aus brennenden Häusern zu helfen. Die Kirche hatte schon 1940 einen kleinen Luftschutzkeller bekommen. Dort hinein holte Johannes Tante Johanna, Albert Bültel, Lisa, die Herrmanns, Aneta, Anton und Jakub. Er blickte in Anetas angstgeweitete Augen und entdeckte Karls hochrotes Gesicht.

»Mit diesen Polen soll ich einen Raum teilen?«, brüllte Karl.

»Benimm dich *ein Mal*!«, rief Rose.

Johannes warf schon die Tür zu und schob den Riegel vor.

Es war kein Betonbunker, würde aber hoffentlich genügend Schutz bieten.

Gott sei Dank ist der Dombunker ganz nah, dachte er. *Dahin kann ich die anderen bringen.* »Hier entlang«, schrie er, als er die Menschen auf den Straßen verängstigt in Nachtgewändern herumwuseln sah.

Die Altstadt war gelb vor Feuer. Es war die Nacht vom 28. auf den 29. März 1942.

»Der Dombunker ist um die Ecke. Folgt mir!« Johannes ahnte, dass man schnell sein musste, um in den Bunkern überhaupt noch einen Platz zu bekommen. Wo waren die Eltern seiner Schüler? Ohne es zu merken, half er vielen Fremden, die er noch nie gesehen hatte, vor allem alten und gebrechlichen.

»Lasst die Kinder zuerst hinein und die Frauen!«, rief er.

Glücklicherweise waren Mütter mit Babys und Kleinkindern schon lange aufs Land evakuiert worden.

»Das Krankenhaus stürzt ein!«, schrie jemand. »Das Marienkrankenhaus!«

Die Feuerwehr füllte die Innenstadt. Johannes eilte am Dom, an St. Petri und der Marienkirche vorbei, die alle drei lichterloh brannten. Überall musste er über Trümmer springen. Häuser lagen in Schutt und Asche. Eine Schneise der Verwüstung zog sich bis zur Südspitze der Innenstadt. Dass seine eigene Kirche noch stand, schien ihm ein Wunder zu sein.

Mit ohrenbetäubendem Krach fielen die Glocken der Marienkirche zu Boden. Johannes blieb nicht stehen. Er dachte an die Menschen im Krankenhaus. Er musste zu ihnen. Die Ordensschwestern würden es niemals alleine schaffen, all die kranken Menschen zu bergen. Sicher, es waren viele Schwestern, aber auch sechzig Frauen wären gänzlich überfordert.

Er hoffte, der kalte Wind würde die Flammen bald ersticken, denn die Feuerwehr konnte über Zehntausende Bomben unmöglich Herr werden. Würde das Wasser der Stadt überhaupt ausreichen, das Feuer zu löschen?

Als Johannes das Krankenhaus erreichte, sah er, dass viele Menschen verzweifelt versuchten, ins Freie zu gelangen. Auch das Elisabeth-Haus war getroffen. Johannes packte zu, wo es ging. Er lief und dachte an seine Menschen unten im Kirchenkeller. Ob es ihnen gut ging?

»Seien Sie vorsichtig, lieber Johannes«, hatte ihm Rose vor zwei Wochen zugeraunt. »Nach dieser Geschichte mit Moskau ist die Gestapo noch aktiver geworden. Es beginnt im deutschen Volk zu rumoren, weil so viele Soldaten sterben. Die Gestapo sucht währenddessen nach jedem, der sich dem System in den Weg stellt!«

»Es werden noch Niederlagen kommen, die katastrophaler sein werden«, antwortete Johannes.

»Nehmen Sie sich bloß vor meinem Mann in Acht!«, hatte Rose gesagt. »Karl ist in letzter Zeit sehr schlecht gelaunt.«

Und nun saßen Rose und Karl mit seinen polnischen Freunden auf wenige Meter verteilt im Keller der Kirche.

Der Morgen würde kommen, sagte sich Johannes immer wieder. »Der Morgen wird kommen.«

Und er sang in Gedanken eines der Kirchenlieder von Jochen Klepper und betete still, während er Menschen trug und stützte, um sie in Sicherheit vor Flammen und Trümmern zu bringen. Er dachte auch an die Familie Stellbrink. Hoffentlich konnte Fritz seine Hildegard und die kleine Waltraud vor Verletzungen bewahren. Wut überfiel ihn, dass diese britischen Bomber Lübeck mitten in der Nacht attackiert hatten, wo alle hilflos in ihren Betten lagen.

Der Morgen kam tatsächlich viel schneller, als Johannes gedacht hatte. Im Tageslicht wurde ihm die schreckliche Verwüstung erst richtig deutlich. Die Stadt war verschwunden.

War schwer verwundet. Sie lag am Boden wie Samson, dem man die kostbaren Haare abgeschnitten hatte. Wie Siegfried, dessen verwundete Stelle im Rücken durchbohrt worden war.

»Keine Stadt ist unzerstörbar«, murmelte Johannes, als er durch die Gassen zum Pfarrhaus in der Parade 4 zurückkehrte. Er stank nach Rauch und war völlig verdreckt. Es war sechs Uhr morgens. Er sehnte sich nach seinem Bett, nach einem Schluck Wasser in der gelben Küche.

»Was passiert nur mit unserem Land?«, weinte eine alte Frau.

Johannes ging auf sie zu und sagte: »Komm zur Quelle und werde Saat.« Er wusste nicht, warum er das gesagt hatte. So etwas wäre ihm normalerweise peinlich gewesen.

Doch die alte Frau hob den Kopf und sah ihn lange an. »Wenn falsche Dinge wachsen, dann passiert so etwas Verheerendes wie dieses!«, sagte sie schließlich.

»Wer sind Sie?«, fragte er.

»Ich bin die Waisenfrau. Schon mein ganzes Leben lang.«

»Sie sind keine Waise. Sie sind Gottes Kind.«

»Ich alte Frau? Schauen Sie sich unsere alte geliebte Stadt an. Wenn Menschen denken, sie sind am Siegen, da sind sie schon am Niederliegen!«

»Die Luft ist voll von früher«, sagte Johannes. Er atmete ein und musste husten. *Ich rieche Bomben*, dachte er. *Und Qualm und Feuer.*

»Ja, die Luft ist voll von früher. Wenn ich noch Kraft hätte, würde ich meine Fäuste ballen gegen diesen Mörderführer!«, murmelte sie.

Johannes lächelte. »Dann ballen Sie doch Ihre Füße!« Er bot ihr seinen Arm. »Kommen Sie mit ins Pfarrhaus. Jetzt gibt es erst mal Tee. Und dann muss ich meine Freunde aus dem Keller befreien!«

Tante Johanna war völlig aus dem Häuschen, als sie ein paar Tage später die Nachricht hörte. »Unser Johannes, er bekommt das Luftschutz-Ehrenabzeichen! Das hat er nun wirklich verdient. Er hat sogar diesem Karl das Leben gerettet!«

Lisa Huber sprang fast in die Höhe mit ihren einundsiebzig Jahren. »Wirklich? Wo ist es?«

»Das Abzeichen kommt bestimmt mit der Post. Es kann aufgrund der jetzigen Lage lange dauern, bis es eintrifft!«, sagte Johanna.

»Jeder, der geholfen hat, hat dieses Ehrenzeichen verdient!«, wehrte Johannes ab.

»Das Abzeichen aber haben *Sie* bekommen! Unterschätzen Sie sich nicht!«, jubelte Lisa. »Das zählt doch etwas!«

»Ich bin ja nun wirklich nicht der Einzige!«

»Johannes, wir sind geehrt worden!«, rief Hermann.

Johannes grinste. »Ja, ich weiß. Das wird einige ärgern, die bei uns das ganze Haus auf den Kopf gestellt und jedes Zimmer durchsucht haben!«

»Diese Schweine«, murmelte Lisa. »Und dieser Karl auch!«

»Lisa! Ich habe das gehört!«, sagte Johannes.

»Ach, Sie waren ja nicht im Keller und mussten sich seine Tiraden anhören«, meinte Tante Johanna. »Was hat dieser Mensch nicht alles von sich gegeben … *Unser Führer unterschätzt vielleicht diese Nichtarier, wer weiß. Haben nicht auch Tiere Kraft? Muss man gebildet sein, um gut kämpfen zu können? Finden nicht auch kulturell Unterlegene mal ein Korn?* Und so weiter. Ein Korn! So hat er die ganze Nacht gewettert und sich vor Aufregung die Haut aufgekratzt, während draußen unsere Stadt in Schutt und Asche fiel!«

»Er hat auch dauernd von der Judenfrage gefaselt. Aber lassen wir mal den Karl beiseite. Sogar unsere Orgeln sind verbrannt. Wie sollen wir das alles nur wieder aufbauen, Johannes? Und wann?«, fragte Lisa.

»Der Krieg tobt weiter«, seufzte Johannes. »An Aufbauen ist erst mal nicht zu denken. Die nationalsozialistische Führungsriege ist pragmatisch. Erst werden Hitlers große Bauten fertiggestellt.« Johannes versuchte eine Art Auflauf aus den restlichen Kartoffeln zur Feier des Tages. Da er das Ehrenabzeichen erhalten sollte, wollte er auch kochen, selbst wenn es heute nur noch Kartoffeln, etwas Mehl, Brot und Salz gab. »Wissen Sie, Johanna, Hitler unterschätzt jeden! Die Briten, die Russen, die Amerikaner. Und vor allem die Juden. Die Juden werden noch sein größter Fehler werden.«

»Warum die Juden?«

»Ja. Sie sind sehr gebildet, begabt und klug. Und in den USA gibt es einige, die sicher nicht tatenlos zusehen werden, dass ihr Volk hier ausgerottet wird.«

»Was meinen Sie damit? Ach, ich will es gar nicht wissen. Ich fürchte mich vor dem, was noch alles auf uns zukommen wird! Jetzt wollen wir erst mal feiern.«

»Was ist schon ein Ehrenabzeichen in diesen Zeiten!«, sagte Johannes. »Lübeck ist verwüstet und qualmt. Wird ein Orden in zwei Wochen noch wichtig sein und etwas zählen?«

»Es wird zählen. Ich bin so stolz auf Sie! Freuen Sie sich denn gar nicht?«

»Verletzte und heimgekehrte Soldaten der Ostfront erzählten mir vor Kurzem in der Seelsorge von unbeschreiblichem Grauen, von rauchenden Schornsteinen, von Gestank von Fleisch. Das geht mir immer im Kopf herum. Was ist das, frage ich mich.«

»Sie machen sich zu viele Gedanken, Junge!« Tante Johannas Augen waren rund und blank vor Entsetzen. Sie nahm seinen Arm. »Ich bitte Sie, ich flehe Sie an, lassen Sie uns *heute* von etwas anderem reden! Heute ist kein Krieg, heute ist kein Gesprächskreis, heute wollen wir feiern! Die Bomben fallen nicht mehr und Sie sind geehrt worden. Heute soll

Frieden sein. Nur einen Tag wenigstens. Wer weiß, wann wir wieder feiern werden! Die Menschen sehnen sich so sehr nach einem kleinen Fest, Johannes! Sie nicht auch?«

»Mir ist gar nicht nach Feiern zumute. Aber gut, ich werde kein Spielverderber sein. Und warum schaust du so bedrückt, Eduard?«

»Ich habe gerade erfahren, dass christliche Seelsorge in der Waffen-SS nicht zugelassen wird«, sagte Eduard. »Es geht das Gerücht um, dass führende Nationalsozialisten den Islam immer mehr schätzen und fördern, die mohammedanische Religion, da sie wohl soldatisch und maskulin sei. Nicht aber das Christentum und die Bibel, da sie verweichlicht wirke und das Judentum toleriere!«

»Die Vorliebe für den muslimischen Glauben ist ein Hirngespinst bei Hitler und seiner Elite, glaube ich«, sagte Johannes. »Militärisches Kalkül. Er hat seine eigene Ideologie im Kopf. Es gibt Feldgottesdienste! Auf Truppenübungsplätzen wird wohl kaum gen Mekka gebetet!«

»Oh doch!«, sagte Eduard. »In den besetzten muslimischen Gebieten wird der Islam bei den Nationalsozialisten keine Randerscheinung sein. Millionen Muslime werden in die Wehrmacht und SS rekrutiert!«

»Hitler versucht, über alles und jeden zu herrschen. Das Gute der Bombennacht ist, dass unsere Kirche wieder so voll ist wie früher – nein, was rede ich, voller als je zuvor!«, rief Tante Johanna. »Endlich ist in unseren heiligen Hallen wieder Leben eingekehrt. Alle wollen den Priester hören, der so vielen Menschen das Leben gerettet hat. Den, der den Mächtigen die Stirn bietet. Niemand wird das jemals vergessen. Außerdem sind die meisten Kirchen um uns herum zerstört. Alle strömen zu uns.«

»Und zu Fritz. Seine Predigt am Palmsonntag hat ja die ganze Stadt aufgerüttelt!«, sagte Hermann. »Da wäre ich gern dabei gewesen. Seine Leidenschaft ist ja enorm. Er predigte, dass Gott durch die Bomben mit mächtiger Stimme gesprochen habe.«

Die Kirche ist voll in der Not, dachte Johannes. Und er war froh, dass er nicht mehr vor leeren Bänken predigen musste wie nach dem Überfall. Am Sonntag nach der Bombardierung platzte »Herz Jesu« aus allen Nähten.

»Es werden immer mehr Menschen, Johannes. Vor allem jetzt, wo klar ist, dass Sie das Ehrenabzeichen bekommen werden. Da hat eine Behörde endlich mal etwas richtig entschieden! Ob das dieser ... dieser Heinz Schmitz auch erfahren wird? Ob es bis nach Erfurt und Dresden gedrungen ist?«

So viel Aufmerksamkeit war Johannes eher unangenehm. »Die werden ihre eigenen Probleme haben!«, murmelte er. »Die Bomber sind weitergezogen.« Jedoch zum ersten Mal hoffte Johannes auf ein Wunder und darauf, in Sicherheit zu sein. Würde man ihn noch holen und verfolgen, wenn er als mutiger Helfer für das Reich offiziell geehrt worden war?

Die Freude hielt nicht lange an.

»Pfarrer Stellbrink wurde verhaftet!« Der junge Hans Blumenberg flog einen Tag später am 7. April durch die Küchentür. »Herr Prassek, schnell!«

Johannes sprang auf. »Fritz wurde verhaftet? Warum?«

»Man hat ihm seine Predigt am Palmsonntag nach dem Bombenangriff übel genommen«, sagte Hans. Der junge Mann bebte vor Aufregung. »Als man Stellbrink abholte, war er völlig gelassen. Er schien gewusst zu haben, dass man ihn festnehmen wird. Er durfte sich nicht mal von seinen Kindern verabschieden. Es hieß einfach nur: Haftbefehl. Die ganze Stadt ist ja aus dem Häuschen seit diesem Sonntag danach. Alle reden nur noch davon, ob die Bomben wirklich ein Gottesgericht seien, so wie Pastor Stellbrink es angeblich gepredigt haben soll.«

Johannes stand da und ließ die Arme hängen. Sein Herz

japste und hämmerte. Nun war es also so weit. Wenn sie Fritz festgenommen hatten, würden sie auch ihn und Hermann holen. Bald. Hoffentlich verschonten sie Eduard. Er konnte Tante Johanna nicht mehr hören, die auf ihn einredete. Er war einohrig geworden. Einöhrig. Und auf diesem einen Ohr war nur ein Rauschen. *Ich bin bereit, Gott,* dachte er. *Sie können auch mich holen.*

Doch sechs Wochen vergingen.

»Würden Sie bitte mitkommen, Herr Prassek?« Es war ein warmer Vormittag Mitte Mai. Ein elegant gekleideter Mann ging auf Johannes zu, der an der Tür Maries Mutter verabschiedete. Dabei war ihm ein glänzender schwarzer Wagen aufgefallen, der in der Nähe der Eingangstür geparkt stand. Am Nummernschild erkannte Johannes, dass es sich um ein Auto der Geheimen Sicherheitspolizei handelte. SS-226229.

»Ich habe Sie erwartet«, sagte Johannes. Er ging ruhig in die Kirche hinein und räumte in der Nähe der Kanzel seine Papiere zusammen.

Der Fremde folgte ihm. Er war allein. »Würden Sie bitte mitkommen, Herr Prassek?«, sagte der Mann und zeigte seine Marke. Gestapo. »Ich bin Kriminalrat und Sturmbannführer Alexander John.«

»Warum soll ich mitkommen?«, fragte Johannes. »Ich wollte gerade frühstücken gehen.«

»Im Gefängnis wartet eine Schale Ersatzkaffee auf Sie. Da können Sie noch lange in Ruhe frühstücken. Sie sind des Hochverrats angeklagt, Johannes Prassek. Sie haben illegale Radiosender abgehört, Hetzschriften verteilt und Soldaten gegen den Führer aufgewiegelt, Herr Kaplan!«, sagte der elegante Mann. »Außerdem sollen Sie jungen, kampfbereiten Männern zum Aufgeben und militärischen Resignieren geraten haben.«

»Hetzschriften nennen Sie die Predigten über Liebe, die

ich anderen gehalten habe? Darf ich niemandem sagen, dass Massenmord geplant und mittlerweile wohl fröhlich eingerichtet worden ist? Wenn ich es nicht sagen darf, wenn es ein so großes Geheimnis ist, warum wissen dann immer mehr Menschen Bescheid? Wie lange sollen die jungen Soldaten den Kasernendrill aushalten?«

»Halten Sie sich für besonders gottgläubig? Kommen Sie mit. Wir werden uns um Sie kümmern.«

»So wie Sie sich um all die anderen Menschen kümmern, die Hitler nicht genehm sind? Die gewaltsam gefangen gehalten werden, woraus Sie wohl keinen Hehl machen werden? So wie um Rudy und Piotr?«

»Wir haben genügend Beweise gegen Sie gesammelt. Ihre Vorliebe für Zwangsarbeiter und evangelische Pfarrer ist ein weiterer Anklagepunkt.«

»Lassen Sie alle anderen in Ruhe, dann komme ich mit Ihnen«, sagte Johannes.

»Ein Priester mit Wahnvorstellungen ist nicht mehr tragbar! Ihre Kirchenangestellten sehen das genauso. Sie werden hiermit entlassen.«

Johannes bemühte sich, sein Entsetzen zu verbergen. »Entlassen? Dann arbeite ich ohne Bezahlung weiter.«

»Das werden Sie nicht. Kommen Sie nun freiwillig mit? Ein friedliches Ende wird Ihnen doch sicher auch am Herzen liegen, wenn Sie an die Menschen Ihrer Umgebung denken.«

Entlassen. Was würde seine Mutter sagen? »Wie können die jemanden entlassen und festnehmen, der gerade einen Orden bekommen hat?«, würde sie sagen. »Hast du nicht in der Katastrophennacht verstörte Menschen, die sich gesträubt haben, aus einstürzenden Häusern in Sicherheit gebracht und dein Leben riskiert?«

Johannes begann innerlich zu zittern. Er fühlte sich plötzlich sehr allein. *Ich habe gewusst, dass es irgendwann so kommen wird*, dachte er. *Sei nicht überrascht, Johannes! Gott ist mit dir, jagt dir immer nach. Wem jage ich nach? Mir selbst? Der Angst?*

Der Fremde hatte ihn nicht an den Armen gepackt und aus der Kirche gezerrt. Seine Freunde sollten nicht entsetzt sein und traumatische Bilder vor Augen haben. Sie sollten ihn glücklich in Erinnerung behalten. Mit der Ehrung und Gottes Liebe in den Augen.

»Ich komme mit.«

»Bitte«, sagte der Mann und ließ ihm den Vortritt.

Johannes ging vor dem Fremden her. Sein Blick streifte noch einmal die Kirchenwände, das bunte Glas, die Orgel. Wie durch ein Wunder war dies alles in der Bombennacht verschont geblieben, eine Oase im glutroten Feuer. Aber vielleicht würde das weiche Herz, die aktive Kraft, das Innenleben, der Prediger der Kirche nicht verschont bleiben. War sie nicht auf Herz Jesu getauft? Getauft wie ein Schiff, aus starkem Gemäuer? Wenn Jesus nicht verschont geblieben war, wie sollte er als Priester und Nachfolger unversehrt bleiben? Und doch würde ihm kein Haar gekrümmt, sagte ihm das Wort Gottes. Die Staatsführung kannte keine Liebe. Vielleicht war es seine Aufgabe, Liebe zu zeigen.

»Ich bin froh, aus der Kirche ausgetreten zu sein«, sagte Alexander John hinter ihm.

Als sie am Wagen ankamen, spürte Johannes die Handschellen und wurde auf die Rückbank gedrückt.

»Heil Hitler, Herr Kaplan!«, sagte ein Mann neben ihm.

»Guten Morgen«, sagte Johannes.

Das Auto fuhr ganz ruhig an. Der Elegante saß am Steuer.

»Ich bin ein Kollege von Schmitz, Heinz Schmitz«, sagte der Mann auf der Rückbank.

Johannes sah hinaus. Er suchte die Küchenfenster. Dahinter räumte Tante Johanna wohl vermutlich gerade das Frühstück ab und Eduard, Hermann und Dekan Bültel saßen bestimmt am Tisch und warteten auf ihn.

»Ihre Leute bekommen gleich auch noch Besuch. Wieder eine nette kleine Hausdurchsuchung gewissermaßen. Das kennen Sie doch schon! Nur ein wenig gründlicher diesmal.«

Robert Köster wird helfen, alles wieder aufzuräumen, dachte Johannes.

»Und ihre fleißigen Gesprächspartner erwartet das Gleiche!«

Johannes erschrak. Alle Männer aus seinen Gesprächskreisen sollten eingeschüchtert werden? Er dachte an die jungen Studenten. Die Bosheit seiner Gegner hatte er unterschätzt.

»Sie sind viel größer, als ich gedacht habe, Herr Prassek. Wie groß sind Sie? Zwei Meter? Ich komme mir neben Ihnen ja wie ein Knirps vor.«

Knirps. So hatte man ihn früher genannt, als er noch ein Jugendlicher war.

»Wie schade, dass ich Ihnen nicht die Hand schütteln kann. Ihre Hände sind ja gefesselt. Aber eigentlich könnten wir das ganz schnell wieder ändern, wenn Sie kooperieren. Das wollen Sie doch, oder?«

Johannes sah ihn schweigend an. Wer hatte ihn verraten? Karl? Oder Frau Böhm? Er konnte es sich nicht vorstellen, hatte keinen in Verdacht. Karl Herrmann wäre ohne seine Hilfe vielleicht in der Bombennacht umgekommen.

»Wie Sie sicher wissen, sind wir von der Staatsführung. Wir haben genügend Material gegen Sie, um Sie fertigzumachen. Wir haben ein Jahr fleißig gegen Sie gesammelt. Sie werden auf dem Schafott sterben, wenn Sie uns nicht gründlich vom Gegenteil überzeugen. Waren Sie nicht hinter all dem, was hier vor sich ging, die treibende Kraft?«

Die treibende Kraft war Gott, dachte Johannes. »Wohin fahren wir?«

»Ins Marstallgefängnis. Wohin sonst, mein Bester?«

»Sie tun nur das, worauf ich schon lange gewartet habe. Wer hat mich verraten?«, fragte er.

Der Beamte lachte. Dieser Kollege von Heinz Schmitz war jünger als er, ein paar Jahre, groß und stark, mit kleinen grünen Augen hinter einer fast durchsichtigen Brille, und er fuhr sich oft durch sein wirres, gelbblondes Haar. Seine riesige Nase zeigte an den Flügeln bläuliche Äderchen, und er sollte sie dringend mal wieder putzen. »Das wissen Sie nicht? Ihr neuer eifriger Konvertit. Hans Lüers. Hat er prima gemacht, nicht? Sie wären nie auf ihn gekommen, richtig? Wir wussten gleich, dass er da eine echte Gabe hat, Geistliche wie Sie an der Nase herumzuführen.«

Johannes sah Hans Lüers in Gedanken vor sich. Wie aufrichtig interessiert dieser junge Mann am Glauben gewesen war. Er fühlte einen Kloß im Hals.

»Na kommen Sie, nehmen Sie es nicht so schwer. Ändern Sie einfach nur Ihre Einstellung! Wenn Sie mitmachen und unseren Forderungen Folge leisten, wird Ihnen nichts geschehen und Sie können bald wieder nach Hause.«

»Was wollen Sie von mir?«

»Zuallererst berichten Sie mir mal von Ihren Mitbrüdern, Lange und Müller. Je mehr Auskunft Sie uns geben, desto besser für Sie. In Ihrer Kirche geht ja so einiges vor sich. Und dann würde ich gern, dass Sie gegen Stellbrink aussagen! Sie kennen ihn doch? Pfarrer Karl Friedrich Stellbrink.«

Johannes blickte wieder nach draußen. Er sah seine geliebte Stadt vorbeiziehen. Eduard. Hermann. Fritz. Wie sehr er seine Freunde liebte.

22
Sie kommen

»Aber Gott ist größer als die Sünde … und das ist gut …«

»Heute Abend ist es nun so weit, dass ich sterben darf. Ich freue mich so, ich kann es euch nicht sagen, wie sehr.«

November 1943

Nun ist die viele Zeit zu Ende.

Mein Hemd wird aufgeschlitzt und nach unten gezogen werden. Ich werde diese weitere Demütigung ertragen. Mit nacktem Oberkörper, erschöpft vor Hunger, muss ich fünfundneunzig Meter zur Guillotine laufen, quer über den Hof. Gefesselt und halb nackt.

Mein Name ist Johannes Prassek. Ich bin ein Geistlicher.

Nun ist die viele Zeit zu Ende, die Unendlichkeit der Zelle. Zum Rebellieren bin ich nicht hier, sondern um ein Zeugnis zu sein. Ich habe ja so viel Zeit gehabt – obwohl ich jung sterben muss im November 1943.

Ich muss mich stoppen, mir das nicht immer wieder vorzustellen, wie sie mich holen. Denn bei jeder Vorstellung ist es für mich und meine Seele, als würde ich es immer wieder erleben und spüren, wie man mich bewusst hinrichtet.

Wird meine Seele anschließend noch lange geschockt sein? Wie schnell werde ich den Schmerz vergessen können? Gut, dass meine unsterbliche Seele nicht in meinem Kopf ist. Dennoch macht mir die Vorstellung, dass mein Kopf von mir getrennt wird, Angst. Da wird mein Denken von meinem Fühlen abgeschnitten. Wie kann das zugehen? Was wird mit mir passieren? Es ist mir, als würde ich in Stücke gerissen, in zwei Teile. Der eine Teil ist mein Herz (mein Fühlen und meine Brust), der andere mein Denken, mein Gehirn. Wird mein Herz sofort aufhören zu schlagen, wenn mein Kopf fehlt? Ich hoffe es. Kaum vorzustellen, dass es weiter schlagen würde, kopflos.

Ich denke auch mit meiner Seele. Dennoch steuert doch mein Kopf mein ganzes Wesen. Oder nicht? Nein, Johannes, was denkst du da in deiner Todesangst. Mein *Herz* steuert doch mein ganzes Wesen. Meine Seele verschwindet nicht, nur weil sie meinen Kopf abtrennen. Und selbst wenn sie mein biologisches Herz herausschneiden würden – mein Wesen wird von meinem inneren Herzen, von meinem Geist geführt. Ich werde also nicht kopflos sein. Auf dieses innere Herz soll ich achtgeben. Da sitzt mein Charakter, um den es geht. Dieses Herz muss ich beschützen, mehr als alles andere.

Was wird der Tod aus meinem Kopf machen? Wird es sehr wehtun, ihn zu verlieren?

Im neuen Leben werde ich sicher kein Schmerzgedächtnis haben. Es wird wie ausgelöscht sein, dass ein scharfer Schlag mein Genick traf, hier auf dieser Erde. Ich möchte nicht darüber nachdenken, wie sehr es wohl bluten wird. Wird der Schmerz gedämpft dadurch, dass ich angespannt und nervös bin?

Ob man die Wunde für immer sehen wird, auch wenn ich im Himmel einen neuen Leib bekomme? So wie man die Wundmale an Jesus für immer sieht … Auf was für ausgefallene Gedankengänge ich heute komme!

Ich denke darüber nach, was ich verbrochen habe. Schwarzsender habe ich gehört, mit Fritz zusammen verbotenes Nachrichtenmaterial ausgetauscht, Abzüge von Schriften hergestellt und im Kirchenvolk und in meinen Männergruppen verteilt; Schriften, die unsere Regierung sehr infrage stellen, die Menschen aufrütteln und zum Nachdenken anregen. Ein Papiergroßhändler in Lübeck hat dafür viertausend Blatt gespendet. Ich habe Predigten und Hirtenbriefe von Bischof Graf von Galen vervielfältigt. Ich hoffe, der Papiergroßhändler und auch Graf von Galen machen sich nun keine Vorwürfe, weil ich hier sitze, und halten sich bedeckt, damit sie nicht auch noch von der Gestapo festgenommen werden.

Polnische Zwangsarbeiter sind nicht zu betreuen und zu mögen; sie sind zu verachten, warnte man mich in Lübeck. Weil ich das nicht getan habe, werde ich bestraft. Doch Gott ist selbst in seiner Verblühtheit noch schön. Er wird mich in meiner Armut nicht verachten. Gott weiß gut, wie es ist, verachtet und arm, ein Niemand zu sein. Und wenn Gras und Blumen verwelken, so doch nur, um im Frühjahr hellgrün hervorzubrechen. Reden ist menschlich. Das alles habe ich getan, seit 1941. Habe ich gewusst, dass ich damit der strafgerichtlichen Verfolgung der Nationalsozialisten nicht entgehen werde? Ja.

Ich hoffe und bete, dass diese Schriften, die die Wahrheit über unsere Regierung sagen und sich gegen Krieg und Diktatur aussprechen, immer mehr in Umlauf kommen. Für die Ausbreitung bin ich gern bereit, mein Leben zu geben. Ich wünsche mir, dass möglichst viele Menschen sie lesen werden, dass sie an die Front gelangen und die Soldaten erreichen, wo auch immer sie sind. Soldaten aus meiner Männergruppe haben Schriften an die Front mitgenommen und verteilt. Sogar die Engländer werfen aus Flugzeugen Graf-von-Galen-Predigten auf deutsches Gebiet ab, das ist unglaublich! Das Volk und die Soldaten müssen die Wahrheit über das Regime erfahren. Ich glaube ohnehin nicht, dass die meisten Menschen Hitler noch zujubeln, sondern aufgewacht sind. Ich bete für viele Flugblätter.

Manchmal ergreift mich die Panik. Es ist schwer, mir vorzustellen, dass mein Kopf von mir abfällt und wegrollt. Ich bin ganz intakt, wenn auch halb verhungert, mit dem Geschmack des Mangels im Mund, mit meinem andauernden Magenleiden, aber nicht verwundet oder krank, und trotzdem werde ich in weniger als vier Stunden nicht mehr leben. Meine Zähne fühlen sich an wie die eines Mummelgreises. Nach dem spärlichen Mittagessen, Brot und Breisuppe, hat man es uns gesagt. Ich werde tot sein, weil man es so möchte. Weil ich in ihren Augen ein Verbrecher bin.

Luftwaffen-Obergefreiter Hans Lüers ist in ihren Augen kein Verbrecher, dabei hat er uns die ganze Zeit belogen. An ihn zu denken tut immer noch weh. Ich habe so viel Zeit mit ihm verbracht. Er hat uns verraten. Das ist gar nicht das Schlimmste: Er hat sich als jemand ausgegeben, der er gar nicht ist – um uns zu denunzieren. Was hat die Gestapo ihm dafür gegeben, was ihm versprochen, um so etwas zu tun? Wie konnte ich ihm glauben?

Ich weiß noch immer nicht, wer er wirklich ist. Er hat sich als Konvertit vorgestellt, als jemand, der zum Glauben kommen will. Ein junger Soldat mit Frau und kleinen Kindern. Ich habe ihm vertraut. Warum auch nicht? Um ihn habe ich mich besonders bemüht. Er hat mich oft geneckt wegen meines »Einflusses auf Frauen«, wegen meiner »großen Augen«. Alle erdenkliche Mühe und Sorgfalt habe ich ein ganzes Jahr für ihn aufgewendet. Für Hans.

Ein solcher Mensch zerschlägt allen Mut. Ich möchte nicht mehr in der Seelsorge arbeiten, selbst wenn ich dürfte. Ich habe ihn gern gehabt. Ich habe ihn geliebt wie einen Bruder. Er kam eifrig zu allen Gruppenabenden und hat viele Fragen gestellt. Ich persönlich habe ihn dorthin eingeladen. Er ging auffällig oft auf die Toilette an diesen Abenden. In diesen Toilettenpausen schrieb er heimlich alles auf, was wir sagten. Als er zurückkam vom WC, hat er Witze über Göring gemacht.

Ich bin noch nie in meinem Leben so enttäuscht und betrogen worden. Außer vielleicht von meinem Vater.

Manchmal danke ich Gott für jede Stunde, die einfach vorübergeht. Mein Dasein soll aufhören. Ich kann nicht mehr. Hans, um dessen Seele ich monatelang gebetet habe, hat sich als geschmackloser Verräter entpuppt. Aber es ergeht den Jüngern eben nicht anders als ihrem Meister. Hat nicht auch Judas Jesus verraten? Zum ganzen Christen gehört aber nicht nur die zerstörte Knechtsgestalt, sondern auch der Todesüberwinder. Ich möchte durch die Eisenstäbe wieder ein Stückchen Himmel sehen. Davonfliegen, wie Eduards bunte und schöne Vögel auf der Terrasse.

Hilf mir, mein Gott, den Tod zu überwinden! Meine Freundschaft zu dir ist von jener Art, die dem Geliebten das Wiederlieben nicht erspart. Du weißt, es gibt Stunden in jedes Menschen Leben, wo auch kein Funke von jener Liebe mehr in uns zu spüren ist, wo auch nicht der Hauch einer idealen Gesinnung uns zum Geben bereit machen will, wo uns nur noch treiben will das Verschmähte. Aber ich möchte alles geben, was ich bin und habe. Ich weiß ja, dass meine Seele weiterleben wird, dass ich auferstehen werde.

Denn du hältst mich, wie früher in der Freiheit, und noch viel mehr.

Fassungslos war ich anfangs, wie das Leben schweigend an mir vorbeizog, gefangen in der Zelle. Niemand durfte mich besuchen. Jeder Besuch musste von Berlin aus erlaubt werden. Seit anderthalb Jahren gefangen!

Was wird der Tod mit meiner Haut machen? Das habe ich mich schon oft gefragt, denn bereits jetzt ist sie vertrocknet und verbeult, wie ein weinender alter Apfel, liegen gelassen, vergessen. Es sieht schlimm aus, wenn man tot ist. Unser Verteidiger Walther Böttcher sagte, er lasse nicht zu, dass ich mich selbst verteidige im Prozess und mit meiner »Bekennerleidenschaft« alle anderen mitgefährde, auch die achtzehn Schafe, die er »Laien« nennt. Er müsse mein Ungestüm eindämmen. *Er* werde mich verteidigen. Punkt.

Ich muss immer wieder an die Tränen Hildegards denken. Angehörige durften erst bei der Urteilsverkündung dabei sein. Wie blass und unglücklich sie aussah, als ihre Blicke an ihrem Fritz hängen blieben. Sie haben sich heiß geliebt. Er hat mir gesagt, sie sei die treueste Ehefrau auf Erden. Sie ist für mich die Tapferste von allen. Sie wird wohl gar nicht wissen, dass die Enthauptung heute stattfindet; auch seine drei Kinder nicht.

Die Wachbeamten waren ganz durcheinander, als sie uns so fröhlich zusammenstehen sahen nach der Urteilsverkündung im Juni, zusammen mit Ehrtmann und den jungen Männern. Was sollte ich nicht fröhlich sein? Gott hat sein Leben für uns gegeben. Ich hinterlasse mein größtes Geschenk: mein Leben. Ich gebe es für ihn.

Etwas in mir wundert sich, dass Unrecht und Tod ausgerechnet bei mir zusammenfallen. Und etwas in mir wundert sich *nicht* darüber. Es ballte sich zusammen. Ich bin mir der Bedeutung und der Tragweite meines Tuns durchaus bewusst.

Ich hoffe, meine Seelsorge wird an allen Besuchern meiner Gruppenabende Frucht bringen.

Doch hätte ich nicht beim Bombenangriff in Hamburg sterben können? Mehrmals habe ich die Möglichkeit gehabt, bei einem Bombenangriff umzukommen. Der letzte ist gar nicht so lange her. Da saßen die Wächter unten im Luftschutzkeller. Wir mussten in unseren Zellen bleiben, mit gefesselten Händen. Alle Fliegerangriffe überlebte ich. In Lübeck habe ich sogar anderen geholfen und bin ausgezeichnet worden. Hätte mich Gott nicht verschütten lassen können hier in Hamburg? Hier saß ich ungeschützt gefesselt auf meinem Klappbett, sicher totenbleich, während es überall um mich herum einzuschlagen schien. Aber Gott hat mich verschont. Er möchte also, dass ich den Weg zu Ende gehe, den ich begonnen habe. Es soll zu seiner Ehre dienen, was ich leiden muss. Hundert Meter sind es bis zur Hinrichtungsstätte. Diese hundert Meter soll ich gehen. Werde ich mich auf diesen Metern an mein Leben klammern oder es gerne loslassen? Keiner geht diesen Weg aus freien Stücken.

Ob es in der Schafottkammer nach Angst riecht? Allein gestern und vorgestern wurden Menschen dort hingerichtet. Werde ich das Adrenalin, den Schock, das Blut riechen? Seit ich hier bin, bete ich unablässig für all die gequälten Menschen hier. Nie hätte ich gedacht, dass das Elend so groß ist, als ich noch in unserer schönen Küche in der Parade 4 saß. Wird es sich lohnen, was ich tue?

Unter dem Vorwand »religiöser Betreuung« hätte ich Gruppen gebildet, in denen ich gegen den Staat und den Führer hetzte, sagte Staatsanwalt Drullmann.

Ich wusste, es war gefährlich, Gruppenabende zu initiieren, damit Menschen ihre Fragen zum Krieg, zum Rassendenken der Regierung und zum Leben loswerden konnten. Aber ich musste es tun. Wer hätte es sonst getan?

Ich hasse es, dass gläubige, getaufte Christen und alle anderen Menschen auch verfolgt werden und um ihr Leben fürchten müssen, nur weil sie in den Augen der Nationalsozialisten nicht reinrassig, sondern jüdisch sind. Ist es ein Verbrechen, Jude zu sein?

Wie sehr haben die Nationalsozialisten mich beraubt. Monate haben sie mir genommen und nun mein Leben.

Wie sehr haben sie meinen freien Willen eingeschränkt, mich getrennt von allem, was mir lieb und vertraut ist, mich isoliert und abgeschnitten, nicht nur meinen Kopf. Mich besudelt mit Gerüchten.

Meine privaten Briefe haben sie durchgelesen, mein Tagebuch, meine persönlichen Notizen. Mir Affären mit Frauen angedichtet. Mir eine karge Existenz vor die Füße geworfen. Wie verlassen habe ich mich gefühlt.

Ich darf nicht gehen, wohin ich will, nicht sein, wo ich gebraucht werde, nicht tun, was ich tun muss, nicht helfen, essen, lachen und sagen, was und wem ich möchte. Abgestumpft und dösend möchte ich nicht mehr sein. Manchmal habe ich mich gefragt, warum ich so bestraft werde. Die Qual muss ein Ende haben, diese Unruhe. Das Fallbeil soll zuschlagen. Entweder schwarz oder weiß ist das System. Entweder du wirst hoch gefeiert oder eben ermordet.

Was sagen sie über mich? Ich hätte mit »äußerst gehässigen Hetzschriften« die Behauptung verbreitet, schwerverwundete deutsche Soldaten und Invaliden des Krieges würden in Lazaretten getötet. Wenn sie wüssten, dass ich noch viel mehr weiß. Ich glaube, dass sie alle Juden verfolgen und töten wollen.

Dann wiederum ist es mir völlig gleichgültig, dass ich mit entblößten Schultern gezwungen werde, mich hinzuknien, damit man mich enthauptet! Sollen sie mich packen. Sie haben anderen noch viel Schlimmeres angetan.

Die kaum geheizte Steinzelle lässt mich erfrieren in diesem November. Abgemagert bin ich wie noch nie zuvor. Meine Zelle ist wie ein Grab. Und der Krieg geht in den fünften Winter. Ich kann mich nicht mehr vierundzwanzig Stunden hindenken. Es reicht, dass es nur noch zwei Stunden sind, die mir bleiben. Wie gern habe ich mich von meinen geliebten Menschen in den Abschiedsbriefen verabschiedet.

Endlich zählt nur das Wesentliche. Selbst wenn ich mein Leben gebe und nicht mein Herz, so ist es mir nichts nütze. Lieben ist das Einzige, was zählt. Die Feindesliebe ist die größte von allen. Auf dieser Erde werden »Feinde« die letzten Menschen sein, die ich sehe. Und gerade diese soll ich lieben: die Henkersknechte. Sie kommen vielleicht sonst nie mit Christenmenschen in Berührung. Sie wären ohne meine Hinrichtung nie mit mir in Kontakt gekommen. Ihnen möchte ich ein besonderes Zeugnis der Liebe sein, Scharfrichter Hehr und seinen Kollegen, die extra aus Hannover anreisen, um mich zu enthaupten. Was Gott sich so alles ausdenkt.

In Abgeschiedenheit lerne ich, tief zu lieben, treu zu sein und alles loszulassen. Eine Ehre ist es, ein Privileg, bei Gott persönlich in der Schule zu sein, bei ihm zu studieren. Dieses Studium ist ganz anders als mein Studium in Frankfurt, Münster und Osnabrück. Meine Zelle wird mein Kloster, mein Andachtsraum. Durch die enge Zelle weitet sich mein Herz, sie wird mein Gebetszimmer, meine Kirche. Ich möchte Gottes Liebe verbreiten für den, der nach mir hier sitzt.

Ach, könnte ich meine Mutter ein letztes Mal an mich drücken, meine Schwester Emma. Beide sind schon so lange tot. Ob mein Vater hier in Hamburg davon erfahren hat, dass ich hingerichtet werden soll? Er hat ein Haus in Hamburg-Sasel; ich habe vor über zehn Jahren mitgeholfen beim Hausbau. Ob es ihn interessiert, dass ich hier im Gefängnis bin? Ich habe ihn nicht informiert. Er ist kein einziges Mal gekommen. Ich habe nichts von ihm gehört, weder von ihm noch von meiner Stiefmutter. In Hamburg, dieser Stadt, wo ich geboren bin, soll ich nun auch sterben, genauso wie Emma und unsere geliebte Mutter, die so schlimm krank geworden sind. Ich hätte nicht gedacht, dass ich hierher zurückkommen würde.

Doch jetzt ist Schluss mit Klagen, denn Gott ist mit seiner Fülle und Barmherzigkeit in mich eingezogen. Ich suche mein Genügen bei ihm. Im Amt als Priester hätte ich nicht besser dienen können als hier und jetzt, mein Leben zu geben.

Außerdem hat mir Hermann beim Rundgang ein Stück vom Kuchen seiner Mutter zugesteckt. Das macht mich fröhlich. Gott zu treffen ist nichts Untätiges. Ich muss keine Wände einrennen. Ich muss nicht in Lethargie oder ins Betteln verfallen. Die Tage des Wartens und Sehnens nach bekannten Gesichtern und Freunden hat er mir versüßt mit seiner Gegenwart. Das Warten auf ihn ist nie vergeblich. Es tut gut, bedingungslos in alles einzuwilligen, was er sagt. Was habe ich noch übrig, was ich ihm vorenthalten könnte? Nichts. Nun kann ich endlich ganz gehorchen. Und dennoch stürmt es in meiner Steinzelle, und ich versuche, die Stellung zu halten. Wie gut, dass ich meine Kräfte schonen muss.

Meine Briefe sind geschrieben. Schuldgefühle kann ich abladen bei Jesus. Er weiß, wie ich mich fühle, die letzten vierzig Minuten vor dem Tod. Auch ihn haben sie umgebracht. Es ist nicht mein Schicksal, es ist mein Weg. Meine Entscheidung. Ich brauche Mut für diesen Weg. Stellvertretend für alle, die hier in diesen Zellen gelitten haben, um die sich niemand kümmerte oder scherte, möchte ich diese Briefe schreiben.

»Mögen sie doch alle den Weg zum Heiland zurückfinden«, werde ich schreiben.

Ich bin frei. Ein Bote. Entfliehe diesem Ort.

Sie kommen.

Epilog von Else Pelke

Ich saß mit Pater Dr. Stephanus Pfürtner im Sprechzimmer der Ordenszentrale der Dominikaner in Walberberg bei Bonn zusammen. Ich war damals Anfang dreißig, er etwas älter. Plötzlich stand er auf und kam mit einem Aktenordner unter dem Arm zurück.

Pater Stephanus war 1940 Medizinstudent gewesen und nahm an den Gesprächskreisen bei Johannes Prassek teil. Auch er wurde wegen seiner offenen kritischen Reden verraten und wie andere vierzehn Gemeindemitglieder in das Lauerhof-Gefängnis in Lübeck verfrachtet. Dort entschloss er sich, Ordensmann zu werden, nicht Medizin, sondern Theologie zu studieren.

»Hier ist Quellenmaterial zu dem Lübecker Geschehen, das ich sammeln konnte. Sprechen Sie auch mit den ehemaligen Ministranten von Adjunkt Eduard Müller. Ich wollte selbst ein Buch darüber schreiben, aber ich komme nicht dazu, und ich denke auch, Sie können das viel besser.«

Und er erzählte mir die Geschehnisse in großen Umrissen. Zu Hause studierte ich interessiert das Material. Und fing Feuer. So begann es.

Als mein Buch *Der Lübecker Christenprozeß 1943* im Jahr 1961 erschien, erregte es großes Aufsehen. Blutzeugen wie Jesuitenpater Alfred Delp und Dietrich Bonhoeffer waren bekannt, aber »die vier Lübecker« kannte kaum jemand über den Kreis der Gemeinde von Herz Jesu hinaus. Im Klappentext der zweiten Auflage des *Lübecker Christenprozesses 1963* schrieb der Chefredakteur des Rheinischen Merkur, Otto B. Roegele: »Dieses Buch gehört zu den wichtigsten Neuerscheinungen seit 1945 überhaupt.«

Ich muss ein Wort dazu sagen, warum ich dieses Buch geschrieben habe und es nur mit Mühe zu Ende brachte. Zuerst war es Freude an der interessanten Aufgabe, vor allem dem ökumenischen Aspekt, dann empfand ich eine Art inneres Wissen, dass es mein Auftrag sei. Das war überhaupt kein feierliches oder mystisches Gefühl, sondern trockenes Pflichtbewusstsein: Es wird zu Ende gebracht bis zum letzten Punkt.

Zu erwähnen wäre noch, dass der Lübecker Christenprozess am meisten bekannt wurde durch ein karges Taschenbuch, das 1975 erschien.

Als ich 2011 am Vorabend zur Seligsprechung der drei katholischen Priester – ich war bereits Ende achtzig – für mein Werk gewürdigt wurde, kannte niemand meine Neugestaltung der vollständigen Ausgabe des Lübecker Christenprozesses 1943. Das ist bedauerlich, weil darin noch einmal intensiv die theologische Frage diskutiert ist: Warum kann ein evangelischer Christ nicht als Märtyrer definiert werden?

Jetzt bin ich zweiundneunzig, mit allerlei Beschwerden, und da fragt mich diese junge Frau, Ann-Helena Schlüter, ob ich ein Nachwort zu Ihrem Roman über das Lübecker Geschehen schreiben will. Ich bin auch Wissenschaftlerin und habe als solche beruflich auf universitärer Ebene gearbeitet. Dann lese ich den Roman und bin stark beeindruckt. Sie hat eine ausgeprägte Begabung, Menschen und Ereignisse so tief nachzuempfinden, dass sie eine Art von Wahrheit gewinnen. Die vier Geistlichen reden und handeln, dass man kaum noch von Fiktion sprechen kann. Das kann alles genau so gewesen sein. Ich frage mich, ob es außer der historisch belegten Faktenwahrheit noch eine andere Ebene der Wahrheit gibt, die quasi-faktisch ist.

In der heutigen Zeit hat der Mainstream noch keine Ahnung von solchen Mysterien. Aber es tauchen immer wieder große Begabungen auf, die diese inneren Augen mit dem wissenden Blick besitzen.

Und so habe ich mich auf dieses Abenteuer eingelassen, den Epilog zu einem Roman über den Lübecker Christenprozess 1943 zu schreiben. Ann-Helena Schlüter, die große Musikerin, angesehene Autorin, wird am 6. September 2018 zum Gedenken an den 75. Todestag der Lübecker Märtyrer in Lübeck ein Konzert geben. Ann-Helena Schlüter hat einen Typ von Buch geschrieben, das in keine der bekannten literarischen Kategorien hineinpasst. Es verschmelzen reale Figuren und geschichtliche Fakten mit fiktiven Schilderungen, auf suggestiv-eindringliche Weise geschrieben, besonders die seelischen Befindlichkeiten und spirituellen Reifungsprozesse auf eine Weise, die man nicht mehr als fiktiv bezeichnen kann, da grandios nachempfunden. Ann-Helena Schlüter hat es sich angetan, diesen Empfindungen standzuhalten und sich zu identifizieren, ohne die notwendige Distanz einer Quasi-Protokollantin zu verlieren.

Dieser Roman ist hervorragend geschrieben, spannend und suggestiv. Es ist ein bedeutendes Buch. Das ganze Grauen wird lebendig, ein wichtiges Buch gegen das Vergessen. Die Geschichte wird auch im 21. Jahrhundert weitergegeben. Diese literarische Studie ist vor allem auch wider die Rückkehr geschrieben und somit brandaktuell und zukunftsgerichtet: gegen das Vergessen und Wiederaufleben. Es möge viele Leser finden, vor allem solche, denen bisher noch nicht klar ist, wo das hinführen wird, was heute im ultrarechten politischen Lager bereits im Gange ist.

Else Pelke
Paderborn im April 2018

Else Pelke: Der Lübecker Christenprozeß 1943. Mit einem Nachwort von Stephanus Pfürtner OP (gest. 2012). Gebundene Ausgaben 1961 und 1963 / Taschenbuchausgabe 1975. Mainz: Matthias-Grünewald-Verlag.
Else Sibilla Pelke: Neugestaltete Ausgabe zur Seligsprechung der Lübecker Martyrer 2011. Borchen/Schloß Hamborn: Verlag Christoph Möllmann.

Dank

Herzlichen Dank an meine Familie und Freunde und allen, die mir bei diesem Roman hilfreich zur Seite gestanden haben, besonders für die Ermutigung und das Wissen von Rafael; ein großer Dank für alles an Silke, Thomas, Bruno, Maria, Hagen, Hartmut, Okka, Marlis und Sr. Evelyn Reschies. Besonderen Dank dem Team vom SCM Verlag: Michaela, Nadine, Annalena und Hans-Werner für die Möglichkeit, dieses Buch zu schreiben.

Vielen Dank an Else Pelke, die den Epilog schrieb, Jochen Proske und Peter Voswinckel für ihre Quellen und die wertvolle, hilfreiche Recherche, und an Heike Henning, meiner Doktormutter an der Universität Mozarteum Salzburg. Sie schrieb das Vorwort.

Im Gedenken an alle, die im Dritten Reich ihr Leben für die Wahrheit gegeben haben.

Danke meinem liebenden Gott, der mich auf jedem Abenteuer treu und weise begleitet und der der größte Künstler und Lyriker aller Zeiten ist und bleibt.

Ann-Helena Schlüter
www.Ann-Helena.de